Máximo Huerta

EIN LADEN IN PARIS

3,50
16 W

Máximo Huerta

EIN LADEN IN PARIS

Roman

Aus dem Spanischen übersetzt
von Anja Rüdiger

THIELE VERLAG

Für alle, die immer fliegen wollten

A touch of madness is, I think,
almost always necessary for constructing a destiny.
MARGUERITE YOURCENAR

Dies ist eine fast wahre Geschichte.

KAPITEL 1

Seit Jahren hatte es in meinem Leben keine Veränderung mehr gegeben. Das Aufregendste, was ich besaß, war ein Koffer, in dem ich von jedem Kleid, das mir jemals etwas bedeutet hatte, ein Stück Stoff aufbewahrte.

Schon als Kind hatte ich ein ausgeprägtes Faible für Kleider und Stoffe. Deswegen bedeutete mir dieser Koffer so viel. Und wenn meine Tante mich drängte, eines meiner Lieblingskleider auszusortieren, war das Erste, was ich tat, zur Schere zu greifen und irgendwo, wo es nicht auffiel, ein Stück Stoff abzuschneiden und es zwischen den anderen Erinnerungsstücken in meinem Koffer zu verstecken. Und die Zeit gab mir recht, denn nach und nach verschwanden die Farben aus meinem Leben.

»Warum trägst du immer nur Grau, Teresa?«

»Das ist nicht grau, das ist blau, Tante Brígida.«

»Ich weiß ganz genau, wie blau aussieht. Und das ist grau.«

»Nein, es ist blau.«

»Widersprich mir nicht ständig! So jung und so aufsässig.« Sie schüttelte den Kopf. »Zieh dir wenigstens etwas an, was dich etwas weniger trostlos aussehen lässt. Ich in deinem Alter … Komm, nimm das Halstuch, das ich dir zum Namenstag geschenkt habe, das wirkt ein bisschen freundlicher. Es hängt an der Garderobe. Du siehst ja aus, als wärst du immer noch in Trauer.«

Meine Mutter war gestorben, als ich ein Kind war. Ich war gerade mal acht Jahre alt. Und da mein Vater bereits einige Jahre zuvor bei einem Unfall ums Leben gekommen war, ging das Sorgerecht automatisch an Mamas Zwillingsschwester. Schon damals hatte Tante Brígida zu gleichen Teilen nach Cognac und Parfüm gerochen, und so war es mehr als zwanzig Jahre später immer noch.

Sie hatte mich recht lieblos erzogen, hatte mir vorgeschrieben, wann ich den Mund aufmachen und wie ich mich kleiden sollte, und mir einen strikten Zeit- und Lernplan aufgezwungen. Ich versuchte der Strenge meiner Tante zu entkommen. Alle meine Gedanken waren darauf gerichtet, mich möglichst unsichtbar zu machen, ich wollte abtauchen, und in diesem kindlichen Bestreben hatte ich kurioserweise sogar die Fähigkeit entwickelt, zwei Minuten lang die Luft anzuhalten. Es war ein Spiel, und es gelang mir schließlich sogar, dies vollkommen unbemerkt zu tun, wenn wir mal wieder ein Abendessen mit »Gästen, die unserem Niveau entsprechen« hatten.

Und so waren die Jahre vergangen.

Ich hatte die Luft angehalten. Bis jetzt.

Nach einem langen, furchtbar kalten Winter mit Eis und Schnee war Madrid in einem verheißungsvollen Frühling erwacht. Ich war erwachsen, ich lebte allein, und ich verkümmerte in der schönsten Wohnung der Stadt, dem Penthouse, das mir meine Eltern hinterlassen hatten. Ich arbeitete für die Stiftung, die sie ins Leben gerufen hatten, und verbrachte die Abende mit der Lektüre von Büchern und der Suche nach alten Postkarten in sämtlichen Madrider Antiquariaten. Man könnte mich als methodisch beschreiben, aber ich bevorzuge das Wort »planvoll«. Denn da sich schon seit Jahren niemand mehr um mich kümmerte, war ich allein für mich verantwortlich, und ich verbrachte die Zeit so, wie ich sie verbringen wollte. Allein. Oder besser gesagt: verlassen.

An jenem Frühlingstag kam ich gerade von meinem Zeichenkurs zurück, den ich zusammen mit vier anderen Frauen, die wie ich an zwei Nachmittagen in der Woche für jeweils drei Stunden dort erschienen, besuchte. »Wie ich« bedeutete in diesem Fall, dass sie ebenfalls über genügend Geld und Muße verfügten, um sich in einem Atelier im Chamberí-Viertel mit einem alten Maler von dreiundachtzig Jahren die Zeit zu vertreiben, der gleichzeitig unser Lehrer und unser Psychologe war.

Wir hatten mit Kohlezeichnungen angefangen und Obst, Flaschen und zerbrochene Krüge gemalt und waren dann zu Bleistiften mit weicher Mine übergegangen, die flexibler und ausdrucksstärker waren. Doch da wir alle fünf mit mehr Begeisterung als Talent bei der Sache waren, kehrten wir zur Kohle-Technik zurück, bei der man – wie im wahren Leben – jeden Fehler mit Schatten kaschieren kann, indem man mit einem Schwamm, der Hand oder einem Papierwischer alles verwischt.

In diesen Tagen hatten wir begonnen, weibliche Akte zu zeichnen. Wir malten sie von Bildtafeln ab, die der alte Maler gut sortiert in schmalen Schubladen aufbewahrte. Wir alle wollten mit Farben malen, wurden aber über Monate in eine Welt aus Schwarz-Weiß verbannt.

Zwei meiner Mitstreiterinnen kamen immer gemeinsam. Offenbar waren sie so unzufrieden mit ihrem Leben, dass sie bereit waren, ihre Nachmittage auf unbequemen Hockern zu verbringen, auf denen man saß, als hätte man einen Stock verschluckt. Die eine hieß Rosa, die andere Maribel, und sie sahen sich zum Verwechseln ähnlich, wenn sie im Gleichschritt mit glatt gebügelten Strickjacken und verdrossenen Mienen die Stufen der Treppe zum Atelier heraufkamen. Sie sprachen leise und tauschten die einvernehmlichen Blicke zweier Frauen aus, die vom Leben schon oft enttäuscht worden waren.

Die dritte war Isabel, die genau wie ich auf die vierzig zuging und leicht wie ein Schmetterling durch das Atelier schwebte. Sie war klein und zierlich und wirkte trotz ihres Lächelns stets ein wenig leidend. Ihre Kohlezeichnungen waren sehr gut, so gut, dass der alte Maler sie als »herausragend« bezeichnete, was uns anderen egal war, weil wir in erster Linie hier waren, um für ein paar Stunden unsere Einsamkeit zu durchbrechen. Isabel zeichnete sehr fein und mit einer Präzision, dass sie wahrscheinlich ohne Vorlage eine exakte Landkarte von Europa hätte anfertigen können. Aus irgendeinem Grund konnte ich mir ihren Namen nicht merken und nannte sie immer Inés.

»Isabel … ich heiße Isabel«, korrigierte sie mich sanft, und ich bat sie so erschreckt um Verzeihung, als ob jeden Moment meine strenge Tante hätte auftauchen können. Fast hätte ich Isabel gefragt, ob ich sie vielleicht Inés nennen dürfe, aber das erschien mir dann doch zu absurd.

Die älteste Teilnehmerin hieß Inmaculada. Sie war seit Ewigkeiten Witwe – so drückte sie es selbst es aus –, da ihr Mann kurz nach der Hochzeit gestorben war. Sie war eines

Tages nach Hause gekommen und hatte ihn schlafend auf dem Sofa vorgefunden. Um ihn nicht zu stören, hatte sie ihn in Ruhe gelassen, und so hatte der Ärmste stundenlang tot im Wohnzimmer gelegen, bis es Zeit fürs Abendessen war und sie ihn so heftig an der Schulter gerüttelt hatte, dass er vom Sofa gefallen war.

»Und das war das Letzte, was er getan hat«, erzählte Inmaculada bekümmert, und wir anderen seufzten mitfühlend. »Inzwischen habe ich mich daran gewöhnt, Witwe zu sein«, erklärte sie achselzuckend. »Vielleicht war es mir einfach bestimmt, allein zu leben. Meine Zeit als verheiratete Frau war ja nur ganz kurz, meine Ehe reduziert sich auf ein paar alte Fotos in irgendeiner Kiste. Jedenfalls vermisse ich nichts«, erklärte sie ohne ein Zeichen von Trauer.

»Erinnerst du dich denn noch an deinen Mann? Wie war er so«, fragte ich von meinem Hocker aus, während ich versuchte eine Cognacflasche und zwei Gläser zu zeichnen, die der alte Maler geleert hatte.

»Na ja. Das Einzige, woran ich mich erinnere, ist, dass er ein Mann war«, sagte Inmaculada und wandte sich wieder ihrer Arbeit zu. Sie sah prüfend auf die Cognacflasche und fügte ihrer Zeichnung einen langen Strich hinzu, bevor sie den Blick wieder auf mich richtete. »Er war ein Mann, mehr nicht.« Sie zuckte mit den Schultern. »Ich weiß nicht mal mehr genau, wie er aussah. Warum sollte ich jetzt noch darüber nachdenken, wie er war oder wie es mit ihm war? Er ist einfach schon so lange nicht mehr da, und ich habe all die Jahre allein gelebt. Irgendwann gewöhnt man sich daran.«

Wir schwiegen betroffen, während die Protagonistin des Dramas uns freimütig ansah. Ihr Unglück war so lange her, dass ihren Worten keine Traurigkeit mehr anzuhören war.

Wir waren alle einfach nur einsam und saßen in diesem Atelier. Rosa, Maribel, Isabel, Inmaculada und ich.

Ich bin übrigens Teresa, und ich war mal in einen Maler namens Laurent verliebt.

KAPITEL 2

»Das Geheimnis des Lebens liegt im Vertrauen. Das Leben ist wie diese Leinwand.«

Es war eindeutig, dass mein Leben wie diese Leinwand war. Sie war weiß und leer, und ich dachte darüber nach, was ich damit anfangen sollte.

Einige Leute malen einfach drauflos. Ich nicht. Ich muss alles vorher überlegen. Ich überlege sogar, ob ich die Leinwand horizontal oder vertikal ausrichten soll.

Der alte Maler humpelte an seinem Stock durch das Atelier. Er umschiffte alle Hindernisse wie ein Blinder, der den Weg auswendig kennt. Zwischendrin musste er sich immer wieder irgendwo abstützen, um nach Luft zu ringen und seinen Unterricht abhalten zu können. Auf den ersten Eindruck hin wirkte er spröde, aber wenn er über die Malerei sprach, wurde sein Blick ganz sanft, glitt über uns hinweg und verlor sich irgendwo am Horizont. Ich nehme an, er wollte die Katastrophen, die wir auf die Leinwände bannten, nicht sehen. Bevor er mit seinen Erklärungen begann, klatschte er immer zwei Mal in die Hände, und wir alle hoben die Köpfe wie aufgeschreckte Tauben.

Er sprach mit Leidenschaft. Oder sehr langsam. Wahrscheinlich wenn ihm wieder einfiel, dass wir nur ein paar leidlich ambitionierte Hobbymalerinnen waren, die irgendwie ihre Zeit totschlugen.

»Sie müssen mehr Vertrauen in Ihre Fähigkeiten haben. Sie müssen die Kohle verwischen, um den gewünschten Grauton zu erzeugen, nehmen Sie das Baumwolltuch oder Ihre Finger.«

Er gestikulierte beim Sprechen und ließ die rechte Hand kreisen.

»Die weiße Kreide ist nur dazu da, ein paar Lichtpunkte zu setzen, man benutzt sie, um die hellsten Stellen der Zeichnung zu akzentuieren. Zum Beispiel den Glanz dieses Apfels, da muss ein bisschen weiße Kreide hin. Das ist, wie den Schatten mit einem Lichtstrahl zu erhellen. Aber fürs Erste lassen wir das Licht mal beiseite.«

Das Licht beiseite …

Alle machten sich ans Werk. Alle außer mir. *Lassen wir das Licht mal beiseite*. Ich weiß nicht wieso, aber dieser Satz hatte mich aus dem Gleichgewicht gebracht. Er passte perfekt zu den gesammelten Ängsten, die ich in einer imaginären Dose aufbewahrte. Meine Tante hatte sie nach und nach mit ihrer herrischen Art und all ihren Befehlen gefüllt. »Lass dich nicht so hängen! Bind dir dein Haar ordentlich zurück! Heb dein Kinn, und guck nicht immer nach unten! Zieh dich ordentlich an! Nimm die Ellbogen vom Tisch! Wie wenig du deiner Mutter ähnlich bist.«

Wie wenig sie ihrer Schwester ähnlich war. Meine Mutter war eine liebevolle, großzügige, fröhliche und warmherzige Person gewesen. Das alles war meine Tante nicht.

Ständig war sie hinter mir her und kritisierte mich – egal, was ich tat und wie ich es tat. Das Leben hatte mich zu einem Spiegelbild ihrer eigenen Unzufriedenheit gemacht.

Ich wuchs mit der Angst davor auf, spontan zu sein, weil die Argusaugen meiner Tante ständig auf mich gerichtet waren. Und ich gewöhnte mich an dieses Leben, war wie gelähmt und unfähig, ich selbst zu sein.

Meine Tante gab mir vor, wie ich zu sein hatte. Sie hatte den Blick einer Sphinx, und sie liebte es, von der Treppe aus von oben herab mit mir zu reden, eine Hand aufs Geländer gelegt und mit beunruhigender Selbstsicherheit. Damals hätte ich – so sind wir Menschen eben – alles dafür gegeben, so wie sie sein zu können, so aufrecht und stolz durch die Gänge zu gleiten, als würde sie von einer unsichtbaren Schnur gezogen.

»Es ist Zeit für deinen Klavierunterricht, Teresa!«

Das bedeutete, dass ich mich umziehen und das Haar noch strenger zurückbinden musste, um dann zu ihr in die Bibliothek zu kommen. In diesen riesigen Raum, in dem nur die Kronleuchter an der Decke noch einschüchternder waren als die Gegenwart meiner furchteinflößenden Tante. Sie nahm ein paar Partituren aus der Kommode und stellte sie aufs Notenpult.

»Ich hoffe, du hast geübt, Teresa!«

Das Klavier wusste von meiner Angst, jede einzelne Taste spürte mein Zittern. Meine Tante setzte sich in einen der Ledersessel hinter mich, goss sich einen Cognac ein, und ich spürte ihren Blick in meinem Rücken. Ich spürte, wie sie wie eine Dirigentin die Arme bewegte. In aufrechter Position, den Kopf leicht an die Lehne gestützt, um ihre Frisur nicht zu zerstören, verdrehte sie gelangweilt die Augen.

So war ich aufgewachsen. Eine Marionette, von ihr dirigiert, bemüht, ihre Vornehmheit, ihre Gesten und ihre Disziplin nachzuahmen. Ich hatte mich zu dem Malkurs angemeldet, um mehr Licht und Farbe in mein Leben zu bringen. Und nun malten wir in Schwarz-Weiß.

»In den ersten Unterrichtsstunden werden wir nur mit Kohle arbeiten. Mehr muss ich nicht erklären, denn Sie sind ja sehr aufmerksam. Wenn Sie also einen Fehler machen, werden wir ihn mit grauen Schattierungen überdecken. Reiben Sie einfach mit der Fingerspitze darüber, um die Linien zu modifizieren. Auf diese Weise können Sie fast jeden Fehler kaschieren.«

Was Laurent wohl dazu gesagt hätte? Er hatte mir gegenüber auf andere Art von Farbe gesprochen. Wobei er seine Worte mit großen Gesten untermalt hatte, wie es so typisch für ihn war. Ich hatte die Zeit mit ihm damals nicht so genossen, wie ich es später tat, wenn ich an ihn dachte. Unser Glück gehörte zu den Dingen im Leben, die ich viel zu spät erkannt hatte. Und so hielt ich es für besser, Zeichenunterricht zu nehmen und zu vergessen, was hätte sein können. Akzeptieren. Dieses Wort, das so weit vorn im Wörterbuch steht und so spät erst wieder verschwindet.

»Jeden Fehler kaschieren.« Wir quittierten die Worte des alten Malers mit einem Nicken und beugten uns mit hängenden Köpfen über unsere Bilder.

»Glauben Sie mir, das ist gar kein Problem«, sagte er und wedelte mit seinen arthritischen Händen in der Luft. »Kleine Fehler kann man korrigieren. Bei großen Fehlern fangen wir von vorn an.« Er klatschte in die Hände. »Und nun fangen Sie an. An-fan-gen.«

Ach, die Logik! Ich hasste es, von vorn anzufangen. Mein ganzes Leben über hatte ich meine Fehler lieber kaschiert, anstatt das ganze Blatt zu zerreißen und von vorne zu beginnen. Etwas neu anzugehen war für mich das Unangenehmste überhaupt. Ich verharrte lieber in den alten Mustern, und alles, was unzulänglich war, überspielte ich. In den ersten Schuljahren, bevor meine Mutter starb und ich zu Tante Brígida kam und in der ewig gleichen Routine von Frühstück, Schule, Klavierunterricht und Gottesdienst versank, hasste ich es, immer wieder das Einmaleins zu wiederholen. Ich bläute es mir lieber kurz vor dem Unterricht ein, um an der Tafel keinen Fehler zu machen und nicht noch mal von vorn anfangen zu müssen.

Von vorn anfangen? Nein, das war nichts für mich!

»Der Papierwischer dient dazu, einen Fehler zu kaschieren oder aufzuhellen. Spielen Sie mit den Nuancen, und nutzen Sie den Fehler, um Volumen zu schaffen. Und? Wie läuft's?«

Der alte Maler war hinter mich getreten und sah prüfend auf mein Blatt. Es lief gar nicht gut, aber ich beschloss zu lügen.

»Das Ergebnis gefällt mir.«

»Nein, es gefällt Ihnen nicht. Es *kann* Ihnen gar nicht gefallen. Dieses Bild ist nicht mehr zu retten. Aber Sie machen unbeirrt weiter mit Ihren Kohleschmierereien. Warum? Zerreißen Sie das Bild und fangen Sie von vorn an.«

»Ich will kein Papier verschwenden.«

Er lachte leise.

»Worauf warten Sie?«, sagte er ruhig. »Zerreißen Sie es und fangen Sie noch mal neu an! Es kann nur besser werden.«

Ich war mit der Situation vollkommen überfordert, seiner Gegenwart hinter mir, seiner Aufforderung, alles zu zerstören und einfach von vorn zu beginnen. Ich zog die Schultern hoch und starrte wie gelähmt auf mein Blatt.

»Sie leiden, weil Sie nichts zerstören wollen, aber in Ihrem Innersten leiden Sie noch viel mehr, wenn Sie nicht den Mut haben, neu anzufangen«, meinte er gelassen. Er trat neben mich, und ich begann zu zittern. Ich spürte, wie das Blut in meinen Schläfen pulsierte. Mit einer raschen Bewegung streckte er die Hand aus, nahm meine Zeichnung und zerriss sie direkt vor meiner Nase.

»Sie können doch nicht einfach so mein Bild zerreißen«, protestierte ich schwach.

»Doch, das kann ich. Denn Sie selbst sind offenbar nicht dazu in der Lage.«

»Ich fühle mich erniedrigt.«

»Nein, Sie fühlen sich erleichtert. Geben Sie es nur zu.«

Ich verharrte einen Moment und spürte, dass er recht hatte. Das Bild war misslungen, warum wollte ich so unbedingt daran festhalten? Das war Unsinn. Etwas Schlechtes hinter sich zu lassen, war befreiend. Die Luft, die ich atmete, erschien mir wie neu, weil jemand eine Entscheidung für mich getroffen hatte, die ich selbst hätte treffen sollen.

KAPITEL 3

An jenem Tag verließ ich das Atelier ohne meine Zeichenmappe. Ich hatte keine Lust, zu Hause weiterzuarbeiten. Ich ließ sie in dem Kuppelraum zurück, in dem der alte Maler das gesamte Material aufbewahrte, und lehnte sie an den rechteckigen Sockel, auf den sich manchmal eine von uns setzen musste, während wir anderen verzweifelt nach der besten Perspektive suchten, um sie zu zeichnen. Das war der lächerlichste Teil des Unterrichts, wenn man mit all seinen Unzulänglichkeiten den Blicken der anderen ausgesetzt war, um dann festzustellen, dass diese Mängel auf dem Papier noch deutlicher hervortraten. Zunächst hatten noch alle gelacht, dann waren wir wütend gewesen, und schließlich hatten wir es schweigend hingenommen, und seitdem war es uns egal, ob wir dick, lächerlich, unvollkommen, furchtbar oder seltsam aussahen – und vor allem ganz anders als in Wirklichkeit.

Wir waren im Schutz der Kuppel, hoch über den Dächern der Stadt, hoch über den gigantischen Platanen, die die Straße säumten und deren Zweige und Blätter im Wind an die Balkone unter uns stießen. Die lichtdurchflutete Kuppel, in der unser Unterricht stattfand, war der höchste Punkt eines siebenstöckigen modernistischen Hauses und thronte wie ein achteckiger Leuchtturm auf dem Dach. Durch die hohen Fenster, die sich mit den steinernen Säulen abwechselten, fiel den ganzen Tag über das Licht, bis die Sonne hinter den Bergen versank.

Es roch intensiv nach Terpentin und Ölfarben, die in einem Schrank aufbewahrt wurden, der unterhalb des Fensters stand, das nach Süden ging, und in dem ich gern herumkramte. Genauso wie früher in den Sachen auf dem Schminktisch meiner Tante, wenn sie nicht da war, um etwas zu finden, was sie etwas menschlicher machte. Dort hatte ich neben einer angebrochenen Flasche Cognac mehrere Rosenkränze mit Rosenduft entdeckt. Das war wohl ihre Art, sich selbst zu beweihräuchern. Sie versteckte ihren wahren Charakter hinter den Novenen an Familienheilige und dem betörenden Duft, den jede ihrer Schubladen, Mäntel, Taschentücher und Handschuhe verströmten. Ich hatte jeden Zentimeter ihrer Schränke durchsucht. Mit ungewohntem Wagemut hatte ich ihr Zimmer betreten, um herauszufinden, welches Geheimnis sich hinter ihrer Strenge und ihrem schlechten Charakter verbarg.

Während ich meine Finger zwischen die perfekt geordneten und exakt gefalteten Bettwäschestapel steckte, raste mein Puls mit teuflischer Geschwindigkeit. Das war das Risiko, das ich eingehen musste.

Wo ich dachte, einen Geldschein gefunden zu haben, war es ein Heiligenbild. Wo ich Perlen fühlte, war es nur ein weiterer Rosenkranz.

Der hohe Spiegel in ihrem Zimmer, der voller Quecksilber-Oxidationen war, warf ein deformiertes phantasmagorisches Bild zurück, wenn man den Raum betrat. Es war, als sähe man sich einem verräterischen Wächter gegenüber. Sie selbst benutzte nur einen kleinen Schminkspiegel, der immer an der Konsole mit den geschwungenen Marmorfüßen lehnte, um, wie sie sagte, »das Pechschwarz ihrer Augen zu betonen«.

Ich glaube nicht, dass meine Tante sich jemals in einem Ganzkörperspiegel betrachtet hat.

Zitternd vor Angst öffnete ich eine der Schubladen, in denen sie ihren Schmuck aufbewahrte. »Ich will nur schnell einen Blick darauf werfen«, sagte ich mir selbst. Ich zog die Schublade weit auf und öffnete kurz die Samtkästchen, in denen die Ringe und die Ohrringe meiner Mutter lagen, die meine Tante niemals herausrückte.

»Ganz schnell.«

Rasch nahm ich die Ohrringe heraus, die meine Mutter immer getragen hatte. Im Haus war es still, und ich fürchtete, dass meine Tante jeden Moment zurückkommen könnte. Als ich die Edelsteine berührte, spürte ich mit einem Mal die sanften Hände meiner Mutter auf meinen Schultern. Mein Herz raste, und mir stiegen Tränen in die Augen. Ich erinnerte mich noch ganz genau an den Tag, an dem meine Mutter starb, so schmerzhaft es auch war. Sogar an die Stunde. Und an die Worte meiner Tante. »Du musst jetzt stark sein. Du darfst nicht weinen, wenn die Familie kommt.« Die Familie!

Ich stürzte mich schutzsuchend in ihre Arme. Was sie nur für eine halbe Minute zuließ.

»Du zerknitterst mein Kleid.« Sie schob mich von sich, und ich zog mich den ganzen Tag über in mein Zimmer zurück, wo ich mir, von den Ereignissen völlig überfordert, schweigend im Halbdunkel immer wieder die Tränen abwischte, damit sie mich nicht weinen hörte.

Meine Tante kam immer mal wieder herein, machte das Licht an, warf mir einen prüfenden Blick zu, und machte das Licht wieder aus. Ich saß in der Dunkelheit, und ich fühlte mich allein wie nie zuvor. Zum ersten Mal war mir das Herz gebrochen worden. Und es sollte nicht das letzte Mal gewesen sein.

In der alten Kiste unter dem Fenster befanden sich die Ölfarben des alten Malers. Große, eingedrückte Tuben, die durcheinander in der Holzkiste lagen, deren Deckel immer offen stand und voller pastöser Farbkleckse war, als wäre er mal als Palette benutzt worden. Wenn man eine der Tuben herausnahm, konnte man sicher sein, sich die Hände zu verschmieren. Ich liebte die Namen der Farben. Farben, die an magische Orte erinnerten, wie *Cassel Earth*, *Burnt Sienna*, *Indian Orange*, *Indigo*, *Chartreuse Green Deep*, *Ruby Red*, *Quinacridone Magenta*, *Turquoise Blue Deep*, *Prussian Blue*, *Linen Grey*, *French Red Deep* …

»Ich kann kein Schwarz-Weiß mehr sehen. Ich brauche Farbe«, sagte ich eines Tages zu dem alten Maler, als die anderen schon gegangen waren.

»Farbe muss man sich verdienen. Und dafür muss man wissen, wie man sie benutzt. Es ist nicht so leicht, Farben zu mischen. Wir werden langsam vorgehen. Zuerst die Primfarben, dann hellen wir mit Weiß auf, und dann führen wir Erdfarben, Himmelblau, Grün- und Orangetöne hinzu …« Er brach ab und wies auf ein Bild, das er an eine der Säulen gehängt hatte. Es war höchstens zwanzig mal zwanzig Zentimeter groß. »Wissen Sie, von wem dieses Bild ist?«

Ich betrachtete es aufmerksam und kniff die Augen zusammen wie ein Jäger, der auf seine Beute lauert.

»Von Ihrem Sohn?«, riet ich.

Er runzelte die Stirn.

»Nein, Señorita Teresa. Dieses Bild ist das Erste, das ich gemalt habe. Da war ich ungefähr vierzehn Jahre alt und hatte alles, was man zum Malen braucht.«

»Es ist gut gelungen.«

»Danke für die Blumen, Señorita Teresa, aber das stimmt nicht. Dass ich alles hatte, was man zum Malen braucht, bedeutet nicht, dass ich malen konnte. Das ist ein schlechtes Bild. Abgesehen von der Perspektive und der Komposition ist auch die Wahl der Farben schlecht.«

»Und warum haben Sie es aufgehängt, wenn es Ihnen nicht gefällt?«

Ich sah, dass er erneut die Stirn runzelte, weil ich immer auf alles eine Antwort haben musste, doch dann sagte er mit dem gleichen Elan, den er aufbrachte, wenn er unsere Striche korrigierte:

»Man muss warten können und warten und warten.«

Er wiederholte es wie ein Mantra, während er sich zum Fenster umwandte und hinaussah. »Auch ich hatte es eilig. Ich hatte es immer eilig, beim Laufen, beim Essen, beim Autofahren, beim Älterwerden! Was das Absurdeste von allem ist, oder? Denn die Eile, Señorita Teresa, bringt gar nichts, wie ich Ihnen mit der Reife versichern kann, die das lästige Alter mit sich bringt. Man muss warten können.«

»Aha«, beendete ich das Gespräch und schätzte, dass es wohl noch Jahre dauern würde, bis ich endlich ein farbiges Bild malen durfte.

Ich kannte den alten Maler nicht gut. Tatsächlich kannte niemand im Viertel ihn wirklich. Vielleicht sprach ich deshalb so gern mit ihm. So oft wie mit ihm unterhielt ich mich mit niemandem. Es waren angenehme Gespräche, die nicht allzu privat wurden.

Ich trat näher an das kleine Gemälde heran. Man sah eine Landschaft mit zwei Berggipfeln und ein überdimensionales Haus in den Farben van Goghs, aber mit dem einfachen, energischen Strich einer Zeichnung von Antonio Fabrés.

Mein Zeichenlehrer war kein einfacher Mensch und eher schroff in seiner Art, aber er wirkte beruhigender als ein heißer Tee an einsamen Tagen. Er zog seine Uhr aus der Tasche, die an einer rissigen Lederschnur hing, und hielt sie sich vor die Augen, um die Zeit abzulesen. Das tat er oft, vor allem, um sich Raum zu verschaffen. Sie half ihm aber auch, die Zeit anzuhalten, wenn ihm danach war. Nun steckte er sie wieder ein und sagte:

»Die Farbe kommt mit ihrer Unermesslichkeit. Doch zunächst muss man Schwarz und Weiß beherrschen und darf sich von der Dunkelheit nicht abschrecken lassen. Man muss in der Lage sein, im Halbdunkel die Helligkeit zu finden, mit den Schatten zu spielen, die weißen Stellen noch leuchtender zu gestalten, als man es mit Gelb, Orange oder Hellblau könnte. Und an dem Tag, an dem Sie sich mit der Kohle wohlfühlen, ist der Moment gekommen, alles mit Farbe zu füllen.«

»Aber ich habe genug davon, immer nur mit Schwarz zu malen!«, rief ich gereizt aus.

Ich dachte an das pechschwarze Klavier im Haus meiner Tante.

»Sie müssen sich Zeit geben.«

Ich räusperte mich unwillig. Dann sagte ich:

»Es macht mir Angst, alles auf diese düstere Art zu sehen. Es ist traurig. Das Obst sieht nicht wie Obst aus, die Menschen wirken, als wären sie tot, die Landschaften erinnern an Friedhöfe, und die Vögel fliegen nicht, weil es keinen richtigen Himmel gibt. Sehen Sie sich meine Bilder doch mal an, sie sind trostlos.«

Der alte Maler runzelte die Stirn, während er meiner Tirade lauschte.

»Ich sag Ihnen jetzt mal was«, erklärte er dann mit einer Autorität, die eher an einen Priester erinnerte als an einen Lehrer. »Man sollte nicht gleich vor jeder Herausforderung davonlaufen, aber vor allem sollten Sie weniger auf sich hören, sondern auf das, was Ihnen die Malerei zu sagen hat. Im Moment befinden wir uns in einer Phase, die Ihnen öde und lästig erscheinen mag, wir spielen mit den Schattierungen. Aber alles um uns herum ist Farbe, alles setzt sich aus Farben zusammen. Schauen Sie genau hin, Señorita Teresa. Schauen Sie aus dem Fenster, und sagen Sie mir, was Sie sehen …«

Es war ein sehr sonniger Tag, und die Dächer und die Dachterrassen Madrids leuchteten hell. Die Gebäude bildeten eine feste, geordnete Struktur mit ihren schwarzen geschwungenen schmiedeeisernen Balkongeländern und den massiven Brüstungen an den auffälligen Fassaden, die mit den Pflanzen im Hintergrund gelblich wirkten. Unten waren die doppeltürigen Portale zu sehen, die Werbeplakate, die Geschäfte mit den gestreiften Markisen, die Menschen mit ihren Kleidern und Schuhen, die Gehsteige mit den glänzenden Bordsteinen. Von unten nach oben entfaltete sich ein Universum an Farben, das die im Nachmittagslicht erstrahlenden Gebäude bestimmte.

»Die Ziegelsteine sind orange«, sagte ich.

»Sie überraschen mich mit Ihrem Weitblick, Teresa«, meinte der Maler, der in die gleiche Richtung schaute. »Aber ich möchte, dass Sie erst mal in den Himmel sehen.«

»Der ist blau.«

»Was ist los, Señorita Teresa? Schauen Sie genau hin. Blau ist das Erste, was wir sehen, aber da ist auch weiß, ein leichtes Türkis, und beachten Sie auch das Indigoblau, Rosa, Gelb, Violett, den Hauch von Rot, noch ein anderes Blau, das intensiver ist und gleichzeitig sanft, marineblau, wo es sich von den Schornsteinen abhebt, himmelblau, wo es mit dem Hintergrund verschmilzt ...«

Ich sah den alten Maler an, während er sorgfältig den Himmel sezierte. Er schnaubte.

»Halten Sie durch, Señorita Teresa«, meinte er dann mit einem wohlwollenden Blick auf mich. »Es ist nicht leicht, es zu sehen, aber manchmal haben wir viel mehr vor Augen, als es scheint. Sie müssen lernen, *wirklich* zu sehen. Die meisten Menschen haben das verlernt. Sie gehen durch die Straßen, hasten an anderen Menschen vorbei, weichen Laternen aus, Kaffeehaustischen, losen Pflastersteinen. Sie sehen die Markisen nicht, die Schatten auf den Boden werfen, wenn die Sonne scheint, oder das flirrende Spiel der Blätter an den Bäumen darüber. Sie sind braun, beige, vanillegelb ... Und selbst der Asphalt ist nicht nur schwarz, manchmal ist er sienabraun, manchmal blaugrau. Sehen Sie genau hin. Das Rot eines Mantels wirkt manchmal magentafarben, manchmal beinah violett wie eine Pflaume, kirschrot oder pfirsichfarben. Die Farben verändern sich. Wenn wir uns bewegen, verwandelt sich alles. Jede Farbe ist einzigartig. Auch das Grau und das Schwarz, das Sie so sehr hassen.« Er schmunzelte. »Die Farbe wird kommen. Aber Ihr Blick muss erst bereit dafür sein ...«

»Woher wissen Sie das alles?«, fragte ich ein wenig eingeschüchtert.

»Man sagt, dass wir Alten mehr wissen, weil wir eben alt sind«, meinte er lächelnd. »Selbst der Teufel weiß mehr, weil er alt ist, und nicht, weil er der Teufel ist, oder? Und ich weiß, dass Ihr ganzes Leben grau ist. Ich weiß, dass Sie genug von all dem Grau haben, dass Sie wie gelähmt davon sind, aber ich glaube, das liegt vor allem daran, dass Sie sich darin eingerichtet haben, Sie leben in diesem Grau. Aber das wird nicht so bleiben, glauben Sie mir. Haben Sie noch etwas Geduld. Lernen Sie zuerst, das Licht in den Bildern zu sehen, die wir hier mit Kohle zeichnen. Die Farbe wird kommen. Ganz bestimmt.«

Die Farbe wird kommen.

Das letzte Licht des Nachmittags fiel zwischen den Gebäuden durch das Fenster herein und überzog die Worte des alten Malers mit einem ockerfarbenen Glanz. Ohne zu bemerken, dass ich ihn verblüfft anstarrte, ging er mit seinem Stock zu der Kiste mit den Farben hinüber. Als die Sonnenstrahlen zögernd erloschen, wandte ich mich um und griff nach meinen Sachen. Der alte Maler zündete sich seine Pfeife an, und der glühende Tabak war wie ein kleiner Sonnenuntergang.

»Haben Sie Geduld«, wiederholte er mit gerunzelten Brauen, während er an seiner Pfeife paffte. »Nur darum geht es.«

KAPITEL 4

Der Moment, der alles verändern würde, nahte, ohne dass ich es auch nur ahnte. Ich ließ meine Malsachen im Atelier und schlenderte wie befreit durch die Straßen, bevor ich mich schließlich auf den Weg machte, um meine Tante zu besuchen.

Wie immer kaufte ich für sie eine Dose *Moskovitas*, ein asturisches Gebäck, das die einzige Süßigkeit war, mit der man für einen Moment ihre Bitterkeit vertreiben konnte. Wenn sie im Sessel saß und ihre Schokoladenplätzchen knabberte, tat sie dies mit einer irritierenden Geduld, während ich ihr etwas auf dem Klavier vorspielen musste.

Ich befand mich bereits in der Nähe ihres Hauses, als plötzlich mein Telefon klingelte. Tante Brígida war am Apparat.

»Hör mal, Kind, ich habe noch eine Weile hier in der Stiftung zu tun.«

Ich atmete auf. Das passte mir gut. Ich drehte um und ging meiner eigenen Liturgie folgend an der Pfarrkirche Santa Bárbara vorbei und kehrte in der kleinen Bar ein, in der Tomás, der Kellner, mir immer einen Gin Tonic brachte, der den Gin einer neu entdeckten Marke enthielt, und ein wenig mit mir plauderte.

Ich saß am Fenster, das aus geschliffenem Glas bestand, und betrachtete mein Leben wie durch ein Kaleidoskop, während ich auf meinen Drink wartete. Doch an diesem Tag war Tomás nicht da, sodass ich die Bar wieder verließ.

Draußen kam mir eine ältere Dame entgegen, die mehrere Einkaufstaschen schleppte und einen betagten Hund hinter sich herzog. Alle paar Schritte machte sie eine Pause. Der Hund sah mich aus seinen braunen Augen an und winselte leise. Ohne groß zu überlegen, öffnete ich die Dose mit den *Moskovitas*, die eigentlich für meine Tante gedacht waren, und gab sie dem Hund. Dann überquerte ich die Straße, um auf der anderen Seite weiterzugehen.

Nachdem ich in der Calle Fernando VI kurz vor einem Blumengeschäft stehen geblieben war, um den Duft einzuatmen, der herausströmte, merkte ich, dass all meine Sinne in Aufruhr waren. Ich war bereit, ich wusste nur noch nicht, für was. Ein unbestimmtes erwartungsvolles Gefühl hatte mich mit einem Mal ergriffen und trieb mich wie ein Frühlingswind in ein kleines Antiquitätengeschäft, dessen geöffnete Holztür von leuchtenden Bougainvilleen umrankt war.

Im Eingangsbereich gab es eine große Auswahl an alten grünen Metallstühlen, die aus Pariser Parks zu stammen schienen, daneben standen ein paar Holzbänke mit abblätternder Farbe wie aus einem alten Film. Riesige Tische mit gedrechselten Beinen, die zu einem stolzen Preis angeboten wurden, waren mit Glaskrügen voller frischer langstieliger Rosen geschickt in Szene gesetzt.

Die beiden großen Kronleuchter an der Decke schaukelten und klirrten leise im Luftzug und gaben den Blick frei auf eine Wand, die voller alter Uhren hing.

Ich blieb einen Moment stehen. Wie verzaubert sah ich mich in dem kleinen Trödelladen um, der vollgestopft war mit altem Krempel, aber auch mit durchaus wertvollen Dingen.

Ein altes Messingbett, kostbare Porzellanpuppen, die in einer Vitrine saßen und deren starre Blicke ich etwas unheimlich fand, Regale mit hübschen, aber nutzlosen Küchenutensilien. Weiter hinten gab es Kerzenständer und Tischlampen, kleine offene Perlmuttkisten mit altem Schmuck und ein Klavier mit unvollständiger Tastatur, das als Ausstellungsfläche für alte Partituren diente, mit denen manche Interior-Designer heutzutage Wände tapezieren.

In diesem Geschäft war die Zeit stehen geblieben. Im Hintergrund war klassische Musik zu hören, die sich mit dem leisen Gemurmel der Kunden mischte, die sich über Kisten und Truhen beugten, aus denen anstatt alter Skelette Regenschirme mit eleganten Griffen ragten.

Ein paar Leute drängten sich um ein paar rote Samtsesselchen und dazu passende Fußbänke, die sich offenbar besonderer Beliebtheit erfreuten.

Ich ließ meinen Blick schweifen über die vielen großen und kleinen Kostbarkeiten, die hier zusammengetragen worden waren, doch mein Puls beschleunigte sich, als ich unter Millionen anderer Dinge ein bunt bemaltes Schild entdeckte, das ganz hinten an der Wand hing und mich auf nahezu magische Weise anzog.

Es war ein altes Ladenschild, auf dem in schön geschwungenen Lettern stand:

Aux tissus des Vosges
ALICE HUMBERT
Nouveautés

Ich brauchte eine Weile, um bis zu dem Ladenschild vorzudringen, das mich aus irgendeinem Grund sofort faszinierte.

Doch schließlich stand ich vor dem hübsch bemalten Holzschild und starrte so gebannt auf die Buchstaben, als ob ich den Stein von Rosetta entschlüsseln wollte.

In diesem Moment wusste ich noch nicht, dass dieses alte Ladenschild aus Paris mein Leben verändern würde. Ich wusste nur, dass ich es unbedingt haben wollte.

Wieder las ich die Aufschrift.

Aux tissus des Vosges – offensichtlich hatte dieses Schild einmal zu einem Stoffladen gehört. Natürlich kam mir sofort mein Koffer mit der bunten Stoffsammlung in den Sinn. Und auch den Namen der Besitzerin fand ich wunderschön:

Alice Humbert.

Das Schild war alt und an der Rückseite an den Stellen, an denen es aufgehängt wurde, mit neuen kleinen Spänen verstärkt worden. Der Verkäufer, der mein Interesse bemerkt hatte, versicherte mir, dass das Schild Anfang des zwanzigsten Jahrhunderts gefertigt worden war, ohne das genaue Jahr nennen zu können, und wies mich darauf hin, wie gut die Farben erhalten waren: Vor einem taubenblauen Hintergrund leuchteten die Buchstaben der oberen und der unteren Zeile in einem hellen Türkis, während in der Mitte der Name der Besitzerin in einem verblassten Himbeerrot aufgemalt worden war. ALICE HUMBERT stand da in Großbuchstaben. Groß genug, dass ich sie vom Eingang des Trödelladens aus hatte sehen können, an dem ich, durch die Bougainvilleen über der Tür angelockt, stehen geblieben war.

Ich hörte dem Verkäufer schweigend zu.

Schließlich zahlte ich zweihundert Euro in bar. Ich legte das Geld auf den Verkaufstresen und sah den jungen Mann, der mich so zuvorkommend bediente, lächelnd an. Ich verspürte eine seltsame Aufregung, weil ich das Gefühl hatte, mehr als nur ein altes Holzschild zu erwerben. Der Antiquitätenhändler wiederholte noch mehrmals, dass es sich um ein »Originalschild aus Paris« handele, das selten gut erhalten sei und von »außergewöhnlicher Farbigkeit«, wenn man bedenke, dass es viele Jahre über draußen an einem Geschäft gehangen habe, »im Regen und dem für Paris typischen wechselhaften Wetter«, während er das Schild sorgsam in Seidenpapier einschlug, um »die Farbe nicht zu beschädigen«, und es dann mit Luftpolsterfolie umwickelte.

Dann sah er auf und blies sich den Pony aus der Stirn.

»All diese Dinge bringen wir aus Paris hierher, sie stammen aus alten Lagerhäusern, in denen viele ...«

»Geschichten aufbewahrt werden«, beeilte ich mich zu sagen, während er eine Schnur um das Paket band.

»Viele Geschichten, ja. Bestimmt.« Er nickte. »Sie haben eine ausgezeichnete Wahl getroffen. Das ist ein wirklich schönes Stück. Wenn wir Ihnen sonst noch etwas, das Ihnen aufgefallen ist, reservieren sollen, sagen Sie es nur. Wir sind noch bis Sonntag hier, das ist eine ganz besondere Ausstellung antiker Möbel und anderer Raritäten.«

Ich nickte lächelnd. »Sagen Sie, wie alt sind Sie?«

»Dreiundzwanzig. Warum fragen Sie?«

»Nur so aus Neugierde.«

Ich sah zu, wie er die Schnur verknotete und mit der Hand die Folie an den Ecken glättete, die er dann mit Pappe und Klebeband verstärkte, damit unterwegs nichts kaputtgehen konnte.

»Sie machen das sehr sorgfältig«, bemerkte ich.

Diesmal sagte er nichts.

»Aber das ist eigentlich nicht nötig, ich wohne ganz in der Nähe.«

»Keine Sorge, das ist meine Aufgabe. Auf diese Weise ist es gut geschützt.«

Der junge Mann bot an, mir das Paket nach Hause bringen zu lassen, aber ich lehnte dankend ab.

»Nein, nein, ich möchte es gleich mitnehmen. Es ist ein Geschenk. Sozusagen.«

»Was?« Er sah mich überrascht an.

»Es ist ein Geschenk. Ein Geschenk ... für mich«, erklärte ich.

»Na, dann herzlichen Glückwunsch«, meinte er höflich. »Ich hoffe, es gefällt ...«

Ich fiel ihm erneut ins Wort.

»*Mir*. Es muss mir gefallen.«

Ich hatte mir angewöhnt, mich mit Verkäufern, Büroangestellten, Pförtnern, Taxifahrern oder Platzanweisern zu unterhalten, damit ich überhaupt mal mit jemandem reden konnte. Ich verwickelte sie in ein Gespräch, hörte ihnen zu, erhob Einwände oder ging auf ihre Worte ein, um das Gespräch zu verlängern, auch wenn sie nur ein Geschenk einpackten, das ich selbst öffnen würde.

»Es reicht, wenn es mir gefällt. Ich beschenke mich selbst.«

Ich lächelte glücklich, und er lächelte etwas verwirrt zurück.

»Viel Freude damit«, sagte er dann. »Und alles Gute«, fügte er noch hinzu, bevor er sich dem nächsten Kunden zuwandte.

Das Schild war wirklich schön, aber das war nicht der Grund, warum ich es gekauft hatte. Überhaupt nicht. Meine Wohnung war voll mit geerbten Bildern und Rahmen, Tischen mit kleinen Perlmuttdosen, exotischen Figuren, Postkarten aus Paris, unbenutzten Hermès-Aschenbechern, Tabletts mit Korallenmuster … Es war kaum noch Platz für andere Erinnerungsstücke, weder von mir noch von meinen verstorbenen Eltern. Doch dieser Kauf hatte eine andere Bedeutung, die mit der Vorahnung zu tun hatte, dass mein Schicksal mit diesem alten Ladenschild verbunden war. In dem Moment, als ich es gesehen hatte, war mir ein kleiner Schauder über den Rücken gelaufen, und meine Intuition hatte mich zu diesem französischen Schild geführt, das aus dem frühen zwanzigsten Jahrhundert stammte.

Sobald ich nach Hause kam, hängte ich es über den Schreibtisch in meinem Arbeitszimmer.

Normalerweise hätte ich den Hausmeister gerufen, damit er die Nägel in die Wand schlug, doch als ich zwei kleine Bilder abnahm, die in dem Bereich zwischen den beiden Fenstern hingen, stellte ich fest, dass sich die bereits vorhandenen Haken an den passenden Stellen befanden.

»Perfekt«, sagte ich zu mir selbst. »Wie seltsam.«

Ich trat ein paar Schritte zurück und betrachtete meine Neuerwerbung, die ganz wunderbar in mein Arbeitszimmer, vor allem aber zu mir passte. Ich verließ mehrmals den Raum und trat wieder ein, um zu sehen, ob das Schild wirklich gut aussah, und hatte das Gefühl, dass es genau an diese Stelle gehörte. Zuletzt begutachtete ich es noch einmal von Weitem und lächelte. »Ja, das ist es.« Das bunte Schild verlieh dem Raum eine gewisse Wärme.

In dem Lycée Français, in dem ich zur Schule gegangen war, hatte ein ganz ähnliches Schild in dem Raum gehangen, in dem der Werkunterricht stattfand. Es war der einzige Ort, an dem ich glücklich war.

Während wir töpferten und unsere Hände in den warmen Ton tauchten, war die Lehrerin fröhlich durch die Klasse gegangen und hatte dabei Chansons gesungen, die wir auf diese Weise mitgelernt hatten. Die Freiheit, sich schmutzig machen zu dürfen, war jedes Mal ein Höhepunkt in meinem täglichen Leben gewesen. Aber am Anfang hatte es mir Angst gemacht.

»Wo warst du, Teresa?«

»Ich war nur kurz auf der Toilette, Mademoiselle Florence«, erklärte ich verlegen.

»Wir arbeiten heute mit Ton.«

»Ja, ich weiß. Aber wenn ich mich schmutzig mache, bekomme ich Ärger zu Hause. Ich habe meinen Kittel vergessen.«

»Und jetzt? Kannst du nicht trotzdem mitmachen?«, fragte die Lehrerin und strich mir übers Haar.

»Ich fürchte nein. Meine Tante wird sauer sein, wenn ich mit Flecken auf dem Kleid nach Hause komme.«

»Das wäre aber schade. Die anderen überlegen schon, was sie aus dem Ton formen möchten.« Ihrer Stimme war das Mitleid anzuhören, das sie mit mir hatte. Sie wusste genau, was los war. »Wir haben nur noch auf dich gewartet.«

»Hmmm … Ich weiß nicht, ich muss darüber nachdenken …«

»Du hast dir doch sicher schon überlegt, was du aus dem Ton formen willst.«

Ich nickte eifrig. »Ein Kästchen.«

»Na, siehst du! Ich frage mal beim Hausmeister nach, ob er noch einen Kittel für dich hat. Vielleicht hat eine Schülerin aus einer anderen Klasse ihren Kittel liegen lassen.«

Mademoiselle Florence hatte mich aufmunternd angeblickt, und ich sah in ihren Augen das Vertrauen, das ich zu Hause vermisste.

»Was meinst du?«

»Ich würde gern mitmachen.«

»Dann soll es so sein, wenn es dich glücklich macht.«

Ich glaube, ihr waren meine Ängste und meine Vorsicht schon vorher aufgefallen. Aber in diesen Räumen, weit weg von Tante Brígidas Strenge, fühlte ich mich beschützt. Aus Rücksicht auf meine Familie sagte meine Lehrerin nichts, half mir aber mehr als den anderen Kindern, wenn ich mir nach dem Unterricht das Gesicht und die Hände säuberte. Ich liebte diese französische Lehrerin sehr.

Nachdem ich das Ladenschild der geheimnisvollen Alice Humbert eine Weile betrachtet hatte, legte ich mich aufs Sofa und schlief, in die Kissen gekuschelt, ein.

Als ich erwachte, lief das Radio.

Seltsam. Es musste von allein angegangen sein. Ich öffnete die Augen. Ein Sonnenstrahl fiel durch die Vorhänge. Im Halbschlaf drehte ich mich um, damit ich an die Fernbedienung herankam, die auf dem Couchtisch lag. Ich streckte die Hand aus und stellte den Ton leiser.

Ich hasste alles, was mit Technik zu tun hatte. »Nehmen Sie das Gerät mit dem Touchscreen, das ist viel besser und nicht viel teurer«, hatte der Verkäufer gesagt und mich damit überzeugt. Ich schaltete das Radio aus.

Nach einer Weile ging es wieder an. Etwas lauter.

»Was ist denn jetzt los?« Die Musik erklang in voller Lautstärke, und ich fuhr auf und griff erneut nach der Fernbedienung. Da funktionierte etwas ganz und gar nicht. Ich war mir sicher, das Gerät im Halbschlaf ausgeschaltet zu haben. Nun aber wirklich! Ich tippte auf den entsprechenden Befehl, legte mich wieder hin und dämmerte noch ein wenig vor mich hin, wobei ich die Musik kaum wahrnahm, die sich von allein wieder eingeschaltet hatte.

In der Horizontalen ließ sich das Leben viel besser ertragen. Meine Penthouse-Wohnung verfügte über vier Schlafzimmer mit Doppelverglasung, Holzboden, eine Sicherheitstür und einige dicke Teppiche. Außer meinem Atmen war nichts zu hören. Es drang kein Geräusch von draußen herein. In diesem Moment ging wieder die Musik an.

»Meine Güte, das gibt's doch nicht!« Ich griff nach der Fernbedienung und schaltete das Gerät entschlossen wieder aus.

Danach hatte ich Mühe, erneut einzuschlafen, und lag eine Weile unruhig auf dem Sofa. Wie konnte mir die Technik so einen dummen Streich spielen! Ich starrte misstrauisch auf das Display der Musikanlage. Die Zahlen der Zeitangabe leuchteten, das Radio war ausgestellt und der CD-Player leer. Sehr seltsam das Ganze. Ich überlegte, den Stecker herauszuziehen, war aber zu faul, um aufzustehen. Es war später Nachmittag, und ich schlief wieder ein, bis ich eine Stunde später erneut geweckt wurde.

Ich schreckte hoch. Als ich die Augen öffnete, konnte ich sehen, wie das grüne Licht auf dem Display der Musikanlage anging. Wieder erklang die Musik. Schon wieder! Vor Überraschung stieß ich einen Schrei aus.

Ich war kurz davor, die Fernbedienung auf den Boden zu werfen, hielt dann aber inne, weil ich auf das Lied hören wollte: *Je ne sais pas qui tu peux être, je ne sais pas qui tu espères, je cherche toujours à te connaître et ton silence trouble mon silence – Ich weiß nicht, wer du sein könntest, ich weiß nicht, wen du dir erhoffst, ich versuche dich besser zu kennen, und dein Schweigen stört mein Schweigen.*

Meine Knie wurden weich.

Ich hatte nicht das Gefühl, dieses Lied zu kennen, empfand den französischen Text aber als eine Botschaft.

Nervös ging ich durch die Wohnung und zündete mir eine Zigarette an, die ich, auf der Terrasse sitzend, rauchte. Mit ein bisschen Glück würde ich herausfinden, was das für ein Lied war. Die Melodie vor mich hin summend, stand ich auf, lehnte mich ans Geländer und sah zu, wie unten auf der Straße die Autos an der Ampel neben der Cafeteria hielten und die Gäste, die entspannt draußen saßen, mit ihren Abgasen einhüllten.

Inzwischen kam mir das Lied gar nicht mehr so unbekannt vor. Es war ein berühmtes Chanson von einer ebenso berühmten Sängerin. Ich zündete mir eine zweite Zigarette an, um weiter zu überlegen. Und wenn ich die Lust daran verlor, würde ich einfach eine Weile am Geländer stehen und wie eine Göttin von oben auf die Welt hinunterschauen, ohne selbst gesehen zu werden. Ich versuchte mir vorzustellen, in welcher Beziehung die Menschen in meinem Viertel wohl zueinander standen, welche Geschichten sich hinter ihren Gesichtern verbargen, womit sie sich beschäftigten und welche Probleme sie hatten. Ich hätte mir auch vorstellen können, wen sie liebten, aber was die Liebe anging, konzentrierte ich mich lieber auf mich selbst. Doch die Liebe war etwas, worüber ich nicht gerne nachdachte, und so schob ich die Gedanken daran beiseite und konzentrierte ich mich lieber wieder auf das Chanson.

Ich ging auf der Terrasse auf und ab und dachte nach.

Wenn ich mich einmal an einer Sache festgebissen hatte, war ich in der Lage, mich damit zu quälen, bis ich vollkommen erschöpft war. Letztendlich erbt man immer die Eigenschaften, die man am wenigsten erwartet.

Ich blickte ins Wohnzimmer, wobei die spiegelnden Fensterscheiben mir einige seltsame Dinge vorgaukelten. War da etwa jemand in der Wohnung? Die Sache mit dem Radio war merkwürdig gewesen. Unschlüssig blieb ich lieber noch ein wenig länger auf der Terrasse, weil ich nicht die Mutigste war. Während ich mich wieder ans Geländer lehnte, drehte sich die Melodie in meinem Kopf, und ich suchte weiter nach dem Titel des Liedes, das ich vor mich hin summte. Ich sah die Menschen unten auf der Straße und fragte mich, wie viele von ihnen wohl gerade eine richtige oder falsche Entscheidung getroffen hatten, um aufzubegehren. Um ihr Leben auf ihre Weise fortzuschreiben.

Schließlich drückte ich die Zigarette aus und eilte durch die Wohnung nach draußen.

»Ich darf keine Angst haben.«

Als ich in den Aufzug trat, hörte ich ein Knacken hinter mir und erschrak. Während ich hastig auf den Knopf drückte und sich die Türen hinter mir schlossen, hatte ich plötzlich das Gefühl, nicht allein im Aufzug zu sein. Ich spürte, wie ich in Panik geriet, und sah mich zögernd um. Aber da war nichts.

Wenig später verließ ich das Gebäude und ging die Calle de Almagro entlang bis zur Plaza Alonso de Martínez, um mich unter die Menschen zu mischen, die auf den Terrassen der Bars an der Plaza de Santa Bárbara saßen. Ich hielt Ausschau nach einem freien Tisch, aber es war alles besetzt, und so ging ich die Calle de Orellana noch ein Stück herunter und merkte, wie ich mich allmählich wieder beruhigte.

Zu gehen hatte mir schon immer geholfen, wenn ich Probleme hatte oder aufgeregt war. So war es auch diesmal. Sicher war es ein wenig seltsam, was eben in meiner Wohnung passiert war, aber es gab keinen Grund, dermaßen in Panik zu geraten. Die Vorstellung, dass mir jemand irgendwelche Zeichen gab, gefiel mir sogar. Und das war vielleicht noch seltsamer als das Lied, das ohne mein Zutun plötzlich angegangen war.

Ich weiß nicht, wer du sein könntest, ich weiß nicht, wen du dir erhoffst …

Genau, ich wusste nicht, wer ich sein könnte und wen ich mir erhoffte. Das einzige Bild, das ich von meiner Mutter und mir noch verschwommen im Kopf hatte, war, wie sie am Rand meines Bettes saß, um mir gute Nacht zu sagen und mit mir zu kuscheln, bis ich eingeschlafen war. Ich hörte ihr heiseres Husten, das ein viel zu frühes Ende erahnen ließ.

»Was soll ich dir erzählen«, sagte sie dann lächelnd. »Eine Geschichte?« Doch ich wollte sie einfach nur bei mir haben, ihre Wärme und Nähe spüren, die ich nach ihrem Tod meine ganze Kindheit über so vermissen würde. Ich vermisste sie in der Schulzeit und als ich älter wurde. Auf Reisen und als ich mich das erste Mal verliebte. Mein ganzes Leben lang und jede Nacht vor dem Einschlafen.

»Willst du eine Geschichte hören? Es war einmal ein Ort voller bunter Schmetterlinge, die in einem Wald voller Licht und Bäumen …« Sie musste abbrechen und drückte sich an mich, um diesen unaufhörlichen Husten zu unterdrücken.

»Du musst wieder gesund werden, Mama«, hatte ich gesagt, als wir später dicht nebeneinanderlagen und mit dem Rand der Bettdecke spielten, als ob wir uns vor den dunklen Schatten verstecken wollten, die sich unaufhaltsam näherten und schon viel zu dicht über uns schwebten.

»Und wenn ich groß bin, was wird dann aus mir, Mama?«

»Du wirst das sein, was du sein möchtest, meine Kleine. Du kannst alles erreichen.«

»Wirklich?«

»Ja, sicher. Du bist doch meine Tochter. Und ich weiß, dass du stark sein wirst. Du bist ein tapferes kleines Mädchen.«

»Aber ich will, dass du jede Nacht bei mir bist. Du darfst nie weggehen.«

»Schau«, sagte sie und strich mir übers Haar. »Ich werde immer bei dir sein. Verstehst du, mein Liebling? Immer. Erzähl mir jeden Abend vor dem Einschlafen, was du erlebt hast. Was du in der Schule gelernt hast, was du machst, was dir gefällt, was dir nicht gefällt und alles andere. Und wenn du Angst hast, deck dich gut zu und beiß ins Laken, als ob es ein Pfefferminzbonbon wäre, und ich werde hier sein. Bei dir. Wenn du Sorgen hast, werde ich dir helfen. Du musst mir einfach nur abends alles erzählen. In Ordnung? Und auch wenn ich weit weg sein werde …«

»Weit weg? Wo ist das?«

»Weit weg ist gleich hinter der Tür, Teresa.«

»Gut, Mama, aber nicht weiter.«

»Du musst keine Angst haben, mein Schatz. Du wirst alles schaffen. Du wirst unbesiegbar sein. Denk einfach immer daran, dass ich bei dir bin, wenn du die Augen schließt.«

»Ja, Mama.«

»Wenn du in Schwierigkeiten bist, ruf mich. Ich werde an deiner Seite sein. Und auch wenn das Licht ausgeht, werde ich bei dir sein.«

»Ja, Mama.« Ich kuschelte mich an sie und konnte die Augen kaum noch offen halten.

»Na, du schläfst ja schon fast.«

»Hmmm …«

»Gute Nacht, mein kleiner Liebling.«

In Gedanken ging ich weiter, über die Calle de Argensola, die Calle de Belén und die Calle de Regueros und von dort bis zur Plaza de las Salesas und der Plaza de la Villa de París, wo ich mich auf eine Bank setzte, die sich gegenüber dem Denkmal von Maria Barbara de Bragança befand. Schon wieder Paris. Ob das ein Zufall war oder einfach eine selektive Wahrnehmung, die meinen Wünschen entsprang? Aber warum das alles? Warum Paris? Was zog mich in diese Richtung? Ich blieb eine ganze Weile auf der Bank sitzen, blickte in den Himmel und fühlte mich so beschützt wie damals, als meine Mutter abends neben mir lag.

Als ich wieder nach Hause kam, hinderte mich ein Mantel, der plötzlich auf dem Boden lag, daran, die Tür zu öffnen. Ich musste kräftig drücken, um hereinzukommen.

»Das ist nichts Ungewöhnliches«, sagte ich mir. Der Mantel musste heruntergefallen sein, als ich so überstürzt die Wohnung verlassen hatte.

Ich zwängte mich energisch durch die Tür, hängte den Mantel wieder auf und ging ins Wohnzimmer. Wirklich ängstlich war ich nicht. Zuerst war mir ein bisschen mulmig, dann wurde ich sicherer, weil nichts passierte, und dann kamen mir wieder Zweifel, weil ich fürchtete, die Musikanlage könnte erneut und wie aus dem Nichts wieder angehen. Dabei schoss mir seltsamerweise durch den Kopf, dass ich zwar annehmen wollte, dass es sich hierbei um ein technisches Problem gehandelt hatte, mir aber gleichzeitig wünschte, dass es anders wäre. Alles hatte angefangen, als ich dieses alte Ladenschild aus Paris gekauft hatte.

»Alice. Alice Humbert«, murmelte ich.

Ich setzte mich aufs Sofa, betrachtete das bunte Schild und ließ meinen Gedanken freien Lauf. Wie diese Alice wohl ausgesehen hatte? Ob sie dunkelhaarig gewesen war oder blond? Wann hatte sie ihr Geschäft eröffnet? Und was hatte sie für Stoffe in ihrem Laden gehabt? Sie musste noch jung gewesen sein. Ich stellte sie mir mit einer Perlmuttspange im hochgesteckten Haar vor, gesund, hübsch, mit etwas Rouge im Gesicht und mit Leidenschaft bei der Arbeit. Eine Frau, die zu jener Zeit unter ihrem eigenen Namen ein Geschäft eröffnete, musste eine selbstbewusste Frau gewesen sein. Wenn sie unverheiratet war, dann hatte sie sicher viele Verehrer und vielleicht eine Romanze, die sie lächelnd unter dem gerade erbauten Eiffelturm über das Gelände der Weltausstellung flanieren ließ oder über die Boulevards mit ihren Cafés.

Ich stellte mir vor, wie sie mit ihren Spitzenhandschuhen ihr Geschäft aufschloss, die sie dann sorgsam in ihre Tasche steckte, bevor sie mit der Spitze ihrer zierlichen Stiefel die Tür aufstieß, um die Vorhänge zur Seite zu ziehen und das Licht hereinzulassen. Es war ein Geschäft über zwei Etagen, vielleicht in Saint-Germain-des-Prés oder an der Avenue, die zur Oper führte. Ein Geschäft, das bei Frauen beliebt war, die nach Stoffen suchten, um ihre Freundinnen mit einem neuen Rock oder einer taillierten Bluse mit einem großzügigen Ausschnitt zu beeindrucken. Frauen der gehobenen französischen Gesellschaft, die von ihren Schneiderinnen begleitet wurden, um zu entscheiden, wie viele Meter Stoff für den neuen Rock gebraucht wurden, und die sich über die neuen Gebäude in der Stadt ausließen, während sie an der Kasse standen. Eine fröhlich klingelnde Türglocke, pudriger Duft und Regale voller bunter Stoffballen. Schantungseide, Piqué, Musselin, Leinen, Glacé, Cretonne, Perkal – ein Stoffballen auf dem anderen bis zur Decke hinauf und nur über eine Holzleiter zu erreichen, die ein junger Gehilfe ans Regal stellte. Große Scheren, die vor den bewundernden Augen der Kundinnen mit sicher geführten Klingen die Stoffbahnen durchschnitten. Das Klingeln der silbernen Registrierkasse, wenn eine junge Verkäuferin den Stoff in Seidenpapier einschlug. Eine Hintertür, die zum Lager führte, und die blaugestrichene Holztür mit dem eingelassenen Sichtfenster, das im Luftzug vibrierte, wenn eine Kundin das Geschäft verließ. Der junge Gehilfe hieß vielleicht Léo und war der nicht besonders fleißige Sohn von Alices bester Freundin, der irgendwie beschäftigt werden musste.

»Die Nächste bitte«, sagte sie, an die Reihe der Frauen gewandt, die, ihre Handtaschen an sich gedrückt, darauf warteten, bedient zu werden, und ihre begehrlichen Blicke über die bunten Stoffe in den Regalen schweifen ließen.

»Ich empfehle Ihnen den Glacé-Stoff mit seinem wunderbaren schillernden Effekt, Sie werden darin ganz zauberhaft aussehen«, sagte Alice und breitete ein Muster von zwei Metern auf der abgewetzten Theke aus.

»Lassen Sie das meine Sorge sein. Fassen Sie ihn mal an, für mich ist dieser Stoff etwas ganz Besonderes«, meinte sie, während die Kundin kokett den Hals über dem vorgehaltenen Stoffmuster reckte, um zu sehen, ob dieser Farbton auch wirklich zu ihr passte.

Wie wohl die Stimme von Alice Humbert geklungen hatte? Sanft oder selbstbewusst? Ich wusste es nicht, natürlich nicht, aber ich stellte mir die Besitzerin des Stoffladens sehr höflich und zugleich sehr überzeugend vor, wenn sie sich an ihre Kundinnen wandte, um sie zu beraten.

Die Alice meiner Fantasie hatte einen bis zum Kinn reichenden Spitzenkragen getragen und war irgendeinem Mathieu, Clément oder Antoine versprochen.

So verlor ich mich in meinen Gedanken, während ich einmal mehr zu dem Ladenschild hinübersah, das nun in meiner Wohnung hing. Mein Blick blieb an dem Namen der ehemaligen Besitzerin des Stoffgeschäfts in Paris hängen, der ich mich jetzt schon auf eine unerklärliche Art verbunden fühlte: *Alice Humbert*.

Wenig später stieß ich einen triumphierenden Schrei aus.

»Ich hab's! Ich hab's!«

La Question. Das Lied von Françoise Hardy. Das war es! Es war eines der Chansons, die Mademoiselle Florence uns im Werkunterricht vorgesungen hatte.

Ich sprang vom Sofa auf und trat näher an das Schild heran: *Aux tissus des Vosges. Alice Humbert*.

Plötzlich erschien mir alles wie ein geheimer Code, der nur von mir entziffert werden konnte.

Das Radio, das plötzlich angegangen war. Der Text des Chansons von Françoise Hardy. Der Name auf dem Schild, der mich vom ersten Moment an in Bann gezogen hatte, als wolle er mir etwas sagen. Es war verwirrend, absurd, aufregend. Und doch spürte ich, dass hier gerade etwas Schicksalhaftes vor sich ging. Etwas, das mit meinem Leben zu tun hatte. Unwillkürlich hielt ich den Atem an, während ich weiter auf das Schild starrte, bis ich schließlich die entscheidende Frage stellte.

»Wer bist du, Alice Humbert?«, sagte ich leise.

KAPITEL 5

Am nächsten Morgen machte ich mir ein Frühstück, wie man es sonst nur im Café bekommt, denn welchen Sinn hat es, allein zu leben, wenn man sich nicht selbst verwöhnt: zwei Scheiben geröstetes Brot mit Olivenöl und Tomate und einen Milchkaffee. Ich saß in der Küche. Zwischen den Blumenbildern an der Wand hing eine alte Uhr, deren Ticken man in der Stille des Morgens hören konnte. Ich hatte sie vor vielen Jahren aus Prag mitgebracht, zusammen mit einem verstellbaren Kalender, der immer dasselbe Datum anzeigte: Laurents Geburtstag, an dem ich wohl mal glücklich gewesen sein musste.

Die Küche ging auf eine Dachterrasse hinaus und hatte ein großes Fenster, das ich an warmen Tagen weit öffnete, um den ganzen Raum mit Sonnenlicht zu füllen. Licht. Ich brauchte Licht, ich war wie besessen davon. Mit einem leisen Schaudern dachte ich an die schweren roten Samtvorhänge im Haus meiner Tante, die jedes Licht ausgesperrt hatten. Tante Brígida mochte die Sonne nicht, die Vorhänge waren stets zugezogen, um die Wärme abzuhalten oder auch die ganze Welt. Sie liebte es kühl und schattig. Auch tagsüber gab es nur künstliches Licht. So künstlich wie Tante Brígida selbst.

Ich hörte, wie mit einem leise klickenden Geräusch die automatische Bewässerungsanlage ansprang, die alle Pflanzen auf der Terrasse mit Wasser versorgte, und musste daran denken, wie ich vor fünfzehn Jahren gewesen war. Zu allem bereit, half ich bereits in der Stiftung aus – mit meinem zu Zöpfen geflochtenen Haar und dem Drang, diese dunkle Höhle aus Marmor und weinroten Vorhängen, die mein einziges Zuhause war, endlich zu verlassen. Ich war so fasziniert von Kunstgalerien, dass ich dank der Einladungen, die wir erhielten, die meiste Zeit in Ausstellungen verbrachte. Immer wieder versuchte ich meine Tante davon zu überzeugen, ein neues Gemälde für den Versammlungsraum zu kaufen, ein Bild im Gang aufzuhängen oder den Eingangsbereich mit dem Werk eines noch relativ unbekannten Künstlers aufzufrischen, den ich gerade erst entdeckt hatte. Meine Tante winkte jedes Mal ab. »Das hat keinen Wert«, sagte sie mit der ihr eigenen Arroganz. »So etwas kaufen wir nicht.«

»Aber dieser Künstler hier wird Erfolg haben, man sieht es seinen Bildern jetzt schon an, er malt großartig«, verteidigte ich mich, nachdem ich mich von einem jungen Maler hatte verführen lassen, der zum ersten Mal öffentlich seine Bilder ausstellte.

Sein Name war Laurent, und ich hatte ihn eines Freitags in einer dieser Galerien kennengelernt, in der junge europäische Künstler ihre Werke ausstellten, die ein Stipendium erhalten hatten. Laurent kam aus Paris, und ich liebte Paris.

Ich weiß noch, wie ich an jenem Tag vor einem riesigen Gemälde im letzten Raum der Ausstellung stand und die Explosion der Farben mich sprachlos machte. Es war eine in kühnen Blöcken gemalte Straße, die Farben waren unverfälscht, keine Schattierungen, keine Aufhellungen, alles war mit großzügigen wilden Pinselstrichen aufgetragen worden, die sich nicht um die Perspektive kümmerten. So ein Bild hatte ich noch nie gesehen.

»Gefällt es dir?«

»Wem? Mir?«

»Sicher, natürlich dir. Wem denn sonst?«

»Ja … Es gefällt mir sehr.«

Ich betonte das »sehr«, während ich mich vorbeugte, um die Signatur lesen zu können, während der junge Mann, der sich neben mich gestellt hatte, mir leise zuraunte:

»Es ist nicht mein bestes Bild, aber es findet offenbar großen Anklang.« Er lächelte schelmisch. »Und du? Was denkst du? Deine Meinung interessiert mich. Komm, sag mir, welche Fehler dir auffallen.« Er nahm mich einfach am Arm und zog mich zwischen Galeristen, Sammlern, Neugierigen, Fotografen und Malern durch den Raum zu einer Bar hinüber, an der Weine ausgegeben wurden.

»Ich habe gesehen, wie du dir mein Bild angeschaut hast. Ich heiße übrigens Laurent.«

»Ja, das habe ich bereits in der Signatur gelesen. Ich bin Teresa.«

Während er zwei Gläser Rotwein bestellte, fiel mein Blick auf seine Hände, die er auf die aus Holzkisten improvisierte Theke gestützt hatte. Es waren die Hände eines Seemanns, zumindest stellte ich mir so die Hände eines Seemanns vor: gebräunt, kräftig, zupackend.

»Komm, lass uns anstoßen«, meinte er, als er mir mein Glas reichte.

»Auf dein Werk«, sagte ich und hob mein Glas.

»Nein«, sagte er und betrachtete mich mit einem verführerischen Lächeln.

»Nein?«

»Auf die Farbe Kobaltblau.«

Es war das erste Mal, dass ein Mann mich derart überraschte, mich auf diese Weise ansah. Laurent eroberte mein Herz auf der Stelle. Kobaltblau war die Farbe meines Kleides. Das ich am Abend desselben Tages in seinem Zimmer in La Latina ausziehen würde, um mich ihm hinzugeben, nachdem wir zusammen die schmale Treppe zu seinem kleinen Atelier hinaufgestiegen waren.

Doch in diesem Moment in der Galerie fühlte ich mich in meinem kobaltblauen Kleid plötzlich völlig deplatziert zwischen all den lässigen Malern und Kulturliebhabern, die mit ihren Gläsern durch die Räume streiften und sich über Kunst unterhielten. Und ich in diesem feinen blauen Kleid und den streng geflochtenen Haaren. Wie eine Puppe im Sonntagsstaat. Das kam davon, dass ich von einer weltfremden, pingeligen Tante erzogen worden war, die mir beigebracht hatte, mich wie eine »junge Dame« zu kleiden. Ich wirkte wie ein Anachronismus aus dem neunzehnten Jahrhundert zwischen all den modernen Menschen mit ihren Bärten, ihren langen Haaren und ihrer Bohème-Kleidung. Sie waren für mich wie der Inbegriff der Freiheit, nach der ich mich so sehnte.

Wir stellten uns an ein Fass vor der Weinbar, das als Tisch diente. Wenn man sich umsah, fiel einem sofort auf, dass die ganze Ausstellung ein bisschen improvisiert wirkte – offenbar war das gerade in, um cool zu sein.

Laurent bestellte gleich noch zwei Gläser Wein und meinte dann, dass wir unbedingt in der Nähe etwas essen gehen sollten, um nicht gleich betrunken zu sein.

»Also, wo wollen wir hingehen? Du kennst Madrid besser als ich und darfst das Restaurant auswählen.«

»Aber in Vierteln wie diesem kenne ich mich nicht besonders aus«, erklärte ich verlegen.

Wenn es ums Ausgehen ging, war ich ein Totalausfall. Nicht, weil ich nicht gerne ausging, sondern weil ich es nicht durfte.

»Was soll das heißen, in Vierteln wie diesem? Gehörst du etwa zu diesen reichen Leuten, die arme Künstler wie mich zu solchen Ausstellungen einladen?«

Ich sah ihn überrascht an. Da ich nichts sagte, fuhr er fort:

»Ja, ich bin ein Anfänger wie die meisten Künstler hier im Raum. Und du bist ein hübsches Mädchen, das sich gern in solche Kreise mischt. Oder … du bist eine angehende Kunsthändlerin.«

»Ich interessiere mich für Bilder, deshalb bin ich hier. Aber wenn du meinen Kleidungsstil meinst … Das Kleid gefällt mir einfach«, erklärte ich ein wenig zu heftig.

Ich wollte den Eindruck erwecken, selbstbestimmt zu sein, anstatt ein Mauerblümchen, das anzog, was ihm zu Hause befohlen wurde.

Er nickte amüsiert.

»Und mir gefällt es auch. Dieses Kobaltblau steht dir ganz hervorragend. Oder sollten wir eher von einem Yves-Klein-Blau sprechen.« Er zwinkerte mir zu.

»Oder vielleicht von Hockneys Swimming-Pools?« Ich lächelte auch.

»*Touché*, du hast recht.« Er musterte mich neugierig. »Gehst du oft in Ausstellungen?«

»Ja. Ich bin gern in Kunstgalerien. Es ist immer so friedlich dort. Ich mag das leise Gemurmel der Leute. Das absichtslose Schlendern. Man verfällt sofort in einen langsameren Schritt, nicht wahr? Es ist, als ob alle schlafwandeln, wie in einem schönen Traum.« Ich schwieg einen Moment. »Aber ich gehe auch gern in Konzerte«, setzte ich dann hinzu. Nicht, dass er mich für weltfremd hielt.

»Die gibt es hier auch?«

»Ja, ganz viele. Mit ungewöhnlicher Musik. Die würden dir sicher gefallen.«

»Glaubst du? Was meinst du denn, welche Musik mir gefallen könnte?«

»Hm. Schwer zu sagen. Du bist Franzose. Aber, ich glaube, dass du Jazz magst.«

»Nicht schlecht. Und was ist mit dir? Was gefällt dir?«

»Meinst du französische Musik? Oder spanische?«

»Was auch immer. Was hörst du, abends bevor du ins Bett gehst? Oder morgens unter der Dusche?«

»Unter der Dusche?« Ich musste lachen. »Ich weiß nicht. Du verwirrst mich. Jedenfalls höre ich zu Hause jede Art von Musik. Jazz auch, ja. Wie du, oder?«

»Ja, das habe ich doch schon gesagt.«

»Nein wirklich?« Mir fiel gar nicht auf, wie angenehm es war, mit Laurent durch die Straßen zu gehen. Inzwischen hatten wir die Galerie verlassen. Ich war noch nie zusammen mit einem jungen Mann unterwegs gewesen, deshalb wusste ich nicht, wie gut es mir gefiel. Ich vergaß die Zeit, mich und mein blaues Kleid.

»Schau mal! Sollen wir in diese Bar gehen? Ich habe auch Lust, eine Kleinigkeit zu essen. Bei uns in Spanien sagen wir dazu *picar*. Wie sagt man in Frankreich?«

»Essen.« Laurent brach in Gelächter aus, und ich lachte auch.

»Ich weiß, dass es ›essen‹ heißt, aber ich meinte … Ach, vergiss es!«

Ich genoss meine neue Leichtigkeit wie ein kleines Mädchen, das zum ersten Mal mit dem Kettenkarussell durch die Luft fliegt. Ich mochte seinen französischen Akzent, der so gar nicht zu seinem rustikalen Aussehen passte. Laurent studierte Bildende Kunst und stammte ursprünglich aus Lille. Aber schon bald war er nach Paris gezogen, in eine Rue Richelieu. Das war das Einzige, was ich verstand, weil es in der Bar so laut war. »Du bist sehr hübsch«, rief er mir ins Ohr, und ich wich für den Rest des Abends nicht mehr von seiner Seite.

Sein Atelier war klein, spartanisch und äußerst hellhörig. Er war so schäbig, dass nur noch zwei braune Wolldecken gefehlt hätten, und ich hätte gedacht, mich in einer Szene aus *Les Misérables* zu befinden. Wir küssten uns, während das Wasser laut durch die Rohre rauschte. Meine Tante hätte mich sicher sofort dort weggeholt, doch ich war von da an jeden Abend bei Laurent. Seine Schultern und seine Arme waren so kräftig, wie es heutzutage bei jungen Männern selten ist. Und doch war seine Haut so zart und glatt wie die einer Frau. Sein Körper war gebräunt und sein Haar dunkel. Und seine Hände waren … perfekt. Perfekt in ihrer Zärtlichkeit. Sicher strich er damit über jede Stelle meines Körpers. Er wusste genau, wo ich berührt werden wollte, als hätte ich eine Landkarte auf meiner Haut, an der er mit den Fingerspitzen entlangfuhr, bis seine zärtliche Erkundungsreise an meiner empfindlichsten Stelle endete. Von meinen Schultern, meiner Brust, meinen Hüften aus endete er jedes Mal an dieser Stelle. Mein Gott, ich glaubte zu sterben. Der Wein war meine Droge, ich ließ mich gehen, ich war frei. Und der

Duft seiner Haut war so, wie es nur beim ersten Mal sein kann. An diese Nacht würde ich mich mein ganzes Leben erinnern.

Wir liebten uns über Stunden. Ich hatte ihm nicht gesagt, dass ich noch Jungfrau war, weil er, während ich in seinen Armen lag, immer wieder flüsterte, wie gut es war. »Du bist vollkommen«, murmelte er mir ins Ohr, manchmal auf Spanisch, manchmal auf Französisch. Ich fühlte mich wie neugeboren – endlich war ich den eisernen Fesseln entronnen, den familiären Umklammerungen, die mir die Luft zum Atmen genommen hatten. Der Sex mit Laurent war wie eine Befreiung. Und während wir uns leidenschaftlich liebten, hätte ich es niemals für möglich gehalten, dass dieser Mann bald nur noch eine ferne Erinnerung sein würde. Es ist immer zu früh, immer zu wenig.

Die nächsten Monate verbrachte ich meine Abende in dem kleinen Atelier, wo es nach Terpentin und nach Farben roch. Tagsüber ging ich zur Uni, aß anschließend mit meiner Tante und flüchtete mich dann zu ihm. Oft kam er mich abholen, denn er lebte ohne Plan in den Tag hinein. Ich war sein einziger fester Termin.

»Ich bin schon da.«

»Ja.«

Ich legte rasch auf, und das Lächeln verschwand gar nicht mehr aus meinem Gesicht. Er wartete einige Straßen vom Haus meiner Tante entfernt auf mich.

Es war ein wunderbares Gefühl, mich zu verstecken und in seinen Armen die Stadt neu zu entdecken. Es war fast so, als wäre er aus Madrid und ich aus Paris. Er dachte sich immer neue Sachen aus, die wir unternehmen konnten, und ich war entspannt und glücklich wie nie zuvor. Es störte mich nicht, zu spät nach Hause zu kommen, denn er überlegte sich für mich eine Ausrede. Wenn er anrief und meine Tante ans Telefon ging, gab er vor, eine Umfrage zu machen und alle Hausbewohner befragen zu müssen. In dem riesigen Gebäude mit dem alten Eichenparkett, das bei jedem Schritt knarrte, wenn ich voller Sehnsucht nach ihm die Treppe hinunterlief. Dann wieder verstellte er seine Stimme und gab sich als Kommilitonin aus, die sich mit mir in der Bibliothek verabredet hätte. Er lieh sich ein Motorrad und behauptete, es wäre gestohlen, um die Fahrt durchs Gebirge aufregender zu machen. »Schnell, steig auf, wir müssen los«, drängte er mich mit laufendem Motor, und ich setzte mich glücklich lachend hinter ihn und schlang die Arme um seine Brust. »Wir suchen uns ein neues Land, um uns dort niederzulassen«, sagte er und wies auf die Weinflasche, die aus seinem Rucksack ragte. »Du wirst die Prinzessin der Berge sein.« Das Motorrad fuhr schnell. Ich fühlte mich frei. Und wenn man frei ist, will man immer mehr.

Ich kannte jeden Zentimeter seines Körpers, aber ich stellte fest, dass ich nicht wusste, was in seinem Kopf vorging.

»Würde dir das gefallen?«

»Du weißt, dass es so ist.«

»Dann komme ich bald wieder.«

Er war mir so nah, ich glaubte, seine Seele zu spüren, als er mich zum Abschied umarmte.

Laurent war fast ein Jahr nicht mehr zu Hause gewesen. Er war ein Freigeist ohne familiäre Unterstützung, ich denke, dass ihn das so unabhängig machte. Mit ihm konnte ich fliegen. Die Zeit war so schnell vergangen wie nie, mit einem solchen Hunger nach Leben. Ich dachte, es würde immer so weitergehen, doch nun musste er nach Frankreich zurück.

»Mein Vater«, sagte er mit ernster Miene. Und ich verstand. In der Zeit seiner Abwesenheit ertrank ich in Sehnsucht. Wir telefonierten täglich und schrieben uns unzählige Briefe. Ich konnte an nichts anderes mehr denken als an seine Rückkehr.

Doch dann meldete er sich plötzlich nicht mehr. Er rief nicht mehr an. Schrieb keine Briefe mehr. Ich erinnere mich noch ganz genau an den Tag, an dem ich mit meiner Neigung, nach einem Zeichen zu suchen, das mir eine Erklärung gab, hinaus auf den Balkon trat. Einsam und traurig hielt ich nach dem Mond Ausschau, doch er war nicht da. Es war eine jener düsteren mondlosen Nächte.

Ein Jahr nach der Ausstellung, bei der wir uns kennengelernt hatten, blieb mein Leben plötzlich stehen. Es war, als hätte jemand den Stecker gezogen. Laurent war verschwunden, und seine plötzliche Abwesenheit ließ mich im Dunkeln zurück.

Monatelang zog es mich jeden Tag zu dem Haus, in dem er gewohnt hatte. Ich ging sogar hinein, doch in das Atelier waren bereits andere Studenten eingezogen. Es gab keine Spur mehr von Laurent, nichts, was ihm gehört hatte, keine Leinwände, keine bunten Bilder. Und so gelangte ich auf die andere Seite, wo das Leben grau und farblos ist. Und dort blieb ich. Aus freien Stücken. Das graue Land wurde auf eine seltsam masochistische Art mein Zuhause. Ich war wie erstarrt. Ich hatte nicht einmal mehr Tränen.

Irgendwann später las ich in einer Zeitschrift beim Zahnarzt, dass die Augen austrocknen können, wenn man zu viele Tränen vergossen hat. Und dann weint man mit dem Herzen weiter, das irgendwo tief in der Brust sitzt, und dieser stumme Schmerz ist schlimmer als die erste Verzweiflung. Ich weiß nicht, ob das wirklich stimmt. Ich weiß nur, dass der schlimmste Schmerz nicht die Einsamkeit ist. Sondern das Gefühl, von jemandem vergessen zu werden, den du selbst niemals vergessen wirst. Wieder einmal war ich verlassen worden, und ich dachte, dass das wohl mein Schicksal war.

KAPITEL 6

In der Stiftung wurde ich im Grunde nicht gebraucht, und das ließ man mich auch spüren, wenn ich einmal in der Woche, vorzugsweise freitags, das Gebäude betrat, um an der Sitzung des Stiftungsrats teilzunehmen. Die ablehnenden Blicke, die eigentlich Tante Brígida galten, erntete ich. In der Stiftung dachten wohl alle, dass ich der verlängerte Arm des Übels sei. Die Angestellten, die fast wie eine Familie waren, waren meinen Eltern immer noch zutiefst verbunden und zeigten uns die kalte Schulter.

»Guten Tag, Señorita Espinosa.« Die Sekretärin.

»Guten Tag, Señorita Espinosa.« Der älteste Verwaltungsangestellte.

»Guten Tag, Señorita Espinosa.« Das Veranstaltungsteam.

»Guten Tag, Señorita Espinosa, wünschen Sie etwas?« Der Leiter der Finanzabteilung.

»Ja, ich wünsche mir, dass Sie mich Teresa nennen. Kann ich Sie irgendwie dazu bringen?«

»Natürlich, Señorita … Teresa.«

Meine Tante hatte dafür gesorgt, dass man mich nicht beim Vornamen nannte. »Du musst immer eine gewisse Distanz wahren, damit diese Leute wissen, wer in dieser Einrichtung das Sagen hat«, erklärte sie mir in ihrer viktorianischen Art. Aus Protest unterschrieb ich immer nur mit *Teresa*, zumal das auch der Name meiner Mutter gewesen war. Es war eine der wenigen Möglichkeiten, mich meiner Tante zu widersetzen.

Der Leiter der Finanzchef, der wie die anderen Mitarbeiter die Auseinandersetzungen mit meiner Tante fürchtete, verfiel wieder in sein übliches Schweigen. Seufzend unterschrieb ich ein paar Dokumente und setzte mich dann im Sitzungsraum auf das Sofa, um nachzudenken. Ich lehnte meinen Kopf an die Lehne, die vertraut nach altem Leder roch, und erinnerte mich daran, wie ich mich als Kind oft hinter dem Sofa versteckt hatte. Auf der Rückseite hatte ich sogar heimlich meinen Namen eingeritzt, und ich schaute nach, ob er noch zu sehen war.

Meine Arbeit bei der Stiftung bestand in der Hauptsache darin, Protokolle zu unterschreiben, Danksagungen ans Ministerium, freundliche Briefe an andere Stiftungen und die Weihnachtskarten, deren Motive Tante Brígida unter den hässlichsten Gemälden von Christi Geburt auswählte. Sonst hatte ich dort keine Aufgaben. Das gehörte zur Struktur der Stiftung, die zu gleichen Teilen wirtschaftlich und wohltätig agierte. Ich ließ mich also einmal in der Woche dort blicken, um – wie meine Tante nicht müde wurde zu betonen – die Bedeutung unserer Familie zu zeigen und diese zu repräsentieren, und empfand es zunehmend als Last.

Auch diesmal war es genau wie immer. Alles wurde routiniert und schnell erledigt, weil ich im Grunde nicht gebraucht wurde. Tatsächlich funktionierte alles reibungslos – wie in allen Firmen, die aus einem Familienunternehmen hervorgegangen waren und wo man die Familie im operativen Geschäft schon lange nicht mehr brauchte. Meine Tante hingegen feierte ihren Einzug jedes Mal mit dem Pomp einer Führungsperson. Ich sah sie durch die verglaste Front des Sitzungsraums herannahen. Sie trug einen Mantel mit Pelzkragen, was nicht der Kälte dieses Frühlingsmorgens geschuldet war, sondern ihrer vornehmen Unnahbarkeit. Feierlich schritt sie die Eingangstreppe herauf und ließ sich von dem Hausmeister die Tür aufhalten, um in die Marmorhalle zu treten, in der ich meine erste Ohrfeige erhalten hatte, weil ich mit hochgeschobenem Rock das breite geschwungene Geländer hinuntergerutscht war. »Man kann alles sehen, Teresa, *alles*! Benimm dich!«, hatte sie mich wütend angeschrien, und ihre Hand klatschte in mein Gesicht. »So geht das nicht«, hatte sie gesagt, als ich sie mit offenem Mund und brennender Wange anstarrte. Sie war unerbittlich, und vielleicht war es ihr sogar wichtiger, zu demonstrieren, dass sie die kleine Teresa, die keine Eltern mehr hatte, mit strenger Hand erzog, als mein Verhalten zu bestrafen. Sie hatte einen Auftrag, und den nahm sie sehr ernst. Das war ihre Art von familiärer Zuwendung, während ich erwachsen und sie alt wurde. Ihre Härte hatte mich stark gemacht hat, und der Beweis dafür war, dass ich niemals krank wurde.

»Wer einen Fehler gemacht hat und ihn nicht korrigiert, begeht einen zweiten«, pflegte sie zu sagen. Meine Fehler waren die eines Kindes, das immer fleißig gelernt hatte, aber nicht in der Lage war, eigene Entscheidungen zu treffen, weil sie es mir immer abgenommen hatte. Deshalb geriet ich in Panik, wenn ich etwas entscheiden musste.

Die Kleidung, die ich nicht mehr trug, wurde an Klosterschulen und christliche Hilfsorganisationen geschickt, »weil sie dort dringender gebraucht werden«, so Tante Brígidas Worte. Und ich, die ich an allem hing, musste lernen, mich von Dingen zu trennen, die in großen Säcken abtransportiert wurden. Ich wusste nie, wer meine Sachen bekam, und in dieser Zeit entstand wohl auch meine Stoffsammlung, die ich hegte und pflegte, weil sie es mir leichter machte, mich von meinen Lieblingskleidern zu trennen. Einige Kleider musste ich heimlich kürzen, damit es nicht auffiel, dass ein Stückchen Stoff fehlte. Ich klammerte mich an meine Erinnerungen, indem ich mir diese bunten Fetzchen herausschnitt.

»Tante Brígida, kann ich das nicht behalten?«

»Nein. Weder dies noch das.«

»Aber das Kleid habe ich kaum angezogen.«

»Sei nicht undankbar.«

»Aber ich hänge an diesem Kleid«, sagte ich weinend und in der Hoffnung, ihr Mitleid zu erregen.

»Rede keinen Unsinn, Kind. Ich habe dir schon oft gesagt, dass jedes Mal, wenn ein neues Kleidungsstück in den Schrank kommt, ein anderes herausmuss. Das ist und bleibt so.«

Sie mit ihren strengen Regeln. Und ich mit meiner romantischen Seele, die sich nach einer Geste der Zärtlichkeit sehnte.

»Ich nehme an, du hast die Dokumente schon unterzeichnet«, sagte sie sofort, nachdem sie hereingekommen war und den Mantel abgelegt hatte. »Ich bin völlig erschöpft. Und der Zaun unten vor dem Gebäude ist immer noch nicht gestrichen. Sie haben doch gesagt, dass das im Frühjahr erledigt wird, also worauf warten sie? Muss ich denn auf alles ein Auge haben? Wozu ist dieser Fuencisla eigentlich da? Ich spreche gleich mit José Manuel, damit er das in die Wege leitet. Das ist wirklich unglaublich!«

Sie ging zum Barwagen und nahm sich ein Glas Cognac.

»Ich habe alles unterschrieben«, sagte ich lahm.

»Hast du dir auch alles genau durchgelesen?«

»Nein. Das war nicht nötig. Es ist eh immer dasselbe.«

»Aha.«

Sie sah mich an und zog angesichts meiner Gleichgültigkeit die Augenbrauen hoch.

»Willst du denn nicht irgendwann selbst einmal die Zügel in die Hand nehmen?«

Ich schwieg.

»Ich rede mit dir, Teresa. Ich denke, du solltest dir des Ernsts der Lage bewusst sein, und das ist kein Scherz. Du musst allmählich mal Verantwortung übernehmen, verstehst du? Ich hatte gehofft, dass du endlich anfangen würdest, eine Espinosa zu sein. Aber du bist genau wie deine …«

Sie verstummte.

»Wie meine Mutter? Wolltest du das sagen?«

Sie griff wieder nach ihrem Glas, das sie auf einem halbhohen Regal abgestellt hatte, nahm einen Schluck und trank es dann entschlossen aus.

»Ja, das wollte ich sagen. Du bist genau wie sie. Die gleichen romantischen Fantasien, die gleichen lächerlichen Träume. Wir haben das halbe Leben zusammen verbracht und sind doch so unterschiedlich. Das werde ich nie verstehen. Und du …« Sie schüttelte den Kopf. »Ich weiß nicht, wann du endlich erwachsen werden willst. Dabei habe ich gedacht, dass der Umzug in die Penthouse-Wohnung und deine Unabhängigkeit dazu führen würden, dass du endlich in der Realität ankommst. Aber vielleicht muss ich erst sterben, damit du mal aufwachst.«

Ich zuckte nur mit den Schultern, was sie noch wütender machte. »Das würde dir gefallen, was?«, sagte sie, um mich zu provozieren. »Aber da kannst du lange warten.«

Ja, wahrscheinlich stirbst du nie, dachte ich mit finsterer Miene.

Mein ganzes Leben lang hatte ich mich nach dem Diktat meiner Tante und den Erfordernissen der Stiftung gerichtet und dabei meine eigenen Wünsche vergessen. Meine Abneigung war offensichtlich, und ich nahm an, dass sie das merkte. Es war eine Sache, den Lauf eines Flusses zu bestimmen, und eine andere, was der Fluss wollte. Ich bat sie, sich zu beruhigen, da ich die erforderlichen Papiere doch ordnungsgemäß unterschrieben hatte. Dann ging ich zum Fenster hinüber, um ihr zu entkommen. Tante Brígida stand kerzengerade auf der anderen Seite des Konferenztischs, die Hände aufgestützt, als wollte sie eine weitere Schimpftirade ausstoßen, und sah zu, wie ich ans Fenster floh.

»Findest du es gut, dass du all diese Dinge nicht ernst nimmst?«

»Warum willst du dich unbedingt mit mir streiten, Tante Brígida?«

»Weil ich das Gefühl habe, dass du mir immer ausweichst. Das sehe ich dir an. Und es gibt nichts, was mich mehr ärgert, als dich hier so unbeteiligt herumstehen zu sehen, als wäre das alles selbstverständlich. Das ist eine ernste Sache, weißt du?«

»Für mich auch.«

»Für dich auch was?«

»Für mich ist es auch eine ernste Sache.«

»Wovon redest du?«

»Ich rede von mir.«

»Wann hätte ich dich nicht ernst genommen? Hmm, wann? Ich habe mein ganzes Leben mit deiner Erziehung verbracht.«

»Ja, mit meiner Erziehung. Genau das ist das Problem.«

»Erklärst du es mir?«

»Lass gut sein«, sagte ich und ging zur Tür.

»Ich habe dir alles gegeben, Teresa! Was willst du mir vorwerfen? Du hast alles bekommen, was sich viele andere Kinder gewünscht hätten. Du hast die besten Schulen besucht, in einem schönen Haus gewohnt, bist umsorgt worden, hast Sprachen gelernt, Einzelunterricht bekommen, alles. Mehr als das geht wohl nicht.«

»Es geht um etwas anderes. Um Zärtlichkeit und Liebe.«

»Das schon wieder! Du klingst wie deine Mutter.«

»Hör auf, so von meiner Mutter zu reden! Du könntest etwas mehr Respekt haben.«

»Respekt wäre, wenn du endlich anfangen würdest, dein Leben und diese Stiftung ein wenig ernster zu nehmen. Und wenn du schon von deiner Mutter sprichst, solltest du wissen, dass all das ein Teil von ihr ist, von deinem Vater, deinen Großeltern, von …«

»Lass die Toten endlich ruhen!«

Die Möbel fingen an, vor meinen Augen zu tanzen, und meine Kehle wurde eng. Ich riss das Fenster auf, während mir die Tränen über die Wangen liefen. Ich atmete ein paar Mal tief ein und aus. Dann wischte ich mir die Tränen ab und wandte mich zu meiner Tante um, die mit vorwurfsvoller Miene auf mich zukam.

»Liebe? Ich habe dir keine Liebe gegeben?«

Ich sah sie resigniert an.

»Liebe bedeutet nicht, einen Privatlehrer zu bezahlen, damit ein Kind beschäftigt ist.«

»Ist das der Dank für all die Jahre? Wie lange hast du darauf gewartet, mich so herabzuwürdigen?«

»Ich weiß es nicht. Ich bin nur gekommen, um diese Papiere zu unterzeichnen. Und jetzt sollte ich besser gehen.« Ich drehte mich um und ging zur Tür. »Für mich gibt es hier nichts mehr zu tun.«

»Was weißt du schon von Liebe«, rief sie mir nach.

»Mehr als du jedenfalls«, entgegnete ich.

»Ach ja? Von welcher Liebe redest du? Von diesem jungen Mann, der dich sitzengelassen hat?«

Zutiefst verstört wandte ich mich wieder zu ihr um.

»Was redest du da?!«

»Meinst du mit Liebe diesen Jungen, der dich damals heimlich abgeholt hat und sich in den Türen anderer Häuser herumdrückte? Denkst du, ich hätte das nicht gewusst? Ich bin nicht blöd, Teresa, und das war ich auch damals nicht. Du hast mir gesagt, dass du dich mit einer Freundin zum Lernen verabredet hast. Und er hat seine Stimme verstellt, wenn ich an den Hörer gegangen bin und er ein paar Straßen weiter auf dich gewartet hat. Er kam mit dem Motorrad, richtig? Ich vergesse niemals ein Gesicht, und ich habe jeden Abend gesehen, wie er zu deinem Fenster hochgeschaut hat. Du bist gleich nach unten gelaufen und hast gerufen: ›Ich bin noch mal kurz weg und komme gleich wieder.‹ Ich bin vielleicht nicht deine Mutter, aber auch ich habe mir Sorgen gemacht. Und ich habe es nur zugelassen, weil mir klar war, dass das nur eine kurze Sommerromanze ist..«

Durch den Tränenschleier sah ich, wie meine Tante zum Barwagen ging und sich erneut das Glas füllte. Laurent war nur eine schmerzhafte Erinnerung an meine Jugend, nun aber tat es wieder so weh, als hätte er mich gerade erst verlassen. Ich suchte schwankend Halt an dem alten Ledersofa, aber bevor ich mich setzen konnte, sagte meine Tante:

»Dein ganzes Leben über habe ich dich nur beschützen wollen. Aus Liebe.«

»Das nennst du Liebe?«, stieß ich unter Tränen hervor.

»Ja. Ist schon gut. Sag, was du willst. Wenn du mich auf meine alten Tage unbedingt heruntermachen musst, bitte!«

»Nein. Du irrst dich. Du bist doch diejenige, die mich immer heruntermacht. Und du machst das sehr gut«, entgegnete ich aufgebracht. »Niemand kann das besser.«

»Wovon redest du da? Ich verstehe kein Wort.«

Ihre Augen blitzten vor Zorn.

»Eigentlich sollte ich nichts darauf sagen, weil du es sowieso nie verstehen wirst. Aber ich werde es trotzdem tun.«

Ich atmete tief durch, meine Hände waren eiskalt, und ich ging durch den Raum, ohne den Blick von ihr abzuwenden. Ich fürchtete, dass sie ihre Aggression an mir auslassen könnte, so wie sie gegen Türen schlug, wenn das Personal nicht schnell genug reagierte. Doch dann machte ich mir Luft.

»Ich habe mein ganzes Leben nach dir ausgerichtet, so, wie du es bestimmt hast. Ich habe alles getan, was du gesagt hast, mir deine Dinge zu eigen gemacht, als wären es meine. Ich bin die Wege gegangen, die du ausgewählt hast, habe geschwiegen, wenn ich schweigen sollte, und geredet, wenn ich reden sollte, und mich so gekleidet, wie du es wolltest. Alles immer so, wie du es wolltest. In all den Jahren habe ich mich jeden Tag nach deinem Zeitplan gerichtet, nach deinen Vorgaben, immer ängstlich konzentriert, um nur ja keinen Fehler zu machen, um den Namen der Familie nicht zu beschädigen – einen Namen, der nicht mal deiner ist, sondern der meines Vaters. Ach, die Espinosas! Eine Espinosa würde dies nicht tun, eine Espinosa würde das nicht tun! Was wolltest du dir eigentlich beweisen? Ich weiß nicht, wann ich aufgehört habe, ich selbst zu sein, und nur noch eine Verlängerung von dir und deinen Vorstellungen geworden bin. Und dabei immer die gleiche Unsicherheit, immer diese Angst, etwas falsch zu machen. Ich konnte es dir nie recht machen. Ich habe deinen Ansprüchen nie genügt. Und weißt du was? Ich bin es leid. Das ist das Einzige, was ich sicher weiß. Es reicht mir.«

Plötzlich war es so kalt im Raum, als wäre auf einmal der Winter eingebrochen. Das alte Gebäude mit den dicken Mauern, den Treppen, den Regalen an den Wänden, den mit Seide bezogenen Sitzgarnituren, den exakt aufgereihten Kristallgläsern und den dicken Teppichen verwandelte sich in eine Gruft. Auf dem Tisch stand noch immer das Cognacglas meiner Tante. Sie trat mir wütend gegenüber, ihr Gesicht war blass vor Wut. Wir starrten uns an und verharrten unbeweglich wie zwei Gartenskulpturen, die nichts miteinander zu tun hatten. Doch es gab einen Faden, an dem sie nur ziehen musste, um diese Schlacht zu gewinnen und mich zu Fall zu bringen. Sie atmete tief ein und kniff die Augen zusammen, als sie jetzt sagte:

»Dein Laurent ist übrigens tot.«

Sie spuckte es aus wie jemand, der mit einem Knall den Sargdeckel schießt, damit sich niemand mehr verabschieden kann. Ihre Stimme triefte vor Gehässigkeit, als sie mir den Todesstoß versetzte. Ich hatte das Gefühl, dass der Boden unter meinen Füßen wegrutschte. Es gab keine Möglichkeit, auf diese ungeheuerliche Offenbarung zu reagieren, die alles in mir erstickte. Ich brachte kein Wort mehr heraus und starrte sie einfach nur an.

Sie lächelte triumphierend. »Dein Laurent hat noch mehrere Wochen lang Briefe geschrieben, die ich abgefangen habe. Du solltest ihn endlich vergessen. Dieser Junge war nicht der Richtige für dich, und es war der falsche Zeitpunkt für eine Beziehung, du warst mitten im Studium. Ich habe sie alle aufbewahrt. Alle. Aber du brauchst nicht danach zu suchen, es gibt sie nicht mehr. Irgendwann habe ich sie weggeworfen. Der letzte Brief, der angekommen ist, war von seinem Vater. Laurent hatte einen Motorradunfall. Einen tödlichen Unfall. Er ist tot. Jetzt weißt du es. Diese Sache also wäre zumindest geklärt.«

KAPITEL 7

Ich stellte die Musik lauter und lief unruhig durch die Wohnung. Das Chanson von Françoise Hardy erfüllte jeden Winkel und löste nach und nach die Spannung, unter der ich stand. Madrid vergessen. Die Stiftung hinter mir lassen. Alles hinter mir lassen. Aus dieser Wohnung ausziehen. Die Bewässerungsanlage auf ewig programmieren. Nicht mehr durch diese Straße irren. Sich einfach gehenlassen. Doch wohin sollte ich gehen? Allein. Was sollte ich woanders tun? Das war nicht der richtige Zeitpunkt.

Ich hatte hier doch alles. Madrid war meine Stadt. Die Stiftung brauchte mich. Meine Eltern hatten mir die Verantwortung übertragen, ihr Projekt weiterzuführen. Meine Wohnung. Meine Heimat. Die Akkorde der Musik drangen in jeden Winkel der Wohnung. Wie besinnungslos lief ich durch den Flur, trat in jedes Zimmer, machte überall das Licht an, als bräuchte ich ein ganzes Kraftwerk, um diesen Ort zu verlassen. Ein Luftzug drang durchs Fenster in die Küche und bewegte die Blumen, die auf dem kleinen Tisch an der Tür standen und seltsamerweise nach Wochen noch immer blühten. Ich glaube, in diesem Moment kam mir alles seltsam vor.

Ich trank in der Küche ein großes Glas kaltes Wasser, eingehüllt von der Stimme und dem Lied, das alles mit neuer Energie erfüllte. Der Nebel in meinem Kopf lichtete sich allmählich und ich ging noch einmal in mein Arbeitszimmer und betrachtete das Ladenschild. Streckte die Hand aus und zeichnete die Buchstaben in die Luft, A-L-I-C-E, in dem Versuch, das Jahrhundert, das uns trennte, zu überbrücken.

»Ich glaube, dass wir etwas gemeinsam haben«, sagte ich.

Die Musik im Wohnzimmer verstummte. Ihre Gegenwart war deutlich spürbar. Ich schluckte.

Ich trat zurück und zündete mir eine Zigarette an. Dann beschloss ich ein Bad zu nehmen, um Antworten auf all das zu finden, was mir durch den Kopf ging. Aus irgendeinem Grund hatte ich mit einem Mal das seltsame Gefühl, dass der Ort, an dem Alice Humbert gelebt hatte, auch mein Platz wäre, dass in Paris alles anders wäre, besser. Und in diesem Moment geschah etwas Bemerkenswertes. Als ich mich ausziehen wollte, um in die Badewanne zu steigen, war am Ende des Gangs ein krachendes Geräusch zu hören.

Es klang, als ob irgendwo mehrere Dinge hintereinander zu Boden fielen. War das ein Zeichen?

Mit klopfendem Herzen ging ich in die Richtung meines Arbeitszimmers, wo das Geräusch hergekommen war, ängstlich und neugierig zugleich.

»Alice?«, murmelte ich. Ich wusste nicht, was los war. Oder doch?

Als ich in meinem Arbeitszimmer das Licht anmachte, sah ich, dass das Schild von der Wand gefallen war und mehrere Dosen mit Stiften und Farben umgestoßen hatte, die zu Boden gefallen waren. Ich bückte mich, um das Schild aufzuheben. Auf der Rückseite war etwas von der neueren Holzverstärkung abgegangen und gab den Blick auf das Originalschild frei. Und handgeschrieben stand dort deutlich zu lesen:

10, Rue du Pont Louis-Philippe. Paris.

Mein Herz fing wie wild an zu schlagen, während ich die Adresse las und das Gefühl hatte, in ein fremdes Universum katapultiert worden zu sein. Doch dann wurde ich auf einmal ganz ruhig. Ich fühlte mich bereit für alles, und in diesem Moment wusste ich, dass ich Madrid verlassen würde.

KAPITEL 8

»Erinnern Sie sich an meine Aversion Kohlezeichnungen gegenüber?«

Der alte Maler richtete den Blick langsam zum Fenster nach Westen, wo über den Dächern von Madrid gerade die Sonne unterging. Ich war nach dem Unterricht noch im Atelier geblieben und hatte gewartet, bis die anderen weg waren.

»Sie wollen nicht über Kohlezeichnungen reden, Señorita Teresa. Sie sind noch hier, weil Sie über etwas anderes sprechen möchten. Aber Sie können beruhigt sein, wir reden hier auch über das Leben, wenn es nötig ist. Allerdings müssen Sie wissen, dass ich mich mit der Malerei besser auskenne.«

Ich hatte keine Ahnung, wie ich anfangen sollte.

»Sagen wir einfach, dass ich genug von der Farbe Schwarz habe. Ich mag sie einfach nicht mehr. Ich habe mich so lange Zeit mit Schwarztönen beschäftigt, dass ich wissen möchte, wie sich Farben anfühlen, woher sie kommen und wie man sie benutzt, um eine Leinwand damit zu füllen.«

»Sie müssen nicht von der Leinwand sprechen, Sie können ruhig sagen, dass es um das Leben geht. Ihr Leben.«

Er lächelte wissend, und in diesem Moment fingen Tausende von Schmetterlingen an in meinem Bauch mit ihren Flügeln zu schlagen.

»Ich habe beschlossen, nach Paris zu gehen.«

Der alte Maler schaute mich mit seinen klugen Augen an, und zum ersten Mal erschien mir das verwaschene Grau seiner Augen blau.

Wie üblich drehte er langsam einen seiner Pinsel zwischen den Fingern.

»Wir Menschen sind im Allgemeinen Wesen, die sich von ihren Ängsten leiten lassen. Das ist das größte Hindernis, das uns davon abhält, glücklich zu sein. Ich bin jetzt dreiundachtzig Jahre alt, und mein Wecker klingelt um sieben Uhr morgens. Er klingelt so früh, weil ich den Tag ausnutzen will, denn schlafen kann ich immer noch. Ich habe das Bedürfnis, frühmorgens aufzustehen, um zu sehen, welche Farbe der Himmel hat – ob es ein Taubenblau ist, ein Blaugrau, ein Zyanblau oder ein Ozeanblau. Dann freue ich mich auf einen frisch gebrühten Kaffee und den Geschmack meiner Pfirsichmarmelade auf einem gerösteten Stück Brot. Auf das Gefühl, wenn die Marmelade auf meiner Zunge zergeht, als wäre es das erste Mal, dass ich sie esse. Wenn ich meinem Alter gemäß umsichtig dusche, spüre ich, wie all die negativen Gedanken, die an meiner Haut kleben, durch den Abfluss verschwinden und ich mich wieder frisch fühle. Ich gehe durch die Straßen und schaue in jede Ecke, denn oft entdecke ich etwas Neues, das perfekt ist, um es zu malen. Heute zum Beispiel sind mir die Eidechsen aufgefallen, die an der Fassade eines Gebäudes in der Calle Mejía Lequerica entlanggehuscht sind. Und wissen Sie, was? Na ja, Sie werden es selbst sehen, sie sind grün. Aber welche Art Grün? Dafür müsste man auf der Farbskala der Charvin-Palette nachsehen. Ich mache gern eine kurze Siesta, sehr kurz, um danach noch einen Kaffee zu trinken und die Sonne zu genießen. Und dann gehe ich zu dieser Kuppel, von der aus ich den besten Blick über Madrid habe.

Und wenn ich zu malen beginne, bin ich genauso nervös wie beim letzten Bild und denke, dass ich das mit der Perspektive nicht hinkriege, dass der Häuserblock aussieht wie eine einzige Masse und nicht wie ein hübsches Gebilde aus Fenstern, Dächern, Gehsteigen und Haustüren.«

Er machte eine Pause und drehte erneut den Pinsel in den Fingern.

»Jetzt denken Sie vielleicht, dass ich all das tue, als wäre es das letzte Mal, weil ich schon so alt bin. Aber da irren Sie sich, Señorita Teresa. Ich tue es, als wäre es das erste Mal, weil ich mir die Fähigkeit, überrascht zu werden, bewahren möchte. Vor langer Zeit wurde ich bei einer Ausstellung mal gefragt, warum meine Bilder noch immer so frisch und kindlich seien. Tatsächlich: kindlich. Daraufhin habe ich gesagt, dass ich ein Kind sein will, bis mich das Alter überrascht. Soll ich es wiederholen? Ich möchte ein Kind sein, bis ich alt bin. Wenn wir keine Lust mehr haben, Neues zu entdecken, beginnen wir langsam zu sterben. Weil das Kind in uns fort ist. Sie sehen einen alten Mann, aber ich bin immer noch ein Kind. Ich habe nur mein Äußeres verändert.«

Er sah mich durchdringend an, während ich immer kleiner wurde.

»Was wollen Sie? Farbe? Sie wollen Farbe in Ihrem Leben?«

»Ja«, stammelte ich.

»Und? Was hindert Sie daran?«, fragte er lächelnd. »Die einzigen Grenzen, die es gibt, sind die, die man sich selbst setzt. Soll ich noch einmal sagen, wie alt ich bin?«

Ich richtete den Blick auf eines der Fenster. Dort war ganz Madrid im Abendlicht zu sehen. Ich wandte mich nach rechts, wo die Dachterrassen in ein orangenes Licht getaucht waren. Die Baumkronen im Retiro-Park reflektierten flirrend die tief stehende Sonne. Es war das Ende eines Tages, aber es war auch das Ende einer Zeitspanne. Nichts hielt mich mehr in Madrid zurück. Einen Teil des Ballasts hatte ich bereits abgeworfen, und der alte Maler schnitt gerade die letzten Seile durch, damit mein Ballon endlich steigen konnte.

»Niemand wird den Weg für Sie gehen. Hören Sie auf, um Ihr Leben herumzulaufen, tun Sie das, wonach Sie sich sehnen. Gehen Sie, Teresa, fliegen Sie!«

KAPITEL 9

Das Taxi hielt an der Ecke der Rue de l'Hôtel de Ville vor einem ehemaligen Likörgeschäft, in dem sich nun eine Brasserie befand. Die Hausnummer entsprach meinem Geburtsdatum, was mir erst jetzt auffiel. Was für ein Zufall!, sagte ich mir.

Ich blickte wohl zum x-ten Mal auf den Zettel in meiner Hand: *10, Rue du Pont Louis-Philippe*, und mein Gefühl sagte mir, dass nun alles begann. Ich stieg mit meinem Koffer und dem sorfältig verpackten Ladenschild aus dem Taxi – in einem grünen Mantel, mit dem ich von nun an mehr Farbe in mein Leben bringen wollte. Als ich mich umsah, stellte ich fest, dass die Straße auf meinem Zettel genau die Verlängerung der Brücke war, des Pont Louis-Philippe. Wie eine Seiltänzerin balancierte ich über den Rand des Gehsteigs und hätte beinah nasse Füße bekommen. Lächelnd sah ich auf das silbrig dahinplätschernde Wasser, das in Paris durch die Rinnsteine gespült wird. Erfüllt von der Essenz einer Stadt, in der allein in den Rinnstein zu treten einen Menschen schon unglaublich glücklich machen konnte, schwebte ich auf meinen Laden zu.

Da war ich. Glücklich. Unglaublich glücklich und überzeugt davon, das Richtige getan zu haben. Was eigentlich erstaunlich war, weil man mir die Ankunft in Paris nicht gerade leichtgemacht hatte. Die Immobilienagentur hatte eine Unmenge an Papieren von mir verlangt und es beinah geschafft, mich von der ganzen Sache abzubringen. Papiere, Papiere, Papiere. Bürgschaften, mehr Bürgschaften, Kontoauszüge, Schecks ... Und das mit dieser verwaltungstechnischen Gleichgültigkeit, die einem jegliche Freude nimmt. Doch ich hatte mich von der miesen Laune der bürokratischen Büroangestellten nicht einschüchtern lassen, ich kannte diese Art ja in all ihren Schattierungen aus meiner Kindheit im Haus meiner Tante.

Der Laden, den ich zu kaufen beschlossen hatte, hatte längst keinen Namen mehr. Es gab nicht viele Geschäfte in direkter Nähe, das Gebäude war unbewohnt und von außen ganz ansehnlich. Der Anblick erinnerte an alte Postkarten von Eugène Atget. Die Fassade des Geschäfts war komplett mit Holz verkleidet, auf beiden Seiten der Tür befanden sich Schaufenster mit quadratischen Scheiben, die zum Teil gesprungen und extrem verschmutzt waren, und darüber erhob sich ein mehrstöckiges Gebäude. Mein zukünftiger Laden war auf der einen Seite von einem gut sortierten Schreibwarengeschäft flankiert und auf der anderen Seite von einer Galerie mit elegant gerahmten Lithografien. An der Tür erwartete mich Sophie Charagnac, die unfreundliche Maklerin, mit der ich den Vertrag abgeschlossen hatte. Nun hielt sie die Schlüssel in der Hand und hatte ein übertrieben freundliches Lächeln im Gesicht, als wäre sie erleichtert, den Laden endlich los zu sein. Wir begrüßten uns, und ich verkniff mir jede Bemerkung, da ich einen positiven Eindruck hinterlassen wollte.

»Thérèse? Sind Sie es?«

»Ja, ich bin es. Teresa Espinosa. Sehr erfreut.«

»*Encantada*«, wiederholte sie auf Spanisch und betonte dabei jede Silbe. »Endlich ist es so weit. Nach all den Mails und Fotos können Sie sich jetzt alles vor Ort anschauen. Hatten Sie eine gute Reise?«

Sie nahm zwei rot markierte Schlüssel und befestigte sie an einem Ring.

»Möchten Sie die Tür aufschließen? Dieses hübsche Geschäft gehört ja nun Ihnen«, sagte sie und bemühte sich, den Preis meiner Neuerwerbung mit einem angemessenen Lächeln zu quittieren. »Da haben Sie wirklich etwas Besonderes gekauft, das ist eine wunderschöne Straße«, erklärte sie, »ruhig und hell, wie Sie sehen, und die anderen Geschäfte sind … na ja, ein Traum. Sie müssen sich das alles mal in Ruhe ansehen. Dies ist ein ganz außergewöhnliches Fleckchen hier in Paris.«

»Das weiß ich. Ich freue mich wirklich sehr, auch wenn man mir das vielleicht nicht ansieht Ich bin ziemlich müde. Ich hatte eine anstrengende Zeit.«

»Das kann ich gut verstehen«, erklärte sie floskelhaft.

Sie konnte unmöglich verstehen, wie es mir ging oder was dieser Moment mir bedeutete. Sie wollte möglichst rasch ihre Übergabe machen, und ich wollte mir alle Zeit der Welt nehmen, um ein glückliches neues Leben zu beginnen. Mein Blick wanderte sehnsüchtig von der Tür zu den Schaufenstern, um zu erraten, was sich dahinter verbarg. Sophie Charagnac kramte derweil nach ihrem Handy, das pausenlos in ihrer Louis-Vuitton-Tasche klingelte und ein weiteres Gespräch unmöglich machte.

»Einen Moment, hier, nehmen Sie.« Sie drückte mir die Schlüssel in die Hand.

»Ja, ich bin schon an der Tür, bin gerade gekommen. Ich bin gleich wieder weg. Ja, ja, mit der Metro geht es schneller, keine Sorge. Ja, ich weiß, dass das auf der anderen Seite der Stadt ist. Gib mir eine halbe Stunde.«

Vielleicht hätte ich so tun sollen, als hätte ich nicht zugehört, aber dafür war es zu spät.

»Kein Problem.« Ich gab ihr mit einer Geste zu verstehen, dass sie sich nicht weiter um mich kümmern musste. »Alles gut. Ich habe ja jetzt die Schlüssel, und wenn es ein Problem gibt, rufe ich Sie an.«

»Wirklich?«, fragte sie, das Handy immer noch am Ohr. »Wenn Sie möchten, erkläre ich Ihnen drinnen noch schnell …«

»Nein, nein, gehen Sie nur. Es ist alles in Ordnung. Vielen Dank.«

»Danke, auf Wiedersehen. Und viel Spaß mit …«

»Meinem Laden in Paris.«

Ich steckte den Schlüssel ins Schloss und hielt den Atem an. Das Bild des kleinen Mädchens, das so fröhlich das Treppengeländer in der Stiftung herunterrutschte, schoss mir durch den Kopf. Von vorn anfangen, die Fesseln abstreifen, fliegen. Endlich war der Moment gekommen.

Der Geschäftsraum war schlicht und ziemlich alt. Vor der Übergabe war alles geputzt worden, dennoch lag ein modriger Geruch in der Luft. Der Laden bestand aus einem großen Raum mit einer tragenden Wand auf der linken Seite, die nicht verändert werden durfte. In der Mitte befand sich eine einzige eher schlanke gusseiserne Säule, und die Deckenbalken lagen dicht beieinander. Über dem Geschäft befand sich ein Raum mit einem leicht schiefen Boden, was mir erst auffiel, als ich zum Fenster ging. Unter einer Bodenluke im

Erdgeschoss führte eine steile Holztreppe nach unten, die aus elf schmalen Stufen bestand. Der Keller selbst war eher ein alter Kohlenkeller. Laut dem Plan, den ich erhalten hatte, musste der Kellerraum genauso groß sein wie der im Erdgeschoss, er hatte offenbar jedoch keine Fenster und war nur schwer zugänglich. Es handelte sich um eine »ungenutzte Fläche, die zum Gebäude gehört, aber nicht ans Stromnetz angeschlossen ist«, hatte die Immobilienagentur in ihrer Mail geschrieben.

Jeder vernünftige Mensch hätte diesen Ort wahrscheinlich fluchtartig verlassen und sich geweigert, in das alte, heruntergekommene Geschäft zu investieren. Man hatte mich vor allen Problemen gewarnt, die möglicherweise auf mich zukommen würden. Es mochte ein wahnwitziges Abenteuer sein, in das ich mich da stürzte, aber niemand würde mich davon abbringen, einen Laden in Paris zu eröffnen. Meinen Laden. Ich lächelte.

Die junge Frau von der Immobilienagentur, die mir die zwei Schlüssel übergeben hatte, war so eilig davongelaufen, als wäre dieser Ort verflucht. Doch das schreckte mich nicht. Ich glaubte nicht an böse Geister, die aus dem Jenseits zurückkehrten und hundert Jahre später diejenigen heimsuchten, die ihr Haus bewohnten. Ich hatte einfach ein gutes Gefühl, als ich da mitten im Raum stand und mich neugierig umsah. Und dieses Gefühl hatte nicht nur etwas mit einem alten Ladenschild zu tun, das ich auf einem Trödelmarkt gefunden hatte, oder mit einem Lied von Françoise Hardy, das plötzlich im Radio angegangen war. Auch wenn dieses Ladenlokal ganz offensichtlich seit Jahren leer stand und das vermutlich seinen Grund hatte, spürte ich, dass ich hier am richtigen Platz war. Dieser Laden hatte auf mich gewartet.

Ich ging zu der Bodenluke hinüber, die in den Keller führte, und rüttelte versuchsweise daran. Sie schien verklemmt, und als ich mich niederkniete und versuchte, sie aufzuziehen, bemerkte ich einen Luftzug hinter mir und wandte mich um.

»Bonjour.« Die Stimme kam von der Tür. »Verzeihen Sie, ich wollte nicht stören. Ich habe gesehen, dass jemand im Laden ist. Sind Sie die neue Besitzerin?« Eine Frau sah mich freundlich an. »Ich habe das Geschäft nebenan.«

Ich richtete mich auf. »Nein, nein, Sie stören nicht. Bitte treten Sie doch ein. Ich heiße Teresa. Und ja, ich bin die neue Besitzerin.«

»Wie schön, dass jemand den Laden wieder übernimmt. Er steht schon leer, solange ich denken kann. Das einzige Geschäft im Viertel, das immer geschlossen war. Traurig, wenn ein Laden so verwaist.« Sie schüttelte bekümmert den Kopf. »Aber das wird ja nun anders. Mein Name ist übrigens Hélène. Ich betreibe den Schreibwarenladen, *Orphée*, gleich nebenan. Auf gute Nachbarschaft.«

Sie sah neugierig zu mir herunter. Ich kniete immer noch vor der Bodenluke, die sich nicht öffnen ließ.

»Danke. Nett, dass Sie vorbeischauen. Ich bin gerade erst in Paris angekommen, und es ist das erste Mal, dass ich meine Nase hier reinstecke. Ich habe den Laden vor Kurzem gekauft und inspiziere gerade, in welchem Zustand er ist. Warten Sie, ich stehe sofort auf …« Ich wischte mir die Hände ab, die voller Staub waren, und lächelte entschuldigend.

»Diese Tür lässt sich nicht öffnen, und Licht habe ich hier auch nicht«, erklärte ich. »Ich glaube, das Ding hat sich irgendwie verklemmt.«

»Soll ich Ihnen helfen? Ich kann Ihnen Werkzeug bringen, und Sie werden eine Taschenlampe brauchen«, sagte

Hélène, während sie neben mir in die Hocke ging und die verklemmte quadratische Luke im Boden betrachtete.

»Schon in Ordnung«, sagte ich. »Vermutlich hat sich die alte Tür durch die Feuchtigkeit völlig verzogen. Ich werde einen Schreiner bestellen. Lassen Sie, bevor Sie sich noch schmutzig machen.«

Wir standen auf und gaben uns die Hände, und ich hoffte, dass meine einigermaßen sauber waren.

»Das könnte wirklich schön werden«, sagte meine neue Nachbarin und blickte versonnen auf das Schaufenster. »Der Laden ist genauso wie meiner, dieselbe Größe, dieselbe Tiefe, die Deckenhöhe ...«

»Ja, er gefällt mir auch, ich denke, man kann viel daraus machen.«

»Ich hatte schon befürchtet, dass der Laden für immer geschlossen bleiben würde. Inzwischen ranken sich viele Geschichten um dieses Haus, und wir haben alle schon darüber gescherzt, dass die ehemalige Besitzerin das Geschäft wohl verflucht hat und es sich vielleicht gar nicht mehr öffnen lässt.« Sie zuckte mit den Achseln. »Sie wissen schon, diese absurden Gerüchte, die sich um manche Orte ranken. Dunkle Geheimnisse, Gespenster und so.«

Ich tat, als würde mich das, was sie mir erzählte, nicht beunruhigen, und wechselte das Thema.

»Wenn alles gut geht, werde ich das Geschäft in ein paar Monaten eröffnen«, sagte ich und wischte mir unauffällig die Hände ab.

Meine Nachbarin verkaufte in ihrem Geschäft die unterschiedlichsten Schreibwaren, hochwertiges Papier, Lupen, Briefumschläge in allen Größen mit Wasserzeichen und gotischen Buchstaben und andere hübsche Dinge, die eigentlich zu schade waren, um sie im Büro zu benutzen. Hinter ihrer Brille mit dem braunen Schildpattgestell funkelte ein Paar grauer Augen wie die von Tante Brígida, aber diese hier blickten freundlich.

»Ich heiße Sie jedenfalls herzlich willkommen. Und wenn Sie etwas brauchen …«

»… werde ich nicht zögern, Sie um Hilfe zu bitten.« Die Freundlichkeit meiner Nachbarin überraschte mich und tat nach der Erfahrung mit der schroffen Immobilienmaklerin ausgesprochen gut. Ich liebte Paris seit vielen Jahren, aber es war mir auch bewusst, dass es Fremde hier nicht leicht hatten. Doch da ich auch nicht gerade die Königin der sozialen Kontakte war, störte mich die Distanziertheit der Pariser nicht. Es würde mir nicht schwerfallen, mich hier einzufinden.

»Das ist ein wunderschönes Viertel, wie Sie bald sehen werden. Und sollten Sie irgendwelche dummen Gerüchte hören, vergessen Sie sie einfach.«

Ich begleitete Hélène zur Tür und sah, dass noch ein paar andere Geschäftsleute aus der Straße, die gerade nicht allzu viele Kunden zu haben schienen, zum Laden herübersahen.

»Ich hoffe, Sie kriegen die Bodenluke auf«, sagte meine Nachbarin, bevor sie auf die Straße trat. »Ich benutze meinen Keller übrigens als Lagerraum, das ist das Beste, was man damit machen kann. Aber dafür ist er sehr nützlich. Es wird sich lohnen, die Tür von einem Schreiner öffnen zu lassen.«

Ich nickte und blickte ihr nach, wie sie in ihrem Geschäft verschwand. Es wunderte mich nicht, dass in den kleinen Läden am Pont Louis-Philippe jeder jeden kannte. Da es hier nicht so sehr von Touristen wimmelte, bot die Rue Louis-Philippe eine ganz andere Art, um – von der Seine aus – in das beliebte Marais zu gelangen. Die Straße führte an einem mexikanischen Restaurant namens *La Perla* vorbei, das für seine Mojitos berühmt war, und ging auf der anderen Seite der Rue Rivoli direkt in die Rue Vieille du Temple mit ihren Cafés und Modegeschäften über, die sich in vielen kleinen, verwinkelten Gassen verlor. Dort befand sich das jüdische Viertel, wo alt und neu aufeinandertrafen und Menschen der unterschiedlichsten Nationalitäten mit ihren landestypischen Frisuren und Kopfbedeckungen kamen und gingen. Doch dieser Trubel war nichts für mich, ich bevorzugte die etwas ruhigere Île Saint-Louis und den Blick auf die Seine. Ich hatte eine Wohnung im obersten Stock eines hohen alten Hauses gemietet, in dem sich auch das Restaurant *Chez Julien* befand.

Aujourd'hui
Thon blanc,
Salade de pousses d'épinards,
Riquette et daikon,
Vinaigrette mangue.

Das war das Tagesmenü: weißer Thunfisch, Spinatsprossensalat, Rukola und Mango-Vinaigrette. Ich wusste nicht, dass »daikon« eine Rettichart war, und so ging ich lieber ins *L'Ébouillanté*, das ganz in der Nähe lag, und bestellte *feuilleté de chêne* – Eichblattsalat – und *tarte aux agrumes* – Zitrustarte – mit einem Glas Rotwein. Das kleine Restaurant in der Rue des Barres wurde von da an zu meinem Stammlokal, weil es so schön bunt war und damit genau das, wonach ich gesucht hatte. Preußischblau und Anisgelb – der alte Maler wäre stolz auf mich gewesen. Ich war glücklich, dass ich einen Tisch am Fenster bekam, von dem aus ich die Église Saint-Gervais sehen konnte, eine Kirche, in der fröhliche Nonnen ein- und ausgingen. Vor dem Restaurant mit der efeubewachsenen Fassade gab es eine kleine Terrasse mit blauen Tischen, wo sich diejenigen ausruhen konnten, die die Stufen zur Kirche hinaufgestiegen waren, aus der nun gerade ein paar Kinder kamen.

»Sie sind die neue Eigentümerin des Ladens in der Rue Louis-Philippe, nicht wahr?« Der Kellner sah mich interessiert an, während er die Teller abräumte. Die Neuigkeit hatte sich schnell herumgesprochen.

Ich nickte amüsiert. »Ja. Ich werde den Laden bald wieder eröffnen. Ich bin Spanierin.«

»Wirklich eine Schande, dass der Laden so lange leer gestanden hat. Wir hatten schon die Hoffnung aufgegeben«, bemerkte er wenig später.

Ich hatte noch einen Kaffee und ein Mineralwasser bestellt.

»Ich wette, dass Sie einen Buchladen eröffnen«, sagte er jetzt.

»Ich hoffe, man hat es Ihnen nicht allzu schwer gemacht«, meinte eine junge Frau mit langen Haaren, die in der Tür zur Küche stand und der das Restaurant wohl gehörte.

»Ich bin Schwierigkeiten gewohnt.«

Sie nickte. Offenbar gefiel ihr meine Antwort.

Eine ältere Dame, die am Nebentisch saß, hörte interessiert zu. Ihrem Gesicht war anzusehen, was sie dachte: eine naive Touristin, die in die Höhle des Löwen geraten ist. Sie tauschte einen vielsagenden Blick mit der Eigentümerin des Restaurants, die möglicherweise den gleichen Gedanken hatte. Aber weil ich auf das Gerede nicht weiter reagierte oder vielleicht auch genügend Selbstvertrauen ausstrahlte, lächelte sie schließlich nur und nippte an ihrem Kaffee.

Als ich ihren freundlichen Blick sah, wurde mir mit einem Mal bewusst, dass ich eine Mission hatte – nämlich diesem alten Laden das Leben zurückzugeben. Ihn wieder so lebendig werden zu lassen, wie er zu Anfang des letzten Jahrhunderts gewesen war.

Doch heute noch ein Stoffgeschäft eröffnen zu wollen, war schwierig, weil kaum noch jemand seine Kleidung selbst schneiderte oder schneidern ließ. Und mein erster Gedanke, als ich vor der Tür des Ladens gestanden hatte, war, dass ein origineller Hutladen mit einem kleinen Schmuckangebot, Haarspangen und bunten Tüchern und Schals perfekt wäre. Inzwischen konnte ich an nichts anderes mehr denken. Ich würde im Obergeschoss ein Büro einrichten und ein kleines Lager in dem dunklen Keller, den ich mir erst noch ansehen musste. All das schien mir so perfekt wie die kleine Musikgruppe, die gerade die Straße überquerte und in Richtung der Kathedrale Notre-Dame weiterzog.

Der Kellner begleitete mich die wenigen Schritte zur Tür und half mir mit dem Koffer, während ich das gut verpackte alte Ladenschild im Arm hielt, um es vor dem Nieselregen zu schützen. Der Himmel über den Dächern der schmalen Rue de l'Hôtel de Ville war von Wolken bedeckt. Die Fenster waren geschlossen, und die Vögel, die bisher auf den runden Schornsteinen gesessen hatten, flatterten auf und flogen in Richtung der Seine.

»Sie wollen also wirklich diesen alten Laden wieder eröffnen?«, fragte er mich noch mal und sah mich mit zweifelnder Miene an.

»Ich meine … Hat man es Ihnen denn nicht erzählt?«

»Ich glaube nicht an verfluchte Orte, die angeblich Unglück bringen, wenn es das ist, was Sie mir sagen wollen«, erwiderte ich. »Außerdem kenne ich mich mit dem Unglück ganz gut aus.«

»Na ja, Sie scheinen ein … netter Mensch zu sein.«

Und es hörte sich so an, als wollte er sagen: Sie sind also die arme Irre, die sich diesen Laden hat aufschwatzen lassen.

Wenig später betrat ich meine Wohnung, die nun mein neues Zuhause sein würde. Ich stellte den Koffer im Flur ab und hängte als Erstes das alte Ladenschild auf, um mir selbst ein bisschen Mut zu machen. Ich hängte es gleich in den Eingangsbereich, und der Zufall wollte, dass auch dort zwei Haken genau im richtigen Abstand in der Wand vorhanden waren. Ich musste gar nichts verändern. Es passte perfekt an die Wand und würde dort bleiben, bis ich meinen Laden eröffnete.

Ich rollte meinen Koffer ins Schlafzimmer und hatte das Gefühl, dass das Schicksal auf meiner Seite war. Die Gewissheit, dass alles gut werden würde, begleitete mich seit dem Moment, in dem die Blütenpracht einer üppigen Bougainvillea in der Calle Fernando VI mich dazu gebracht hatte, mir den dahinter liegenden Antiquitätenhandel näher anzusehen. Ich hatte mein Lieblingsstück sofort gefunden, und nun hing das alte Ladenschild hier im sechsten Stock eines Hauses im 4. Arrondissement in Paris.

In der Wohnung war es ein wenig muffig, und ich öffnete die Fenster, um frische Luft hereinzulassen, die hier, in der Nähe der Seine, ziemlich feucht war. Die weiß gerahmten Wohnzimmerfenster auf Dachhöhe reichten fast bis zur Decke und waren draußen mit einem halbhohen schmiedeeisernen Geländer versehen. Diesen Ausblick würde ich nicht mit Gardinen verdecken, nicht mal mit dem Sofa, das unter den Fenstern stand. Ich verschob es an eine Seitenwand, um mich aus dem Fenster lehnen zu können und den Blick auf den Pont Louis-Philippe und die Île Saint-Louis genießen zu können.

Eine ganze Weile blieb ich dort stehen, an meinem Fenster, auf die mit Taubendreck beschmierte Fensterbank gestützt. Der Himmel hatte sich dramatisch zugezogen, ein Gewitter lag in der Luft, und die Touristen, die auf der Rückseite der Kathedrale Notre-Dame vom Regen überrascht wurden, suchten auf der Île Saint-Louis Schutz. Die Seine, die gemächlich dahinrollte, schwappte sacht gegen die Ufersteine, doch sobald ein Schiff vorbeifuhr, wurden die Wellen höher und das Wasser wirbelte auf, als wollte es die Stadt in Bewegung halten. Ich starrte auf den Fluss, der den grauen Himmel spiegelte. Angeblich waren im Laufe der Zeit viele Menschen in den Tiefen der Seine ertrunken, die, wie man sagte, selbst im Hochsommer eiskalt war. Ich dachte an die Kriege, die Paris überstanden hatte, an die Menschen, die hier gelebt hatten und gestorben waren. Doch trotz allem floss die Seine immer weiter, wie ein Beweis dafür, dass auch das Leben in dieser Stadt immer weiterging.

In diesem Moment der Ruhe ließ mich ein dumpfer Schlag zusammenfahren. Es hörte sich an, als wäre eine Bücherkiste heruntergefallen. Ich wandte mich abrupt um, und die Fenster fielen zu. Durchzug, dachte ich. Ich ging durchs Wohnzimmer zu der Stelle hinüber, von wo das Geräusch gekommen war.

»Alice …?«, sagte ich zögernd.

Wie zu erwarten war, erhielt ich keine Antwort.

Bei uns zu Hause sagte man immer, dass man vor den Lebenden mehr Angst haben müsse als vor Gespenstern, doch als ich jetzt durch die Wohnung lief, in die ich gerade eingezogen war, war mir doch ein wenig mulmig zumute. Es war ziemlich unwahrscheinlich, dass ich auf irgendeine Erscheinung stoßen würde, aber wenn ja, war ich darauf vorbereitet. Die Tür zum Badezimmer war geschlossen, und als ich sie öffnete und das Licht anmachte, schien alles unverändert. Hier gab es nichts, was der Grund für das Geräusch gewesen sein konnte. Auf dem Weg ins Schlafzimmer warf ich einen Blick zurück ins Wohnzimmer. Doch alles war ruhig. Beinah zu ruhig. Ich ging weiter. Und dann entdeckte ich im Halbdunkel des Schlafzimmers etwas großes Schwarzes neben meinem Bett. Beinah hätte ich vor Angst geschrien, und ich schlug mir wie ein verängstigtes Kind die Hände vors Gesicht.

Ich hielt vor Schreck den Atem an. Als nichts passierte, nahm ich langsam die Hände herunter und spähte zum Bett hinüber. Es war mein Koffer. Er war vom Sessel gerutscht und lag nun weit geöffnet auf dem Boden. »Aber ich hatte ihn doch abgeschlossen«, murmelte ich. »Und nun ist er offen.«

Der Inhalt des Koffers war unberührt. Während ich mich davon überzeugte, dass alles noch an seinem Platz war, stieß ich ein nervöses Lachen aus, um mich selbst zu beruhigen. Ich sah wirklich schon Gespenster. Als ich mein Handy zwischen den Sachen hervorzog und es wieder einschaltete, war es voller Nachrichten und Anrufe des Direktors der Stiftung, des einzigen netten Menschen dort.

Liebe Teresa. Leider kann ich Sie nicht erreichen. Ich muss Ihnen die traurige Nachricht übermitteln, dass Ihre Tante Brígida heute an einem Herzinfarkt gestorben ist. Die Beerdigung ist nächste Woche. Bitte melden Sie sich.

Wenig später stand ich unter der Dusche und versuchte, meine Nerven unter Kontrolle zu bringen und das Gefühl unbändiger Erleichterung im Zaum zu halten, das mich plötzlich erfasst hatte. Das Dunkle in meinem Leben gab es nun nicht mehr.

Ich war in Paris und hatte nicht vor, noch einmal nach Madrid zurückzukehren.

KAPITEL 10

Der Schreiner schob seinen Meißel in eine kleine Kerbe in der Bodentür zum Keller und löste diese nach und nach, um sie öffnen zu können.

»Sie sind ganz schön mutig, wollen Sie wirklich in diesen Gruselkeller runtersteigen?«, sagte er, während er die Luke aufzog und sein Werkzeug einsammelte. »Manchmal ist es besser, die Dinge ruhen zu lassen.«

Ich starrte unsicher in das dunkle Loch, das sich vor mir auftat. Welches Geheimnis würde mir dieser alte Keller offenbaren? Ein Geheimnis, das etwas mit der früheren Ladenbesitzerin zu tun hatte? Mit Alice? In den letzten Tagen war sie mir nicht aus dem Kopf gegangen. Wenn ich in dem alten Laden war, erwartete ich fast, ihre Stimme zu hören, so stark empfand ich ihre Präsenz. Ich wollte die Geschichte ergründen, die sich hinter ihrem Namen verbarg. Ich konnte und wollte nicht aufhören, an diese Alice Humbert zu denken, der ich mich auf seltsame Weise verbunden fühlte. Immerhin war sie der Grund dafür, dass ich jetzt hier war. Dass ein neues Leben für mich begonnen hatte.

Ich griff nach der Taschenlampe. Der Keller war dunkel, und die Grabesstille unter meinen Füßen ermunterte mich nicht gerade. Als ich hinuntersah, geriet meine Entschlossenheit ins Wanken. Was würde dort unten auf mich warten?

Wahrscheinlich nichts, sagte ich mir. Es war einfach nur ein alter Keller, ein leerer, düsterer Raum, in dem seit Ewigkeiten niemand mehr gewesen war. Mehr nicht.

Die Treppe knarrte laut, als ich langsam im Schein der Taschenlampe nach unten stieg, sehr langsam, eine Stufe nach der anderen. Die Luft war nach all den Jahren stickig, und ein modriger Geruch schlug mir entgegen. Ich geriet ins Stolpern und verlor für einen Moment das Gleichgewicht, dann ging ich schweigend weiter und konzentrierte mich auf meine Füße. Noch eine Stufe. Das Einzige, was dort unten zu finden war, waren feuchtes Mauerwerk und das Gefühl unendlicher Verlassenheit.

Als ich festen Boden erreichte, bemerkte ich eine Pfütze. Ich machte einen großen Schritt und richtete den Lichtstrahl der Taschenlampe auf die gegenüberliegende Wand. Und dann blieb mir fast das Herz stehen, und ich traute meinen Augen nicht. Da war sie. Ich stand direkt vor Alice Humbert. Nackt und mit blassem Gesicht sah sie mir direkt in die Augen. Ich spürte, wie ich keine Luft mehr bekam. Ich ließ vor Schreck die Taschenlampe fallen, fasste mir an die Brust und rang nach Luft.

Dann drehte ich mich um und stürzte die Treppe hinauf. In meinem Kopf drehte sich alles. Ich war darauf vorbereitet gewesen, etwas in diesem Keller zu finden, und nun hatte ich etwas gefunden und wusste nicht, wie ich damit umgehen sollte.

Nach Luft schnappend, lief ich auf die Straße. Hélène stand an der Tür ihres Schreibwarenladens und rauchte gerade eine Zigarette. Sie merkte sofort, dass etwas passiert war.

»Thérèse, was ist los? Geht es dir gut? Du bist ja ganz blass. Du siehst aus, als hättest du ein Gespenst gesehen …«

Ihre Stimme schien aus weiter Ferne zu kommen. Für einen Moment wurde mir schwindelig, und ich lehnte mich schwer atmend an die Hauswand. Ich dachte daran, was ich im Keller gesehen hatte, und beschloss, es für mich zu behalten.

»Das ist nur das Asthma«, keuchte ich. »Wahrscheinlich liegt es an der ganzen Feuchtigkeit. Ich musste nur mal kurz raus an die Luft«, sagte ich und merkte, wie ich mich allmählich wieder beruhigte.

»Das wird in ein paar Tagen vorbei sein. Nächste Woche ist die Feuchtigkeit weg. Du musst gut lüften, damit das Holz trocknen kann.«

»Da hast du sicher recht.«

Die Wand im Keller war voller alter Fotografien. Überwiegend Aktfotografien, und auf allen war dieselbe Frau zu sehen: Alice Humbert. Auf den Rückseiten der Bilder stand ihr Name, und auch wenn die Buchstaben nach all den Jahren verblasst waren, weil die Feuchtigkeit die Tinte hatte verschwimmen lassen, erkannte ich an einer Stelle die Worte *Je t'aime*.

Alice Humbert war so schön, dass mir Tränen in die Augen stiegen. Im Keller unter meinem Laden waren Dutzende Fotos einer Frau verborgen, die in dem Bewusstsein, unwiderstehlich zu sein, mit der Kamera flirtete und schamlos ihre verführerische Sinnlichkeit zur Schau stellte. Stolz, selbstbewusst, eitel, unwiderstehlich, mit einer makellosen schneeweißen Haut.

Langsam schritt ich voran, diesmal mit einer größeren Taschenlampe in der Hand, mit der ich nacheinander sämtliche Fotos an der Wand in Augenschein nahm, während ich im Halbdunkel stand und die feuchte Luft einatmete, die mir eine leichte Übelkeit verursachte. Ich ignorierte den Druck im Magen und fragte mich, was für ein Mensch Alice Humbert wohl gewesen war. Ihr Gesicht, das mich im ersten Moment so erschreckt hatte, dass ich die Taschenlampe fallen ließ, strahlte die Lebensfreude eines glücklichen Menschen aus. Alice lächelte, und ihr Lächeln erhellte die Dunkelheit.

Die Frau auf den Fotos hätte zu den bekannten Gesichtern der verrückten Zwanzigerjahre zählen müssen! Die Gelassenheit, die ihr Lächeln trotz ihrer jungen Jahre verbreitete, war so bezaubernd, dass man sofort nach weiteren Bildern Ausschau hielt. Auf einigen war sie bekleidet, lehnte, in eine Tunika gehüllt, an einer römischen Säule, dann wieder saß sie in einem Sessel und bot dem Fotografen ihre Brüste dar, während ihre Hand auf ihrem Geschlecht ruhte, lasziv, feminin, selbstbewusst, kokett mit kurzem Haar à la Garçonne, kindlich, mit einem ausgestopften kleinen Vogel in den Fingern, frühlingshaft in einer Nachstellung der Geburt der Venus. Auf den Bildern sah sie aus, als sei sie der glücklichste Mensch in Paris gewesen.

Es war höchste Zeit, all diese Fotografien vorsichtig von der Wand zu nehmen und an einem angemesseneren Ort aufzubewahren. Jeder Tag, den sie länger in diesem feuchten Keller waren, würde ihrer Schönheit Abbruch tun. Beim nächsten Einkauf erwarb ich in meiner Straße eine Blechkiste mit der Aufschrift *photographies*, die mir perfekt erschien.

Als ich noch einmal in den Keller ging, deutlich ruhiger inzwischen, stellte ich fest, dass sich nach all den Jahren nicht nur Pfützen am Boden gebildet hatten, sondern dass überall Zigarettenkippen und zerdrückte Gitanes-Packungen herumlagen. Das einzige Möbelstück, das ich dort unten fand, war ein niedriger Sessel.

Zurück in meiner Wohnung setzte ich mich mit einer Tasse Milchkaffee aufs Bett, die Kiste mit den Fotos neben mir, und nahm eines nach dem anderen heraus, um sie auf der Decke auszubreiten. Manchmal spiegelt sich das eigene Leben in dem Leben anderer wider. Jedes Lächeln, jede Pose, jede Geste, die Alices unbekümmerte Sinnlichkeit zum Ausdruck brachte, ließ mich an mein kurzes Glück mit Laurent denken.

Je länger ich die Bilder betrachtete, desto stärker wurde die Erinnerung an jene Monate mit meiner großen Liebe, die so abrupt geendet hatte. Wenn Laurent mir wenigstens gesagt hätte, warum er gegangen war, mir seine Gründe erklärt hätte, hätte mir dies die Möglichkeit gegeben, ihm Vorwürfe zu machen, mich zu beklagen, ihm zu sagen, dass er bleiben müsse, dass er mich, nachdem er meine Tage mit solchem Glück erfüllt hatte, nicht einfach allein lassen konnte. Sein plötzliches Verschwinden hatte mich so verletzt, dass ich mir kein neues Leben aufbauen konnte. Jedes Mal, wenn ich mich für einen anderen Mann interessierte, mich zum Essen einladen ließ, tauchte sein Bild wieder auf. Ein Lied, das mich an ihn erinnerte, ein Geruch, der mir in die Nase stieg und mir den Magen umdrehte, ein Haarschopf, der von hinten aussah wie seiner … Nach und nach war ich es leid, überall nach ihm zu suchen, auf seine Rückkehr zu warten, einen Brief zu ersehnen, in dem er mir alles erklärte, einen Anruf, der sein Verhalten rechtfertigte. Ich wollte nicht länger auf ihn warten, und gleichzeitig verlor ich die Lust, mich neu zu verlieben. Ich war nicht in der Lage gewesen, die Leerstelle in meinem Leben zu füllen, die Laurent gerissen hatte. Damals ahnte ich ja noch nicht, dass Laurent verunglückt war, und fühlte mich vollkommen verwaist.

Gedankenverloren starrte ich nach draußen und stellte fest, dass es zu regnen begonnen hatte. Das Dachfenster, das auf die kleine Brücke hinausging, hatte ein Sims aus Metall, und die Tropfen trommelten darauf wie die Finger eines Pianisten. Ich zog die Decke hoch und hüllte mich ein in das Glück von Alice Humbert. Das Leben dieser Frau war aufregend gewesen, die Fotos zeigten eine Abfolge von wilden Partys und rauschenden Kleidern.

Das erste Foto, das mir ins Auge fiel, war vor einem Club mit dem Namen *The Jockey* aufgenommen worden, man sah einige Herren in Anzug und Krawatte, die stolz in die Kamera schauten und in Begleitung von drei jungen Frauen waren, die mit tief ausgeschnittenen Kleidern und auffälligem Schmuck neben ihnen posierten. Auch auf vielen Bildern war eine offenherzige, fröhliche Clique zu sehen, manchmal in Cafés und Restaurants und immer in Feststimmung. Alice war ein Geschöpf der Zwanzigerjahre, mit ihrer Mischung aus kindlicher Unschuld und erotischer Ausstrahlung musste sie die Männer verrückt gemacht haben. Manchmal posierte sie, an einen Tisch gelehnt, mit gedankenverlorenem Blick, dann wieder bot sie sich mit größter Selbstverständlichkeit nackt der Kamera dar. Einige Fotos waren in mit prachtvollen Sesseln und bestickten Decken vollgestopften Salons aufgenommen worden, die einen odaliskenhaften Luxus ausstrahlten, andere in freier Natur, wo sie zwischen den Felsen eines Flusses, nur mit einer Halskette bekleidet, dem Wasser entstieg.

Treize, *Kiki* und *Alice*. Das waren die drei Namen, die sich auf den Fotos wiederholten. Alle drei waren wunderschön, verführerisch, und sie schienen das Leben in vollen Zügen zu genießen. Ich war fasziniert von der Schamlosigkeit und

Lebenslust dieser jungen Frauen, von den wunderbaren Festen, die stets von jeder Menge alkoholischer Getränke begleitet waren, von den eleganten Männern mit Hüten und Halstuch, dem fröhlichem Chaos und der Sorglosigkeit. Auf einem der Fotos tranken Alice, Kiki und Treize Champagner aus Kristallschalen und stießen mit ihren Gläsern an. Diese Partys mit ihrem Glamour und ihrem ganzen lärmenden Durcheinander erschienen mir so begehrenswert, so aufregend und so weit weg …

Ich nahm ein Foto nach dem anderen in die Hand und konnte mich gar nicht sattsehen, und dann fiel mein Blick auf ein Bild, auf dem Alice allein und vollkommen nackt an einem Türrahmen lehnte, zu ihren Füßen eine kleine Schildkröte. Offenbar war das Foto in einer Pause in einem Studio aufgenommen worden. Alice trug Schuhe mit hohen Absätzen, und die kinnlangen Haare fielen ihr ins Gesicht, während sie nach unten auf den Holzboden sah. Der Hintergrund war unscharf, weil das Licht ins Zimmer flutete. Auf der Rückseite des Fotos war eine Adresse vermerkt: 9, *Rue Campagne Première, Paris.*

Ich ließ mich in mein Kissen zurücksinken und lag eine Weile da, schlaflos und voller Gedanken. All die Bilder geisterten in meinem Kopf herum. Ich hatte noch nie etwas Vergleichbares gesehen, war noch nie einer Frau wie Alice Humbert begegnet, die vor langer Zeit hier ihr Stoffgeschäft betrieben hatte. Und das war gleichzeitig aufwühlend und animierend. Ich hatte Madrid verlassen, meine Tante war gestorben, ich hatte meine Mutter verloren, und die Liebe meines Lebens war verunglückt. Mein altes Leben war unwiderruflich vorbei, und ich fühlte mich mit einem Mal sehr allein. Doch das, was ein Ende zu sein scheint, ist manchmal nur ein neuer Anfang. Irgendwann fielen mir die Augen zu, und als ich sie wieder öffnete, stand ich auf und ging zum Fenster, um durch die kalten, nassen Scheiben zu schauen. Der Regen hatte aufgehört. Ich wischte mir die Tränen ab.

KAPITEL 11

Ich hätte meine Tante gern wenigstens ein bisschen vermisst, aber da war kein Gefühl des Bedauerns, im Gegenteil – ihre Art, mich zu quälen und zu strafen, war seit meiner Kindheit ein Teil meines Lebens gewesen, und dafür hasste ich sie. Aber durfte man Tote hassen? Wenn ich mich wegen irgendetwas schuldig fühlte, dann, weil ich Tante Brígida nicht vermisste. Ich sehnte mich nur nach meiner Mutter. Dennoch gab ich mit zitternden Fingern die Telefonnummer meiner Tante ein, weil ich nicht glauben konnte, am anderen Ende nicht ihre böse, kalte Stimme zu hören. Ich schloss einen Moment die Augen und wartete ... Doch als dann jemand abnahm, war es nur der Leiter der Stiftung, der lakonisch alle Anrufe entgegennahm. »Sie sollten nach Madrid kommen, Teresa«, meinte er ein wenig vorwurfsvoll. »Ihre Tante hätte sich das sicher gewünscht. Sie können von der Toten Abschied nehmen.«

»Es ist nicht nötig, dass ich komme, ganz sicher nicht.«

Ich hatte diese Frau bereits tot gesehen – an dem Tag, als meine Mutter starb. Meine Tante hatte steif wie ein Stock neben dem Sarg gestanden und um ihre Zwillingsschwester getrauert, und mein einziger Trost war die Vorstellung gewesen, dass sie in dem mit weißer Seide ausgeschlagenen Sarg liegen würde und nicht meine Mutter. Hätte ich das Geschehene nur ändern können! Während Tante Brígida mir morgens beim Anziehen half, schloss ich die Augen, um die Hände meiner Mutter zu spüren und nicht ihre, die mir das Kleid zuknöpften, die Schleife auf dem Rücken zubanden und meine Haare zu einem Pferdeschwanz zusammenfassten. Und dann stand ich am Grab und schaute auf den Sarg, und meine Fantasie ließ mich glauben, dass meine Tante diejenige war, die in der verschlossenen Kiste lag und auf den Schultern zu ihrer letzten Ruhestätte getragen wurde. Deshalb weinte ich auch nicht.

Monatelang glaubte ich fest daran, dass meine Mutter noch lebte. Ich beobachtete meine Tante heimlich: die selbe Art zu gehen, die gleiche Stimme, das gleiche Parfüm … Erst einige Zeit später wurde mir klar, dass ich akzeptieren musste, dass meine Mutter unter der Erde lag und mich einer schlechten Kopie ihrer selbst überlassen hatte. Die Erkenntnis traf mich wie ein Schock.

Ich vermisste meine Mutter noch immer. Und in diesem Moment vermisste ich auf eine verdrehte Weise auch meine Tante. Denn auch wenn sie mich so oft angeschrien und zurechtgewiesen hatte, hatte ich in ihrer Stimme die Stimme meiner Mutter gehört.

KAPITEL 12

Ich blickte auf den Stadtplan und überquerte dann die Straße. Meine Neugierde hatte mich zu der Ecke geführt, wo die Rue Campagne Première anfing. Das war die Straße, die auf dem Foto gestanden hatte. Sie wirkte nicht gerade einladend mit den unansehnlichen Autos, die hintereinander am Bordstein parkten, und den fast leeren Geschäften: einem Obstladen, in dem nur eine Kundin zu sehen war, einer Reinigung voller Taschen und Teppiche, einem chinesischen Massagesalon … Nichts, was Alices glanzvolle Gegenwart in irgendeiner Weise heraufbeschwor.

Der Taxifahrer, der mich nach Montparnasse gefahren hatte, hatte die Seine Richtung Boulevard Saint-Germain überquert, ohne an irgendeiner roten Ampel zu halten, um dann in halsbrecherischer Fahrt den Boulevard Saint-Michel entlangzurasen. Zwei Minuten später hielt er an einer Ampel vor einem Restaurant namens *La Closerie des Lilas*, und ich bat ihn, mich aussteigen zu lassen. Ich wollte das Viertel auf eigene Faust erkunden.

»Bitte nehmen Sie Platz, wir räumen gerade nur ein wenig auf«, sagte ein Kellner, als ich die *Closerie* betrat.

»Ah, gut. Ich hätte gern einen Kaffee, Orangensaft und ein *pain au chocolat*. Vielen Dank«, sagte ich und wählte einen Tisch im Wintergarten.

Der Kellner verzog die Lippen zu diesem kühlen französischen Lächeln, das einem das Gefühl gibt, sich dafür entschuldigen zu müssen, überhaupt gekommen zu sein, und verschwand im Inneren des Restaurants. Vielleicht war der Zeitpunkt nicht gerade glücklich gewählt, da die Tische gerade fürs Mittagessen eingedeckt wurden – mit Tischsets, auf denen Unterschriften und Notizen ehemaliger Besucher abgedruckt waren. Das Lokal befand sich an der Ecke Boulevard du Montparnasse und Avenue de l'Observatoire mit dem Zugang zum Jardin du Luxembourg, und man konnte die Seele der vergangenen Jahrhunderte spüren. Die riesige, dicht begrünte Terrasse war ein Stück der Geschichte dieses eleganten vornehmen Restaurants, und die gestrengen Kellner hüteten wohl die Quintessenz des Pariserischen wie den Heiligen Gral.

Nach dem Frühstück schlenderte ich ein wenig durch das Viertel. Ich hatte es nicht eilig, zu meinem Ziel zu gelangen. Ich war ausgeruht und aufmerksam und nahm wie ein Detektiv jedes Detail in mir auf. Dabei wurde mir schnell klar, dass diese Gegend nicht so malerisch war wie viele andere Viertel von Paris – eher schien sie für das alltägliche Leben der Bewohner gemacht, die in den schlichten Supermärkten einkauften oder schnellen Schrittes zur Arbeit gingen und dabei den wenigen Touristen auswichen, die sich hierhin verlaufen hatten und in einem gemächlichen Tempo unterwegs waren. Die Gegend erschien mir so normal, dass ich kurz daran zweifelte, ob ich in die richtige Richtung ging. Es waren weder Maler oder Fotografen zu sehen, noch duftete es nach Crêpes.

Doch schließlich stand ich vor dem richtigen Gebäude. Dem mit der Hausnummer 9.

Vor dem verschlossenen Portal spielten zwei Mädchen mit blondem Haar, das im diffusen Licht dieses bewölkten Tages besonders hell wirkte. Die hohe blaugraue Tür war schlicht, nur im unteren Bereich befanden sich ein paar goldfarbene Beschläge. Ein Schild wies auf den Zugang für die Feuerwehr hin, und die Hausnummer war von einer in Stein gehauenen Verzierung in der Art eines Wappens umgeben. Nach Namenschildern mit Klingeln suchte ich vergeblich.

Ich hatte keine Ahnung, wie ich in das Gebäude gelangen konnte, und das, was ich vorgefunden hatte, ermutigte mich nicht gerade. Die Straße war wenig charmant, und es gab nichts, was dem entsprach, was ich mir angesichts der Fotos vorgestellt hatte. Ich war einigermaßen enttäuscht. Ratlos starrte ich auf das silberne Zahlenschloss im Hauseingang. Wie sollte ich in ein Haus gelangen, für dessen Zugang man einen Zahlencode benötigte? Aufs Geratewohl gab ich ein paar Nummern ein. Schließlich hatte ich nichts zu verlieren und konnte nur darauf warten, dass jemand herauskam oder hineinging. Der Verkehrslärm auf dem Boulevard du Montparnasse lenkte mich ab, während ich vor dem Hauseingang stand und eine Zigarette nach der anderen rauchte.

Schließlich versuchte ich noch einmal mein Glück mit dem Zahlencode. Die Mädchen sahen mir inzwischen verwundert zu. Offensichtlich hatten sie mitbekommen, dass es ein Problem gab.

»Sie müssen vier Zahlen eingeben, nur vier.«

Eines der blonden Mädchen hielt in seinen Pirouetten inne und sah mir mit gerunzelter Stirn zu, während ich eine neue Kombination in das Zahlenschloss eingab.

Was tat ich hier? Wieso beschäftigte mich diese mir unbekannte Frau so sehr? Ich hätte gern mehr über Alice Humbert herausgefunden, aber hier vor der Tür dieses Hauses in der Rue Campagne Première kam ich mir in meinen Bestrebungen doch etwas seltsam vor.

Die Mutter der Mädchen kam aus dem Obstgeschäft und rief ihre Kinder zu sich. Sie liefen sofort los, um ihr mit den Einkaufstaschen zu helfen. Wie es aussah, wohnten sie in diesem Haus. Aber wie sollte ich es anstellen, mit ihnen hineinzugelangen? Die beiden Mädchen hatten mich beobachtet und wussten, dass ich den Eingangscode nicht kannte. Ich trat zurück und wartete am Rand des Bürgersteigs, während die Mutter den Zahlencode eingab. Wenn es mir gelang, einen Fuß in die Tür zu stellen, bevor diese wieder zufiel, konnte ich es vielleicht schaffen, unbemerkt hinter ihnen ins Haus zu schlüpfen.

Doch dann sah das größere Mädchen mich an, als wäre ich eine Mörderin mit der Waffe im Anschlag, und ich zog meinen Fuß wieder zurück, bevor die Mutter den Eindringling hinter sich bemerkte.

Da war ich also wieder. Am richtigen Ort, aber außen vor. Ich wartete noch eine ganze Weile auf dem Bürgersteig, aber kaum jemand kam überhaupt in die Nähe des Hauses. Und wenn, dann gingen alle weiter zum Boulevard du Montparnasse oder zum Boulevard Raspail. Ich ließ die Tür nicht aus den Augen. Das Gebäude stammte offenbar von einem Architekten namens Taberlet, wie man an der Fassade lesen konnte, aber das war auch schon das Einzige, was dieses Haus auszeichnete.

Irgendwann nahm ich ein leises, rollendes Geräusch im Eingangsbereich des Hauses wahr. Dann öffnete sich die Tür. Eine Frau mit weißem Haar mühte sich mit einer riesigen grünen Mülltonne ab. Versuchsweise lächelte ich sie an. Sicher war es die Concierge. Sie war etwas mollig und hatte ein rosiges Gesicht, was sie freundlich wirken ließ. Im ersten Moment bemerkte sie mich nicht. Dann sah sie auf.

»Darf ich mal kurz durch?«

»Ja, sicher.«

Ich stand wie ein Idiot im Weg. Rasch trat ich zur Seite und ließ sie mit der Tonne durch. Sie zog sie rumpelnd über den Bürgersteig, und ich schlüpfte ins Haus. Glücklich und erleichtert sah ich mich um.

Ich befand mich in einem länglichen Innenhof, an dessen Ende ein altes dreistöckiges Gebäude mit hohen Fenstern lag. Einige Vorhänge waren zugezogen. Ein abschüssiger Weg führte zu einem Feigenbaum neben dem Haus, in einen kleinen Garten, an dessen Seite sich eine dicht mit Efeu bewachsene Mauer erhob. Der verwilderte Garten und das verwitterte Gebäude hätten mich ins letzte Jahrhundert zurückversetzen können, wären da nicht die modernen Mülltonnen gewesen. Durch die alten Rohrleitungen an der Fassade plätscherte Wasser, und die Tür zu meiner Rechten schien seit mindestens hundert Jahren nicht mehr ausgewechselt worden zu sein.

Mit einem Mal erfasste mich ein ähnliches Gefühl wie in dem Antiquitätenladen in Madrid. Dieser verwunschene Ort passte zu dem magischen Ladenschild, das mich nach Paris gelockt hatte. Ich fühlte mich völlig aus der Zeit gefallen. Ein leiser Regen fiel, und es war ganz still. Ein alter Steinbrunnen träumte vor sich hin. Ich sah zu den Fenstern hoch und erwartete fast, dass jemand aus einem anderen Jahrhundert mich freundlich heranwinkte, um mich auf einen Tee einzuladen und mir die Geschichte von Alice Humbert zu erzählen, die der Grund dafür war, dass ich hier stand.

»Sind Sie eine Touristin? Dann würde ich Sie bitten, in diesem Bereich zu bleiben, vor dem Brunnen.«

Ich drehte mich um und sah die alte Concierge verwundert an. Die ganze Zeit hatte ich wie eine Einbrecherin draußen vor dem Tor gestanden, dabei hätte ich einfach nur hineingehen müssen.

Ich nickte ihr zu, wir kamen ins Gespräch, und sie erzählte mir, dass sie in dem Gebäude wohnte, das unter Denkmalschutz stand und eine der Sehenswürdigkeiten im Viertel war. Vielleicht würde ich hier doch die Antworten finden, nach denen ich suchte.

»Sind Sie Spanierin?«, fragte sie dann.

»Ja, ich komme aus Madrid, und ich wohne erst seit Kurzem in Paris. Diesen Ort kannte ich noch gar nicht.«

»Oh, er ist längst nicht mehr das, was er mal war«, meinte sie.

»Und ... was war er?«, hakte ich sofort nach.

Die alte Concierge lächelte kryptisch, dann fuhr sie mit ihrer Arbeit fort und balancierte eine Mülltonne nach der anderen nach draußen, was ihr sichtlich Mühe bereitete. Ich bot ihr meine Hilfe an, doch sie winkte ab. »Das schaffe ich schon.« Anschließend ging sie zu dem Brunnen und füllte ein paar Gießkannen mit Wasser, die wohl für den Gartenbereich gedacht waren.

Ich sah wieder zu den Fenstern hoch, hinter denen jetzt Geräusche zu hören waren. Nichts Besonderes. Der Regen hatte wieder aufgehört, und ein paar Tropfen schillerten friedlich auf den Blättern in der Sonne, die sich zögernd ihren Weg durch die Wolken bahnte. Ich behielt die Concierge im Blick, die sich irgendwann der Treppe zuwandte, und folgte ihr ein paar Schritte.

»Wie gesagt, hier dürfen Sie nicht rein«, sagte sie. Sie musterte mich und bemerkte wohl, wie ich sehnsüchtig zu den Fenstern hinaufblickte. Schließlich kam sie wieder zu mir zurück.

»Sagen Sie, Sie sind doch nicht zufällig hier, oder?«

»Ich interessiere mich für die Geschichte dieses Hauses. Für die Vergangenheit«, entgegnete ich unsicher.

»Ich habe bemerkt, wie genau Sie alles in Augenschein genommen haben. Das ist zwar ein Haus mit einer bemerkenswerten Geschichte, aber normalerweise verirren sich nicht viele Touristen hierher. Zuerst habe ich gedacht, dass Sie zufällig vorbeigekommen sind, und dann, dass Sie eine Journalistin sind, die mich nach Monsieur Ardisson fragen wird. Mathieu Ardisson.«

»Wer ist das?«

»Sie kennen ihn nicht? Er ist ein bekannter französischer Journalist. Ein feiner Mann.«

»Ach ja, jetzt wo Sie es sagen ...«, entgegnete ich und versuchte, meine Aufregung zu verbergen.

Wieder blickte ich zu den riesigen Fenstern hinauf, hinter denen sich ehemalige Ateliers zu verbergen schienen. Das war das Einzige, was einen Zusammenhang mit Alice Humbert herstellte, die Model gestanden hatte. Die Concierge zeigte mit dem Finger die Fenster entlang.

»Was Sie hier sehen, sind die alten Ateliers der Künstler, die den Montmartre verließen, um in Montparnasse nach Inspiration zu suchen«, fuhr sie jetzt wie eine Fremdenführerin fort. »Die Räume waren hell und nicht teuer, deswegen lebten und arbeiteten sie hier. Das Gebäude stammt noch von dem Architekten Taberlet und wurde nach der Weltausstellung von 1889 teilweise mit dem Material der verlassenen

Pavillons errichtet. Sie wissen schon – die Weltausstellung mit dem Eiffelturm. Also, alles, was damals übrig blieb, sehen Sie hier. Mit dem, was nicht mehr gebraucht wurde, wurde dieses Haus gebaut.«

Ich musste an die Fotos aus dem Keller denken.

»Aber jetzt leben hier keine Maler oder Fotografen mehr, oder?«, fragte ich.

»Oh nein. Schon lange nicht mehr. Hier wohnen jetzt nur noch Familien. Damals – das war eine andere Zeit, ein ganz anderes Paris«, seufzte sie mit nostalgischem Blick.

Ich stand vor den Ateliers der Maler und Künstler, die zu Beginn des zwanzigsten Jahrhunderts hier gelebt und gearbeitet hatten. Und dort oben, hinter diesen Fenstern, hatte Alice Humbert Modell gestanden.

»Wie heißen Sie eigentlich?«, fragte ich die Concierge.

»Es ist nicht wichtig, wie ich heiße, so berühmt bin ich nicht, und ich lege auch keinen Wert darauf.

Kokett strich sie sich eine Strähne ihres weißen Haars zurück, und ich lächelte angesichts der mädchenhaften Geste, die nicht zu ihrem Alter passte. Ein Hausbewohner rief von der Tür gegenüber des Brunnens nach ihr, um ihr ein paar Briefe zu übergeben, und ich nutzte den Moment, um mir die Nummer der Wohnung von Monsieur Ardisson einzuprägen. Mathieu Ardisson.

KAPITEL 13

»Ich bin's, Alice!«, rief ich vom Eingang hinauf.

Ich weiß nicht, ob es an meiner Angst lag, an meiner Geldnot oder an der Kälte – jedenfalls zitterte ich am ganzen Körper, und meine Stimme klang nervös. Das war die Adresse, die man mir gegeben hatte, und ich war gekommen. Ich stand an der Tür zu den Ateliers in der Rue Campagne Première.

»Alice Humbert!«, rief ich noch mal.

Doch ich musste meinen Namen mehrfach wiederholen, bis man mich verstand. »Ich bin's, Alice, das Mädchen von letztem Montag«, wiederholte ich hartnäckig und war von mir selbst überrascht. Doch die Notlage, in der ich mich befand, brachte mich dazu, tief durchzuatmen, meinen Mantel glatt zu streichen und durch den Hof zu den Ateliers zu gehen. Ich stieg die Treppe hinauf und richtete mir dabei das Haar. Ich strich mir die Locken hinter die Ohren, denn sie waren klein und wohlgeformt, und ich wollte, dass man sie sah. Dann legte ich rasch neuen Lippenstift auf und überprüfte, ob der Kragen meiner Bluse richtig saß. Es war noch keine fünf Minuten her, dass ich mir die Schuhe geputzt hatte, aber ich ging noch einmal mit meinem Taschentuch darüber, bevor ich klingelte. Mir war daran gelegen, dass man gleich sah, dass ich ein ordentliches Mädchen war. Ich war fürchterlich aufgeregt, denn all das war neu für mich. Als die Tür aufging, war ich noch mit meinen Schuhen beschäftigt und richtete mich mit geröteten Wangen auf.

Der Mann, der vor mir im Türrahmen lehnte, trug einen weißen Malerkittel voller Farbflecken. Er hatte eine Zigarette im Mundwinkel und strahlte eine Arroganz aus, die mich einschüchterte.

Das war das Schlimmste, was mir passieren konnte, angesichts der Bedenken, die ich sowieso schon gehabt hatte, als Aktmodell zu posieren. Die fünf jungen Männer im Atelier sahen mir meine Verlegenheit an.

»Das ist Ihr erstes Mal, oder?«, meinte der Jüngste von ihnen, als er sah, wie ich unsicher in der Tür zum Atelier stand und meine Tasche umklammerte.

»Ja«, brachte ich mühsam heraus.

»Na, dann kommen Sie rein und bringen es schnell hinter sich. Das ist die beste Art und Weise zu vergessen, dass man nackt ist. Das ist nur für die Kunst, wir haben schon genug nackte Frauen gesehen.«

»Könnte ich in irgendein Nebenzimmer gehen?«, fragte ich schüchtern.

»Wozu?«

»Um mich auszuziehen.«

Alle lachten, als hätte ich einen Witz gemacht, und warfen sich amüsierte Blicke zu. Offensichtlich gehörten sie zu denen, die gern zusammen lachten und mit übertriebenen Gesten demonstrierten, dass sie echte Kerle waren. Ich stellte mich an den Ofen, weil mir immer noch eiskalt war.

»Sie glauben wohl, dass Sie hier in der Académie Colarossi sind. Bei uns zieht man sich nicht im versteckten Kämmerchen aus. Das ist ein Atelier, wie Sie sehen. Hier sind nur Sie und wir.«

Es war ein hässlicher hoher Raum voller Gerümpel, ziemlich heruntergekommen, trotz der Staffeleien und der Bilder, die überall an den Wänden hingen und in Massen herumstanden.

Ich wusste nicht, was diese Männer so lustig fanden. Sicher, ich zitterte wie Espenlaub und hätte mich am liebsten gleich wieder umgedreht und wäre davongelaufen, und das schienen sie sehr lustig zu finden. Wahrscheinlich gab ich eine sehr komische Gestalt ab. Aber ich brauchte Geld. Also blieb ich stehen und sah mich um.

Das Atelier war etwa dreißig Meter lang und voller Skulpturen und Leinwände mit nackten Frauen.

»Kisling malt am liebsten Aktbilder«, sagte einer der Männer. Er trug einen Schnurrbart und deutete auf eine Wand die mit nackten Frauen mit weißen Brüsten und breiten Hüften zugepflastert war.

Dann war eine belustigte Stimme zu hören.

»Ein hübsches nacktes Mädchen erfreut mich, macht mir Lust auf die Liebe, darauf, glücklich zu sein, und ich hoffe, dass selbst der Hintergrund, vor dem es posiert, diese Freude ausdrückt. Ich will, dass das Leben schön ist und dass die Wünsche und das Leben der begehrenswerten Frauen voller Farbe sind. Ich bin ein Glückspilz. Ich liebe Autos, ich singe gern, ich liebe das Leben und die Frauen. Ich wiederhole es noch mal: Ich bin ein Glückspilz. Die Mädchen kommen her, und ich male sie.«

Das war offenbar Kislings Stimme, der bis dahin, uns den Rücken zugewandt, am Fenster gestanden hatte. Nun drehte er sich um und betrachtete mich mit trägem Blick.

»Wer ist diese neue Hure?«, fragte er und zog die Augenbrauen hoch.

Das waren seine Worte, während er meinen Körper musterte. Geradeheraus, ohne jeglichen Übergang nach seinem Vortrag über die weibliche Schönheit, war seine Frage an die anderen Maler gerichtet, er sah mir nicht mal ins Gesicht.

Ich wurde rot; dass er mich als Hure bezeichnete, war obszön und grausam.

Dieser Mann war stolz, überheblich, aufgeblasen und fett – ein Tier. Er wollte mir wohl deutlich machen, dass ich nicht mehr als ein Stück Fleisch für ihn war. Ich schwieg erniedrigt und begann, mich auszuziehen.

»Woher kommst du, Mädchen?«, fragte er jetzt und trat so dicht an mich heran, dass ich seinen Atem in meinem Nacken spüren konnte.

»Ich hab sie Montag auf dem Markt aufgegabelt und ihr einen Dreimonatsvertrag versprochen«, antwortete der mit dem Schnurrbart, der mir die Tür geöffnet hatte.

»Kann sie nicht sprechen?«, fragte Kisling spöttisch.

»Doch, Maestro. Entschuldigen Sie. Sie ist ein hübsches Mädchen, ein bisschen schüchtern vielleicht. Ich hab ihr gesagt, sie soll herkommen. Ich dachte, sie könnte Ihnen gefallen.«

Monsieur Kisling nickte. Er musterte mich, während ich trotz seiner unverschämten Worte weiterhin schwieg und so schnell wie möglich meine Kleider ablegte, um den Albtraum nicht unnötig zu verlängern. Ich war zutiefst beschämt.

Den Blick auf den schmutzigen Holzboden gerichtet, legte ich meine Sachen auf einen der Stühle neben den Staffeleien. Ich war nur noch in Unterwäsche und fragte mich, wie es jetzt weiterging.

Jeden Montagmorgen gab es einen »Markt für Modelle«. Schon früh trafen dort ganze Familien zusammen, um in Gruppen die Rue de la Grande Chaumière entlangzugehen, in der Hoffnung, für eine Woche zu Madonnen, Cherubinen, mythologischen Helden oder Göttern der Antike zu werden. Mädchen wie ich wurden normalerweise nur für eine Woche gebucht, hatte man mir gesagt. »Nach sieben Tagen werden die Modelle ausgewechselt«, hieß es. »Und sie bezahlen nicht schlecht.« Manchmal, wenn das Mädchen es wert war, boten die Künstler ihm an, bis zu drei Monaten in den Ateliers für sie zu posieren. Dazu gab es warme Suppe und Kaffee, und manchmal brachten sie die Modelle in nahegelegenen, billigen Hotels unter. So konnte man sich, nackt und ohne ein Wort zu sagen, seinen Lebensunterhalt verdienen und sich etwas zu essen kaufen. Wenn man einem Künstler gefiel, floss das Geld schneller, und man konnte noch mehr verdienen, weil man dann auch für andere Künstler interessant war. Im Großen Krieg hatte die französische Regierung die ehemaligen italienischen Modelle zu »berufslosen Ausländerinnen« erklärt und sie in Massen ausgewiesen. Das hatte uns mittellosen Pariserinnen die Möglichkeit eröffnet, sie zu ersetzen.

»Sie lässt sich ganz schön viel Zeit beim Ausziehen, da hab ich schon schnellere gesehen«, meinte Kisling hochmütig. Er wusste, dass er mich in der Hand hatte.

»Sie hat großes Glück, dass sie so hübsch ist«, fügte ein anderer an.

»Schüchterne Mädchen sind nicht mehr angesagt«, erklärte einer mit Bart. »Deine Mama hätte dir sagen sollen, dass wir jetzt in modernen Zeiten leben. Offenbar hast du es noch nicht mitgekriegt, aber das neue Jahrhundert hat begonnen!«

Die Männer lachten, und jetzt redeten alle gleichzeitig.

Der jüngste von ihnen zuckte mit den Schultern, und während er zu der Stelle ging, wo sie einen Sockel hingestellt hatten, auf dem ich nackt posieren sollte, inspizierte er mich wie sein Arbeitsmaterial.

»Du bist schön, und du hast Ausstrahlung«, sagte er. »Das wird schon klappen. Mit etwas Glück wirst du in der Lage sein, dich in alles zu verwandeln – in eine Göttin oder eine antike Waldnymphe. Und wenn Kisling dich malt, kommst du vielleicht sogar ins Museum.«

Er fragte mich nach meinem Namen und ermunterte mich, auch noch meine Unterwäsche abzulegen.

»Ich will sie nackt sehen. Jetzt sofort«, befahl Kisling.

Ich holte tief Luft.

Dann zog ich alles aus und stieg auf den Sockel. Die Maler sahen mich an.

Ich spürte, wie meine Brustwarzen sich zusammenzogen, und bedeckte mein Geschlecht mit den Händen.

»Schultern entspannen, Arme ganz locker neben dem Körper hängen lassen, Sie stehen ja steif wie ein Brett«, sagte Kisling und musterte mich mit professionellem Blick. »Wenn Ihnen kalt ist, rücken wir den Sockel näher an den Ofen ran.«

Keine freundliche Geste, kein staunender Blick, alle wirkten völlig unbeeindruckt. Möglicherweise taten sie aber auch nur so, als ließe es sie kalt, dass ein achtzehnjähriges Mädchen nackt vor ihnen stand. Vielleicht setzte die Kunst einen gewissen Hochmut voraus.

Sie stellten einen Stuhl auf den Sockel, auf den ich mich setzten sollte, damit meine Beine nicht zitterten.

»Das ist bei fast allen Modellen so, aber wir können euch erst malen, wenn ihr stillhaltet.« Er seufzte. »Bleiben Sie fürs Erste sitzen und verschränken Sie einfach die Finger, als würden Sie ruhig auf den Abend warten. Für heute soll das genügen, Mademoiselle, aber bei den nächsten Sitzungen müssen Sie auch andere Posen einnehmen. Das ist nicht die Welt. Und wie Sie sehen, haben wir genug Schönheiten hier.«

Ohne mich zu rühren, ließ ich den Blick durch das Atelier schweifen. Ich war von unzähligen Bildern schöner Frauen umgeben wie in einem Garten voller Statuen, und ich war nur eine mehr. Überall nackte Frauenkörper, einige steckten in Tuniken oder waren in Stoffe gehüllt, andere lehnten an Baumstämmen, bei den meisten waren die Brüste exponiert dem Licht ausgesetzt.

Eines der Modelle war sehr oft zu sehen, ein sehr hübsches Mädchen mit einem verführerischen Lächeln und stark geschminkten Augen.

All diese Frauen mit ihrer weißen Haut und ihrem unverhüllten Geschlecht schienen mir zuzusehen, als ich nun zum ersten Mal für die jungen Maler Modell stand. Kisling begann mit seinem Unterricht, und die Worte, die er mit den anderen wechselte, wirkten ruhig und bedächtig. Das sorgte für eine gewisse Distanz, und meine Aufregung ließ allmählich nach. Nach einer Weile vergaß ich fast, dass ich nackt war. Kisling bot mir Alkohol an, aber ich lehnte ab. Ich hatte so einiges über die Arbeit mit den Malern gehört und wollte lieber vorsichtig sein.

Die Männer räusperten sich ein wenig ungehalten, wenn ich mich doch einmal bewegte oder mich nach vorne sinken ließ, sodass ich rasch wieder meine aufrechte Pose einnahm. Kisling wies mich an, den Kopf höher zu halten und den Hals zu strecken. Dann fragte er mich, ob ich gut gegessen hätte, bevor ich hierhergekommen war. »Es sind viele Stunden, die Sie hier Modell sitzen, wenn auch nicht am Stück.« Ich bejahte seine Frage, obwohl das gelogen war, weil ich seit Tagen immer nur eine einzige Mahlzeit am Tag zu mir nahm und das auch nur dank *Chez Rosalie*, dem kleinen Restaurant des ehemaligen Modells Rosalie Tobia, in dem man äußerst günstig essen konnte. Ich nahm den Kaffee an, den er mir anbot, und posierte dann weiter.

Alle zwanzig Minuten durfte ich mich ein wenig ausruhen, damit mir die Glieder nicht einschliefen. Vorsorglich klopfte ich auf meinen Beinen herum, damit sie nicht steif wurden. Und gleichzeitig schämte ich mich vor den Malern, die mich groß ansahen und auch schon mal die Augen verdrehten. Mir kamen sie alle ein wenig verrückt vor.

So ging ich mehrere Tage nacheinander ins Atelier. Und je mehr Sitzungen ich hatte, desto besser gelang es mir, meine Befangenheit abzuschütteln. Nach dem Eintreffen zog ich mich jetzt ganz selbstverständlich aus, trank nackt meinen Kaffee und begutachtete, wie die Maler mit ihren Bildern vorankamen. Sie alle waren Experten, was die Darstellung weiblicher Körper betraf. Es machte mir nicht mehr so viel aus, mich ihnen nackt zu zeigen, ja, es gelang mir sogar, ihren Blicken standzuhalten. Statt vor Angst und Scham zu sterben, fühlte ich mich mit einem Mal schön und begehrenswert. Ich begann, mir meiner Attraktivität bewusst zu werden, die alle Aufmerksamkeit auf sich zog. Eines Abends bot mir jemand ein Glas Wasser an, während ich Modell stand, ich nahm hastig einen Schluck und spürte, wie mir das Wasser aus dem Mund und über den Hals lief. Einer der Maler trocknete mich ab, damit ich auf meinem Sockel nicht das Gleichgewicht verlor.

Ich verbrachte viel Zeit dort und posierte, den Blicken der Männer ausgesetzt, die rauchten und konzentriert auf ihre Leinwände starrten. Du bist eine Frau, und du brauchst das Geld, rief ich mir immer wieder in Erinnerung. Auch wenn Monsieur Kisling dicht an mich herantrat und seine Nase nur ein paar Zentimeter über meinem Geschlecht schwebte, während er die Haltung meiner Hände korrigierte oder meine Hüfte verschob, damit ich ein Bein krümmen konnte. Wenn er den Duft meiner Haut aufgesogen hatte, kehrte er zufrieden an seinen Platz zurück. Die anderen Männer waren zurückhaltender.

Er nicht.

Anders als beim ersten Mal, als ich beim Ausziehen am liebsten vor Scham im Erdboden versunken wäre, begann ich allmählich, mich als Mittelpunkt des Ateliers zu fühlen. Ich verbrachte meine Tage nackt, und die Scham hatte sich hinter den Francs versteckt, die sich in meinen Taschen anhäuften. Ich war die Herrscherin ihrer Bilder und ihrer Berufung, und das erfüllte mich mit neuem Selbstbewusstsein.

Es mag an dieser neuen Haltung gelegen haben, an der besonderen Intimität, die im Atelier herrschte, an all den Farben und der konzentrierten Atmosphäre, dass mir Kislings herausfordernde Blicke in den folgenden Wochen auf einmal interessant erschienen. Er war groß und ziemlich dick, aber männlich, und seine abschätzige Art provozierte mich. Natürlich war er nicht unbedingt der Mann, den ich mir gewünscht hätte, um zur Frau zu werden. Aber der Tag kam. Eines Abends war ich am Ende mit ihm allein im Atelier. Noch immer nackt, wusch ich mir das Gesicht und griff scheinbar eilig nach meiner Kleidung. Aus den Augenwinkeln sah ich, dass er sich mir wie einer Beute näherte.

»Hallo«, sagte ich.

»Gehen Sie schon?«, fragte er. »Wohin des Weges?«

»Nach Hause.«

»Sie wohnen in der Nähe, nehme ich an.«

»Nein, in der Rue Mouffetard.«

»Ah, schöne Gegend.«

»Das Haus, in dem ich wohne, kann man nicht gerade als schön bezeichnen, leider.«

Ich hatte das Gefühl, dass er sich einschmeicheln wollte. Er kam so behutsam wie möglich näher, und ich bemerkte, dass er sich das Glied in der Hose richtete. Mir war klar, dass ich in diesem Moment hätte gehen müssen. Aber ich blieb. Je eher es passierte, desto besser. Außerdem wollte ich meine Arbeit nicht verlieren. Ich war es gewohnt, dass die Männer mir Aufmerksamkeit schenkten, und er war einfach einer mehr.

Jeden Sonntag versammelten sich meine Eltern, meine Geschwister und ich im Haus eines benachbarten Ehepaars, der Fresnaults, um Zwiebelsuppe zu essen. Sie gaben viel Käse hinein, und das war das einzige wirklich nahrhafte Mal, das wir in der ganzen Woche zu uns nahmen. Die Fresnaults waren schon recht betagt und besaßen ein Grundstück jenseits des Bois de Boulogne, wo sie trotz ihres Alters das anbauten, was sie aßen. Mein Vater hoffte, dass dieses Grundstück nach all den Besuchen und der Zuneigung, mit der wir uns um Monsieur Antoine kümmerten, irgendwann einmal uns gehören würde. Deshalb trug er uns jeden Sonntag, bevor wir aufbrachen, auf, freundlich zu sein, Madame Madeleine einen Kuss zu geben und ihr brav ein Lied vorzusingen. »Als würdet ihr ein Gedicht aufsagen«, meinte er.

Madame und Monsieur Fresnault waren unsere einzigen Freunde, da alle anderen Männer begeistert in den Krieg gegen Deutschland gezogen waren. Meine Mutter hielt diese Euphorie für unangemessen: »Alle wollen Soldaten sein und in schmucken Uniformen durch die Straßen ziehen wie auf einem Maskenball. Die wissen gar nicht, was Krieg bedeutet.« Doch die anfängliche Euphorie war schnell vorbei, als die Kämpfe begannen und es die ersten Opfer gab. Man hörte nur noch von Toten, Amputationen, Verletzten, durch Kugelsplitter verlorenen Augen, Gasvergiftungen und anderem Horror. Die Umgebung des Pariser Militärhospitals war der traurigste Ort in der Stadt.

Mein Vater hatte sich ebenfalls als Freiwilliger zur Verfügung gestellt, wurde aber aus gesundheitlichen Gründen abgelehnt. Sein schlechter Gesundheitszustand beendete sein Leben einen Monat, bevor der Krieg vorbei war. Der arme Mann hatte nicht einmal mehr davon erfahren. Nach seinem Tod versammelte meine Mutter uns Kinder um sich. »Euer Vater hat niemals Glück gehabt, und wir müssen dem Schicksal jetzt einen Schubs geben«, sagte sie mit der erschöpften Stimme eines Menschen, der weiß, dass ihn das Unglück heimgesucht hatte und nur schwer zu vertreiben war. Sie umarmte und küsste uns, sodass wir von der Trauer nicht viel zu spüren bekamen. Wir mussten von etwas leben, und so suchte sich meine Mutter eine Stelle als Wäscherin auf der Entbindungsstation von Jean Louis Baudelocque.

Die Monate vergingen, und wir aßen weiterhin jeden Sonntag bei den Fresnaults. Eines Tages, als ich eilig durch die verwinkelten Straßen unseres Viertels zurück nach Hause eilte, lief ich Doktor Bellver über den Weg, der mich aufhielt, um nachzufragen, wie es meiner Familie gehe. Meine Mutter sprach oft von diesem Mann, weil er im Krankenhaus wie ein Diktator herumschrie, egal, ob es Krankenschwestern, Hebammen oder Wäscherinnen betraf. Der Doktor ergriff mich am Arm – an diesem Tag trug ich ein hübsches tailliertes Kleid – das weiß ich noch. Er nahm einen Zug an seiner Zigarette und lächelte mich an. Sein Blick überraschte mich. Nicht dass ich Angst gehabt hätte, aber er war ein imponierender Mann. Eine Gruppe Soldaten ging vorbei, und ich wollte sie schon um Hilfe bitten, doch sie hätten mich sicher für verrückt gehalten, immerhin war der Mann ein Arzt.

Doktor Bellver warf die Zigarette auf die Straße, trat sie aus und sah mir direkt in die Augen, während er sich nach meiner Mutter erkundigte.

Sein dreister Blick verbot mir, auch nur ein Wort zu sagen, als er jetzt über meiner Bluse unauffällig meine Brüste betatschte, und es schien ihm egal zu sein, dass ich den Atem anhielt und im Begriff war zu schreien. Während seine Hand mit meinem Busen beschäftigt war, stellte er mir irgendwelche dämlichen Fragen, damit ich in der schmalen Straße keinen Aufstand machte.

»Du bist sehr hübsch, meine Kleine, und wirst mal eine wunderschöne Frau sein. Du hast das gewisse Etwas … wie deine Mutter.«

Seine glasigen Augen, als er diese letzten Worte sagte, und die Art und Weise, wie ihm dabei das Wasser im Mund zusammenlief, wie bei einem Wolf kurz bevor er sich auf seine Beute stürzt, vergiftete mich für immer.

Von nun an tauchte er immer wieder in der Straße auf, um mich abzufangen. Und stets erwähnte er den Namen meiner Mutter, um mir deutlich zu machen, dass er uns in der Hand hatte.

Er hatte immer diesen gierigen Blick, und ich ließ mich von diesem General im weißen Kittel einschüchtern.

Eines Tages begegneten wir uns in einem anderen Viertel der Stadt. Es war beinah gespenstisch, wie er plötzlich auftauchte, als ich um die Ecke bog. Wir befanden uns ganz in der Nähe seines Hauses, und er wollte mich in seine Wohnung locken, aber wie ein Windstoß fuhr ein Freund von ihm dazwischen, der erfreut auf ihn zueilte: »Doktor Bellver, wie schön Sie zu sehen!«

Ich ergriff die Gelegenheit und floh.

Auch meiner Mutter war nicht entgangen, dass die Männer anfingen, mir hinterherzusehen. Sie sagte nie etwas, aber sie merkte genauso wie ich, dass sie mich mit Blicken verschlangen. Ich war eine schöne junge Frau und kein Kind mehr.

Ein paar Wochen nach meinem ersten Besuch in Kislings Atelier, als wir von dem üblichen Sonntagsessen bei den Fresnaults zurückkamen, versuchte meine Mutter, mehr darüber zu erfahren, was ich in dem Atelier in der Rue Campagne Première eigentlich machte. Wir gingen zu Fuß nach Hause und hatten uns untergehakt. Mama runzelte die Stirn und sah mich mit ernster Miene an. Dann sagte sie:

»Pass auf dein Herz auf, Alice. Und auch auf deinen Körper.«

Ich nickte beklommen. Ich wäre gern wie sie gewesen, so besonnen und mütterlich, immer so hübsch mit ihrem lockeren Haarknoten und aufrecht wie eine Dame auf dem Weg zur Oper. Ich dagegen hatte die grünen Augen meines Vaters geerbt, sein blondes Haar – und seine Eitelkeit.

An jenem Abend, als wir zusammen am Ofen saßen und meine Geschwister bereits zu Bett gegangen waren, brachte sie ihre Sorge zum Ausdruck, dass meine Nähe zur Kunst in andere Wege münden würde. So oft ich ihr auch versicherte, dass meine Arbeit lediglich darin bestand, als Modell zu posieren, konnte sie nicht glauben, dass ich allein damit so viel Geld verdiente. Schließlich rückte sie näher an mich heran und schwieg einen Moment, in dem man nur das Knacken des brennenden Holzes hören konnte. Es war, als hätte sie einen Entschluss gefasst.

»Alice, können wir ganz offen sprechen?«

»Ja, Mama. Natürlich.«

»Geht es dir wirklich gut, Kind?«

»Ja, Mama, sicher.«

»Es ist sehr schwer für eine Mutter, allein für die Familie zu sorgen.«

»Das weiß ich, Mama. Und du weißt, dass wir stark sind.«

»Ich tue, was ich kann, Alice.«

Wir saßen im Halbdunkel, vor dem Feuer, und ich sah ihren Blick, der nachdenklich auf mir ruhte.

»Ich möchte nur, dass es dir gut geht.«

»Es geht mir gut, Mama.«

»Du verbringst viel Zeit in diesem Atelier.«

»In dieser Zeit werde ich fürs Nichtstun bezahlt, Mama. Das ist leicht verdientes Geld.«

»Ich würde gerne wissen …«

»Wirklich, Mama, mach dir keine Sorgen.«

Sie wirkte nicht überzeugt. Jedenfalls gelang es ihr nicht, ihre Zweifel zu verbergen oder zu lächeln, um mir zu zeigen, dass alles gut war.

Wir saßen eine Weile da und schwiegen.

»Mir ist klar, dass unser Leben schwierig ist, weil dein Vater nicht mehr da ist, und dass uns das Geld an allen Ecken und Kanten fehlt«, fing sie dann wieder an. »Die Fresnaults haben versprochen, uns etwas von ihrem Gemüsegarten abzugeben. Ich weiß, dass du nach Arbeit gesucht hast, um zu helfen, dass du in dieses Atelier gehst, aber es ist nicht nötig, dass du ...«

»Was?«

»Ich meine ... Wir schaffen es auch so.«

»Das weiß ich. Ich versuche ja auch nur zu helfen.«

»Ich möchte es dir erklären.«

»Mama ...«

»Nein, hör mir zu! Ich will nicht, dass du ... dass du dich wegwirfst.«

»Das tue ich auch nicht«, entgegnete ich. »Ich stehe nur Modell. Ich muss nichts anderes tun.«

»Wirklich nichts?«

Wir schwiegen wieder. Meine Mutter sah mich forschend an, meine Antwort schien sie nicht zu beruhigen.

Das Feuer knackte im Ofen. Ich griff nach dem Eisen und schürte die Flammen. Meine Mutter schlang fröstelnd die Arme um sich, als suchte sie nach Wärme. Ihre Miene war düster. Es war nicht schwer zu erraten, was sie dachte. Und dann sprach sie es aus.

»Alice, du gehst aber nicht zur Place Maubert, oder?«

Im 5. Arrondissement, im Herzen des Quartier Latins lebten viele Obdachlose. Vor allem aber befand sich dort schon seit langer Zeit ein Bordell, das von den unterschiedlichsten Männern besucht wurde. Ein Bordell, ähnlich dem in der Rue de Fourcy, wo die Maler und die Fotografen hingingen.

Ich sah meine Mutter fassungslos an und brachte kein Wort heraus, weil ich mich, obwohl es nicht stimme, irgendwie ertappt fühlte. Ich gab ihr rasch einen Kuss, drückte ihre Hand und sagte: »Nein.« Dann ging ich in die Küche und brach in Tränen aus.

Kisling brachte zu Ende, was er begonnen hatte. Er nahm seine Brieftasche, hielt mir mit einer geringschätzigen Geste ein paar Scheine hin und meinte, dass wir Modelle keine Frauen, sondern Musen für die Maler seien. Also ließ ich ihn machen. Er strich auf eine Art über meine Brüste, die irgendwie erniedrigend war, er drückte und tätschelte sie, als wären sie sein Eigentum.

Wenig später fuhr er mit den Händen über meine Schenkel, fasste mir zwischen die Beine und führte seine Finger mit einer ruppigen Bewegung in mein Geschlecht. Seine Hand war rau und hart. Das enge Zimmer, in dem ich mit meinen kleinen Geschwistern schlief, die Zwiebelsuppe, die Augusthitze, die Krankheit meines Vaters, die Rückenschmerzen meiner Mutter beim Putzen, ihr gebeugter Körper, wenn sie Kittel nähte, der versprochene Gemüsegarten der Fresnaults, die Not, der Hunger, meine kleinen Geschwister … All das ging mir durch den Kopf, während Kisling seine Finger zwischen meinen Schenkeln bewegte und stöhnend in mein Ohrläppchen biss. Er stammelte Worte, an die ich mich nicht erinnere, weil ich mich nicht daran erinnern will. Er drückte sich an mich, beugte sich über mich, seine wulstigen

Lippen klebten an meinem Hals, bis er endlich fertig war und mit einem Grunzen über mir zusammensank. Dann kniete er sich vor mich hin und warf einen zufriedenen Blick auf mein Geschlecht. Es war vorbei.

Ich sagte kein Wort. Ich lächelte nicht. Ich nahm das Geld und starrte zu Boden, und alles, was ich dachte, war, dass ich noch nie derart teure Männerkleidung gesehen hatte.

»Alice, machst du die Vorhänge auf?«

Als ich zum Fenster ging, sah ich, wie er sich die Hose hochzog. Es war das erste Mal, dass ich einen nackten Mann sah, und niemals hatte ich mich derart entblößt gefühlt. Kisling machte sich keuchend die Knöpfe zu, und ich ging zum Spiegel, um nachzusehen, ob ich einen blauen Fleck am Hals hatte, der mich zu Hause verraten könnte. Doch noch schlimmer war der Männergeruch, der an meinem Körper haftete. Ich fürchtete, dass jeder sofort wissen würde, was ich getan hatte. Daher steckte ich meine Hand in die Flasche mit dem Terpentin und gab etwas davon auf meine Knie, bevor ich mir die Strümpfe und die Stiefeletten anzog.

Die Zeit, in der wir uns anzogen, schien mir endlos zu sein. Der Sex hatte nichts mit dem zu tun, was man sich in den armen Vierteln von Paris erzählte. Auf jeden Fall hätte ich nicht behaupten können, dass mir danach noch mal der Sinn stand, obwohl Kislings Blick erahnen ließ, dass es erneut passieren würde. Ich machte mich rasch fertig, legte mir mein Tuch um und steckte sein Geld ein. Er wollte mich wieder küssen, aber ich wich zurück.

»Kauf dir ein schönes Parfüm, das wird dir gut stehen. Gut parfümierte Frauen lassen sich besser malen. Also gib ein paar Francs für deine Schönheit aus, denn wenn du schön bist, kann niemand es mit dir aufnehmen.«

Kisling fixierte mich mit lauerndem Blick. Ich hielt den Atem an und rang mir ein Lächeln ab, ich wollte einfach so schnell wie möglich gehen.

»Du solltest das Leben genießen.«

Ich sah zu, wie sein Mund die Silben formte. Ge-nie-ßen. Seine Worte hallten in meinen Ohren, als ich das Atelier verließ.

KAPITEL 14

Zwei Uhr morgens. Ich konnte nicht schlafen. Drei Uhr. Ich war immer noch wach. Ich verspürte eine drängende Ungeduld, dann kamen die Zweifel wieder. Die Fotos aus dem Keller lagen noch immer überall im Schlafzimmer verstreut. Ich wurde von den widersprüchlichsten Gefühlen erfasst: Da war der Wunsch zu erfahren, was es mit den Fotos von Alice Humbert auf sich hatte – jener Frau, die mein Leben auf unerklärliche Weise zu lenken schien, seit ich ihr Ladenschild in Madrid gefunden hatte. Und zugleich hatte ich Bedenken, in ein fremdes Leben einzudringen, das mich eigentlich gar nichts anging.

In der Nacht ist Paris der ideale Ort, um melancholisch zu sein. Daher blieb ich grübelnd im Bett liegen, obwohl ich nicht schlafen konnte, und versuchte, all diese Bilder in einen möglichen Zusammenhang zu bringen. Die lebensfrohen Fotos luden dazu ein, ihrer Spur zu folgen. Zu tanzen, zu trinken und zu flirten, als ob es kein Morgen gäbe. Ausgerechnet mich, die ich so zurückhaltend, so vorausplanend und so ungeschickt in der Liebe war …

Schließlich entschied ich mich, doch aufzustehen, um ins Wohnzimmer zu gehen und mich dort auf das Sofa zu legen, von dem aus ich durch das Fenster auf die Seine blicken konnte. In Paris zu leben, ohne auf die Seine zu schauen, ist ein Verbrechen. Und diese Nacht war so wunderschön, dass ich wie hypnotisiert auf den Fluss starrte. Ich weiß nicht, wie lange. Irgendwann überwältigte mich dann doch der Schlaf.

Um sieben Uhr morgens stand ich auf. Ich zog mich an und mehrfach um, um mir die Zeit zu vertreiben. Um acht verließ ich die Wohnung, obwohl es noch zu früh war. Ich wollte noch einmal zu dem Haus gehen, in dem Mathieu Ardisson lebte, der alte Journalist, der mir vielleicht etwas über die Fotos aus dem Keller sagen konnte. Ich wollte mehr über diese junge Frau erfahren, die so ungezwungen posiert hatte. Vielleicht barg mein Laden sogar eine spannendere Geschichte, als ich gedacht hatte.

Um zehn Uhr stand ich vor dem Haus des Journalisten.

»Monsieur Ardisson, guten Tag«, sagte ich in die Gegensprechanlage, nachdem ich geklingelt hatte.

»Wer ist da?«

»Ich bin …« Ich zögerte. Wie sollte ich es erklären? »Ich bin eine spanische Journalistin, die nach Paris gekommen ist, und man hat mir Ihren Namen gegeben.«

»Und was wünschen Sie?«

»Ich habe Fotos einer Frau aus den Zwanzigerjahren gefunden. Man hat mir gesagt, dass sie für Sie interessant sein könnten.«

Der Türöffner summte. Das Interesse für meine Fotos weckte offenbar seine Gastfreundlichkeit. Die Musik, die aus seiner Wohnung drang, hüllte mich ein wie ein Zauber. Es war ein klassisches Stück, das ich trotz der erzwungenen Klavierstunden in meiner Kindheit nicht kannte. Ich blieb einen Moment stehen und lauschte schweigend.

»Was ist das?«, fragte ich dann.

»*L'art du violon* von Pierre Baillot«, sagte er und winkte mich herein. »Kommen Sie herein, Mademoiselle …«

»Teresa, Teresa Espinosa.«

»Nehmen Sie Platz. Erzählen Sie. Sie haben also gehört, dass ich Fotografien aus der Zeit zu Beginn des zwanzigsten Jahrhunderts sammle …«

Ich hatte seinen Namen bei Google eingegeben. Mathieu Ardisson war ein Historiker, der sich einen Namen damit gemacht hatte, große Mengen an Fotomaterial aus Archiven, Bibliotheken und privaten Sammlungen zusammenzustellen und zu ordnen. Außerdem hatte er mehrere bedeutende Ausstellungen realisiert und ehemalige Kunstgalerien aufgesucht, von denen die meisten dem normalen Publikum nicht zugänglich waren, um seine Sammlung zu erweitern.

»Was ich an Paris besonders liebe, sind die Spaziergänge am Ufer der Seine. Es gefällt mir, bei den *bouqinistes* herumzustöbern«, begann ich, um das Eis zu brechen. »Vor allem kann man dort Fotos aus den Zwanzigerjahren finden …«

»Allerdings handelt es sich bei den meisten dieser Bilder um Kopien, die nicht einmal gut sind. Die kleinen Stände an der Seine sind sicher sehr hübsch, und man kann dort das ein oder andere versteckte Juwel finden, Modezeitschriften oder Bücher mit ungewöhnlichen Notizen. Aber ich versichere Ihnen, dass das meiste davon nur für die Touristen gemacht ist, für diejenigen, die das Paris des Eiffelturms oder der fabelhaften Welt der Amélie suchen. Für die Leute, die glauben, dass wir hier alle jeden Tag Crêpes machen oder ständig Chansons von Serge Gainsbourg vor uns hin summen. Aber sie sind hübsch, diese kleinen Stände, wirklich hübsch. Städte, die die Vergangenheit bewahren, stellen sich besser auf die Zukunft ein. Und das ist in Paris der Fall.«

»Ich war schon oft hier, aber diesmal habe ich mich entschieden zu bleiben.«

»Sie meinen – in Paris zu leben?«

»Ja, davon träume ich seit Jahren.«

»Und jetzt haben Sie Ihren Traum verwirklicht. Gibt es dafür einen besonderen Grund?« Er sah mich mit wissenden Augen an, und ich fühlte mich durchschaut.

»Ich weiß nicht, wie ich es erklären soll … Es ist einfach … ein Neuanfang.« Ich zuckte lächelnd mit den Achseln.

»Soso, ein Neuanfang. Das ist immer gut«, entgegnete Monsieur Ardisson lachend. »Warum?«

»Es war einfach mein Traum. Aber vielleicht sollte ich mir einen triftigeren Grund überlegen«, sagte ich angesichts seines skeptischen Blicks.

»Nein, nein. Das hört sich gut an. Ihr Spanier und eure Träume von Paris …«

Ich knetete nervös die Hände.

»Sie haben eben gesagt, dass Sie Journalistin sind. Ich dachte, Sie seien aus beruflichen Gründen hier.«

»Nein, ja. Sozusagen. Ich meine, ich bleibe in Paris. Ich habe beschlossen, ein neues Leben anzufangen. Ich brauche eine Veränderung, und ich habe das Gefühl, dass dies der richtige Ort dafür ist. Ich weiß nicht, was diese Stadt hat, aber …«

»Sie meinen, weil es die Stadt der Liebe ist«, meinte er und zog die Augenbrauen hoch.

»Ich bin mir nicht sicher«, entgegnete ich. »Paris ist wohl eher ein Lebensgefühl, denke ich.«

Mathieu Ardisson stand auf und blieb vor dem großen Sprossenfenster stehen. Die Vorhänge waren zur Seite gezogen, und die riesige Scheibe nahm fast die ganze Wand ein.

Draußen war die Concierge zu sehen, die wieder mit den Mülleimern herumhantierte.

»Erzählen Sie mir von Ihren Fotografien.«

Ich wartete, bis er wieder zu der braunen Sitzgruppe herüberkam, wo ich saß. Dann legte ich drei der Fotos auf den Tisch. Er sah mich eindringlich an.

»Woher haben Sie die?« Seine Stimme klang plötzlich scharf.

»Aus meinem Haus.«

»Aber was reden Sie denn da?«, stieß er hervor. Seine Augen leuchteten auf, als er die Fotos aus der Nähe betrachtete.

»Ja, diese Fotos habe ich in meinem Haus gefunden«, wiederholte ich, während ich zusah, wie er eines der Fotos vorsichtig in die Hand nahm.

Mehrere Minuten war es still. Mathieu Ardisson hatte eine auffällige quadratische Lupe von seinem Schreibtisch genommen und inspizierte jedes Detail der Frauen auf den Schwarz-Weiß-Aufnahmen, die ich mitgebracht hatte. Er beachtete mich gar nicht mehr, so sehr war er in den Anblick der Fotos vertieft, die er murmelnd als »kleine Kunstwerke« bezeichnete.

Nachdem er eine Weile versonnen die Fotos in den Händen gehalten hatte und zwischen seinen alten Möbeln auf und ab spaziert war, setzte er sich wieder zu mir, und eine Zeit lang war nichts zu hören außer Baillots Violinen. Schließlich ergriff ich das Wort.

»Monsieur Ardisson, ich habe diese Fotos in meinem Keller gefunden. Sie müssen wissen, dass ich ein Ladenlokal gekauft habe, um dort ein Geschäft zu eröffnen. Ich weiß noch nicht genau, was für eins, aber ich möchte, dass der Laden wieder so aussehen soll, wie er früher einmal war. Ich erwäge eine originalgetreue Restaurierung, um das Geschäft möglichst detailgetreu wiederherzustellen, und aus irgendeinem Grund habe ich das Gefühl, dass die Frau auf den Fotos, eine gewisse Alice Humbert, diejenige ist, die mich hierhergebracht hat. Auf vielen der Fotos, die ich gefunden habe, war diese Adresse verzeichnet. Hier, sehen Sie!« Ich hielt ihm eines der Fotos hin.

Er nickte und strich sich nachdenklich über den Schnurrbart.

»Außerdem tauchen immer wieder drei Frauennamen auf – Kiki, Treize und Alice, und nach den Bildern zu urteilen, haben diese Frauen ein faszinierendes Leben geführt. Wer waren sie? Diese Frage geht mir einfach nicht aus dem Kopf, vielleicht habe ich einfach viel Zeit, aber …«

Monsieur Ardisson wollte etwas sagen, schwieg aber, als er sah, dass ich noch etwas hinzufügen wollte.

»Mein Leben war vorher eintönig und grau, und ich war meistens schlecht gelaunt, und jetzt … Jetzt ist mit einem Mal alles ganz anders. Das klingt ziemlich seltsam, und ich weiß nicht, warum ich Ihnen das alles überhaupt erzähle. Sie müssen mich für verrückt halten. Aber irgendetwas drängt mich, mehr über diese Fotos herausfinden und über die Geschichte von Alice Humbert. Das mag Ihnen lächerlich erscheinen, aber deswegen bin ich hier. Ich bin seit Jahren auf der Suche nach dem Glück. Und dann ist mir diese komische Sache passiert, die mich nach Paris führte …«

Monsieur Ardisson hörte mir zu, während ich von dem Ladenschild erzählte, dem alten Chanson, das plötzlich zu hören gewesen war, den Blumen, die nicht verwelkten, und der beunruhigenden Gegenwart von Alice Humbert. Der alte Journalist unterbrach mich nicht ein einziges Mal. Sein

Schweigen gab mir Sicherheit. Ich hörte erst auf zu reden, als ich alles erzählt hatte.

»Ich habe mir oft die gleiche Frage gestellt. Was treibt uns an? Ich verstehe, dass Sie verwundert sind. Das wäre ich auch.«

»Sie verstehen mich also? Wirklich?«, fragte ich, erschöpft vom vielen Reden.

»Kiki, Treize und … Alice. Die geheimnisvolle Alice. Eines Tages war sie fort, und man hörte nichts mehr von ihr. Sie verschwand einfach aus Paris.«

Wir betrachteten eine Weile schweigend die Fotos. Inzwischen war klar, dass Ardisson genau der richtige Mann war. Er schien völlig fasziniert von meinen Fotos. Schließlich sah er auf, und sein Blick verlor sich in der Ferne.

»Diese Fotos sind von Man Ray, und diese Frau ist die verschwundene Alice.«

»Wie … wie meinen Sie das, Monsieur Ardisson?«, fragte ich aufgeregt. Was wusste dieser Mann über Alice Humbert?

Er sah mich an.

»Um das zu verstehen, muss ich Ihnen von Montparnasse erzählen«, entgegnete er. »Von Montparnasse, wie es damals war. Dem Nabel der Welt«, fügte er lächelnd hinzu. »Kommen Sie, wir gehen.«

Ardisson griff nach seinem Regenschirm und forderte mich auf, mit ihm die Wohnung zu verlassen.

»Diese Stadt, die Ihnen so gut gefällt, ist ständig grau, und es regnet fast immer«, bemerkte er, während er die Wohnungstür sicher verschloss.

Ich trat dicht neben ihn unter den Schirm und ließ mich im Regen von ihm über den Boulevard führen. Die kleinen blonden Mädchen, die ich von meinem letzten Besuch her kannte, rannten auf der Suche nach Schutz von Hauseingang zu Hauseingang. Sie starrten mich neugierig an. Ich fühlte mich etwas seltsam am Arm eines Mannes, den ich gerade erst kennengelernt hatte, aber gleichzeitig war ich erleichtert, weil er die Antworten auf all meine Fragen zu kennen schien. Erst als wir eine Kreuzung erreichten, wo sich zwei Cafés mit ausladenden Terrassen gegenüberlagen, ließ der Regen nach, und ich bekam einen ersten Eindruck von der einstigen Opulenz und Magie dieser Gegend.

Auf der einen Seite befand sich das *Café du Dôme* und auf der anderen Seite das *Café de la Rotonde*.

Monsieur Ardisson forderte mich auf, einen Blick auf die Speisekarte zu werfen.

»Schauen Sie genau hin.«

Ich studierte das Angebot an Desserts, Eis, Kuchen …

»Fällt es Ihnen auf?«

»Ich weiß nicht, was Sie meinen.«

»In Paris, in jenem Paris, drehte sich das Leben um die Maler, die Modelle, die Bildhauer, die Künstler, in einer Zeit, in der das Leben selbst ein Kunstwerk war. Montparnasse wurde reich, blühte auf, war hell erleuchtet, hier wurde getanzt, gefeiert, jeder Moment genossen. Im *Dôme* wurde sogar Kaviar verkauft. Hemingway, der selbst dabei war, hat ausführlich darüber geschrieben. Aber ich meine die Zeit kurz davor, die Cafés und Restaurants, das ganz normale Montparnasse mit seinen Häusern, kleinen Wohnungen, Hotelzimmern, wo bei geschlossenen Fenstern gearbeitet wurde und es gleichzeitig nach Sex und Farbe roch, während sich andere auf den Straßen herumtrieben, am späten Morgen, am Nachmittag, um Mitternacht. Zu jeder Stunde floss der Alkohol, die Maler, die Einsamkeit, die Dramen, die Erfolge. Man redete beim

Wein genauso über belanglose Dinge, wie man versuchte, die Welt zu gestalten, immer in Gesellschaft der schönsten Frauen – wie die auf Ihren Fotos. Diese Frauen waren die wahren Herrscherinnen jener Zeit. Und eine von ihnen, Kiki de Montparnasse, regierte in den Tagen, in denen diese Fotos gemacht wurden, und sie war mächtiger als Queen Victoria, das können Sie mir glauben.«

»Da! Ich hab's gefunden«, rief ich und deutete auf die Speisekarte. »Copa Kiki de Montparnasse, Copa Picasso, Copa Modigliani!«

»*Voilà!* Das *Café du Dôme*, der Mittelpunkt der Welt. Dort, wo wir jetzt stehen, trafen alle zusammen. Das war der Ort in Paris, wo das Leben tobte.«

Ich betrachtete fasziniert die Menü-Karte mit all den Künstlernamen.

»Und … Alice?«, fragte ich dann.

KAPITEL 15

Am Morgen nach dem Tag, den ich mit dem Gefühl beschlossen hatte, mich für ein paar Francs prostituiert zu haben, betrat ich niedergeschlagen das Atelier. Ich wusste nicht, was mich erwartete, doch Kisling kam sofort auf mich zu und zog mich in die Arme. Er war bester Laune. So gut gelaunt hatte ich ihn noch nie erlebt.

Kisling war ein intelligenter, selbstgefälliger, arroganter Maler, doch an diesem Tag war er der Charme in Person. Er wusste, dass er am Ende immer das bekam, was er wollte, er kannte keine Zurückweisung. Einen Pinsel in der Hand, drückte er mich kurz mit einem verzückten Lächeln an sich, und ich gestehe, dass ich bereit war, in dieses neue Kapitel meines Lebens einzutauchen. Innerhalb von zwei Wochen hatte ich zuerst meine Kleider abgelegt und war dann in eine andere Haut geschlüpft. Kisling platzte fast vor Stolz, als er jetzt um Aufmerksamkeit bat für sein Werk, das er soeben vollendet hatte. Mich.

»Alice, Sie sollten stolz auf Ihren Körper sein!« Er reckte triumphierend seinen farbbefleckten Finger in die Luft. »Auf Ihren Körper! Auf Ihre Schönheit! Auf das Licht, das von Ihnen ausgeht! Ganz Paris wird es bald sehen und sich daran erfreuen. Bei meiner Ausstellung im Dezember. Alle meine Bilder werden in einem großen Saal zu sehen sein.«

Ich hielt den Atem an. Er musterte mich zufrieden und begnügte sich damit, mich auf die Wange zu küssen, weil seine Schüler da waren. Das große Gemälde von mir, auf dem mein ganzer Körper nackt zu sehen war, würde der Höhepunkt seines neuen Werkzyklus sein. Alle applaudierten, während sie näher traten und den Meister und meine Schönheit überschwänglich priesen. Kisling war äußerst erregt, er warf einige Stühle um, während er durch das Atelier marschierte, und forderte uns dann alle auf, mit ihm ins *Dôme* zu gehen, um zu feiern. Dabei hielt er den Brief in den Händen, in dem ihm mitgeteilt wurde, dass seine Werke in der großen Galerie in der Rue Taitbout ausgestellt werden sollten.

Im *Dôme* bestellte Kisling Champagner für alle. Obwohl ich dieses Getränk noch nie probiert hatte, fand ich gleich Gefallen an dem Geschmack und dem belebenden Prickeln. Es war die neue Art von Vergnügen, die mich berauschte. Außerdem musste ich zugeben, dass Kisling mir inzwischen besser gefiel, als ich es jemals für möglich gehalten hatte. Dieser Mann hatte etwas an sich, was ich aufregend und überwältigend fand, und es machte mir nichts aus, ihm zu Willen zu sein und mir weiteren, mir unbekannten Luxus zu erlauben. Das war ein anderes Paris als das, was ich vorher gekannt hatte. Als wir die zweite Flasche Champagner öffneten, tauchte Kiki mit ihrem Hund auf. Sie schwang ihre Hüften und prahlte mit ihrer neuen Eroberung. »Dieser Stadt hat eine Frau wie du noch gefehlt«, sagte sie gleich, nachdem sie mich entdeckt hatte. Sie nahm mich beim Arm und führte mich zum Waschraum, wobei sie sich mit provozierendem Blick ihren Weg durch die Männer bahnte, die die Terrasse bevölkerten.

»Meine Liebe, ich habe Kislings Gesicht gesehen. Jetzt verstehe ich, warum er so geschwärmt hat. Du bist in Wirklichkeit noch schöner, als er gesagt hat. Und ich habe das Gefühl, dass wir beide uns sehr gut verstehen werden. Ich sehe in deinen Augen, dass du mehr getan hast, als nur für ihn Modell zu stehen. Versuch gar nicht erst, es abzustreiten. Ich sehe ja, wie er dich anschaut«, sagte Kiki, während sie mit kokettem Augenaufschlag jeden einzelnen Mann anlächelte. Sie ließ sich kneifen und mit Komplimenten überhäufen. Und dann blieb sie plötzlich stehen und rief zu meiner Überraschung:

»Dieser Körper ist zu teuer für euch, meine Lieben!«

Alle waren betrunken, lachten, machten Fotos, rauchten und tanzten auf den Tischen.

Das war etwas völlig anderes als bei uns zu Hause, es schien überhaupt keine Regeln zu geben, und mir wurde bewusst, dass diese Menschen das Leben ohne jede Scheu einfach genossen. Sie rochen nicht nach Holzfeuer, ihre Kleidung war ungebügelt, und es machte ihnen nichts aus, wenn sie die kostbaren Stoffe beim Zuprosten befleckten. Wie fern die Rue Mouffetard auf einmal war, obwohl sie doch ganz in der Nähe lag.

Noch nie in meinem Leben war ich so weit weg gewesen von zu Hause. Wie war es möglich, dass wir vor Kälte zitterten, rohe Zwiebeln kauten oder einzelne Kartoffeln im Ofen aufwärmten, während die Leute sich hier mit erhitzten Gesichtern die Jacken vom Leib rissen, weil der Alkohol in Strömen floss und es ihnen zu warm wurde? Die Stille in meiner Straße war wie die graue Asche der Armut, während hier alles vor Licht und Farben und Exaltiertheit nur so sprühte. Männer mit weißen Stiefeln und perfekt gebundenen Krawatten, die nach teurem Eau de Cologne dufteten und ihr Haar nach hinten gegelt trugen. Frauen mit hochhackigen Schuhen, zweireihigen Perlenketten und glitzernden, tief ausgeschnittenen Kleidern. Teure Manschettenknöpfe, Anstecknadeln an den Mänteln, nachlässig geknotete Tücher mit wilden Mustern, Armreifen, die bis zu den Ellbogen reichten, Seidenblusen, die zarte Schultern entblößten, lässig auf der Hüfte getragene Abendtaschen, deren Kristallanhänger klirrten wie Kronleuchter. Es war ein geräuschvolles Spektakel. Trinksprüche, Musik, klackende Absätze, das Klirren von Gläsern, das leise Klingeln langer Perlenketten, das Scharren von Stühlen.

Sich kennenzulernen und miteinander zu reden war die Hauptsache, und ich war völlig überfordert. Meine Hilflosigkeit war mir wohl anzusehen, denn meine neue Freundin nahm mich lachend bei der Hand. Kiki war der Mittelpunkt der Feier und stellte mich allen anderen vor, damit ich ebenfalls zum Mittelpunkt wurde. Ich hatte keine andere Wahl, als zu lächeln und meine Hand auszustrecken. Wir tauchten hinein in die lachende, schwatzende, überdrehte Menge. Kiki ließ sich durch nichts aus dem Konzept bringen und brach sämtliche gesellschaftlichen Gepflogenheiten.

»Kiki, komm! Zeig uns deine Brüste!«, riefen ein paar Männer.

Und Kiki öffnete, als wäre es das Selbstverständlichste auf der Welt, ihren Ausschnitt und präsentierte, was sie hatte. Mitten auf der Terrasse des *Dôme*! Die Menge tobte. Alle applaudierten und skandierten ihren Namen, während sie stolz wie eine Königin einen Moment stehen blieb und ihren kleinen Hund Peki an die Brust gedrückt hielt.

In diesem Moment begann das Leben für mich. Zwei Minuten später erfuhr ich von Kiki etwas, das ich unbedingt wissen wollte: Kisling war verheiratet.

»Lächeln und genießen«, zitierte sie seine typischen Worte.

»Aber …« Ich brach ab.

»Doch, doch, mit Renée Groß. Sie studiert an der Académie Ranson, aber alle wissen, dass das eine seltsame Ehe ist. Die beiden sind gute Freunde, lieben die Kunst, sehen das Leben als ein Spiel«, erklärte Kiki.

»Aha, das ist wirklich mal etwas anderes.«

»Und wie anders.« Kiki lachte.

»Ich weiß nicht, was ich sagen soll.«

»Sag nichts. Was kann man von den Malern anderes erwarten. Sie wollen dich malen, sie wollen mit dir schlafen, mach dir keine Illusionen. So sind diese Künstler. Genieße es einfach. Du stehst Modell, sie schauen dich an.« Sie lachte über mein verdutztes Gesicht. »Kislings Frau muss ziemlich merkwürdig sein.«

»Merkwürdig? Wie meinst du das?«

»Sie war die Erste, die Hosen und kurzes Haar getragen hat. Die beiden sehen eher aus wie Zwillinge als wie Mann und Frau. Zu komisch, oder? Man sagt, sie haben sich bei einer Razzia der Polizei kennengelernt, was soll man da erwarten? Und ihr Vater ist ein General. Als er erfahren hat, dass seine Tochter einen Maler heiraten will, dem sein Ruf als Frauenverführer vorauseilt, hat er sie beinah umgebracht.«

Ich begann mich zu fragen, ob ich mich ihm umsonst hingegeben hatte.

»Aber die beiden haben sich ineinander verliebt und geheiratet. Das war eine völlig verrückte Feier, am Ende sind wir alle in den Bordellen in Saint-Germain gelandet«, fuhr Kiki fort, als wäre es das Normalste auf der Welt.

Wir setzten uns auf die Stühle, die man uns an den besten Tisch des Lokals gestellt hatte. Ich hörte die Autos, die am Boulevard hielten und aus denen noch mehr Menschen in eleganter Kleidung ausstiegen. Gut möglich, dass es bekannte Leute waren, denn ihnen wurde an den Tischen sofort Platz gemacht.

Für mich war alles so neu, dass ich ihnen nur zuwinkte, ohne aufzustehen, beschämt, die Einzige zu sein, die von niemandem den Namen kannte.

»Modi, Dardel, kommt her, setzt euch zu uns!« Kisling lachte laut, stand kurz auf, um Platz zu machen, zupfte an seiner Hose und setzte sich wieder, um erneut mit Champagner anzustoßen. Er kam und ging und begrüßte jeden. Ich sah zu, wie er in der Menge verschwand, die seinen Namen rief und seine Bilder feierte.

Seine Freunde sahen besser aus als er, vor allem Nils Dardel, ein großer, schlanker Mann, der seinen makellosen Hemdkragen mit einer perlenbesetzten Nadel geschmückt und sein Haar mit Brillantine nach hinten gekämmt hatte. Der andere, Modi, hatte wirres schwarzes Haar, glühende dunkle Augen, wettergegerbte Haut. Er rauchte ohne Unterlass und trank schluckweise Rum aus einer Flasche, »gegen den Husten«, wie er sagte.

»Modi ist ständig betrunken. Er säuft den ganzen Tag, obwohl er eine sehr angegriffene Gesundheit hat. Woran das wohl liegen mag?«, raunte Kiki mir zu. »Aber er sieht einfach fantastisch aus, wahrscheinlich ist er der schönste Mann in ganz Paris, und außerdem ist er der größte Schuft. Seine Feste sind legendär. Er kennt keine Grenzen, er säuft, säuft und säuft. Und malt, malt und malt. Das Einzige, was er will, ist, sich ein schönes Leben zu machen und seine Bilder an die Millionäre an der Côte d'Azur zu verkaufen.«

»Ist er denn bekannt?«, fragte ich.

Kiki sah mich an, als wäre ich blöd.

»Hast du wirklich noch nie was von Modigliani gehört?«

Ich schüttelte verlegen den Kopf und sah angelegentlich zu »Modi« hinüber.

»Er gefällt dir wohl, was?«

Kiki brach angesichts meiner Verlegenheit in Gelächter aus. Ich presste ihr kurz eine Hand auf den Mund, weil ich fürchtete, sie könnte mich blamieren. Dann öffnete Kiki ihre Tasche, um alles herauszunehmen und auf den Tisch zu legen. Es waren tausend Kleinigkeiten, fast alles Schminkutensilien. Sie begann, sich die Lippen anzumalen, wobei sie eine Flasche, die auf dem Tisch stand, als Spiegel benutzte. Während sie sich selbst ein verführerisches Lächeln zuwarf, fiel ihr das Spiegelbild von Nils Dardel ins Auge. Das war der andere Dandy.

»Der schöne Nils ist mit Thora verheiratet, das ist die mit dem Tuch auf dem Kopf und der hochgeschlossenen Kleidung. Sie ist einfach wunderbar.«

Kiki reichte mir den Lippenstift, und ich trug ein wenig Farbe auf.

»Und Modi hat sie nicht mehr alle, aber er fasziniert mich irgendwie. Dich auch, oder?«

Ich bemerkte, wie Kisling immer wieder zu mir herübersah. Dort war seine Frau, und hier war ich. Ich versuchte, mir die schnellen Schläge meines Herzens nicht anmerken zu lassen, die von den zuschlagenden Türen der Autos, die vor der Tür hielten, übertönt wurden.

»Wie geht es dir, meine kleine Bougainvillea?«, fragte Modi meine neue Freundin, ohne seine Flasche loszulassen.

»Ich warte darauf, für dich Modell stehen zu dürfen«, entgegnete Kiki lasziv.

»Und ich mag Frauen wie dich, gut rasiert.«

Die Rumflasche war leer, und er zerschlug sie an einem Laternenpfahl. »Viva!«, rief er und lachte, und ich fuhr zusammen.

Das hemmungslose Durcheinander, das hier herrschte, erschreckte mich. Es war ein schamloses, verrücktes Fest. Alle machten viel Wirbel um sich und gaben laut mit ihren Abenteuern an. Die dreißig Centime, die eine Suppe im *Chez Rosalie* kostete, waren nichts im Vergleich zu dem, was hier verprasst wurde. Eine solche Ausschweifung sollte verboten sein, dachte ich kurz, aber so lebten sie, in einem nie endenden Fest. Ohne Grenzen und ohne Scham.

»Heute Morgen hatte ich einen guten Fick gleich zum Frühstück«, sagte Kiki.

Ich legte eine Hand auf ihren Arm. »Alle können dich hören«, beschwor ich sie.

»Was soll's, meine Liebe! Die Hälfte der Leute hier haben meine Brüste gesehen und hatten ihre Zunge zwischen meinen Beinen.«

»Was?«

»Diese Männer sind den Frauen verfallen.«

»Sie hat so recht«, sagte Thora, die an unseren Tisch gekommen war und uns zunickte. »Das ist das Einzige, was sie beschäftigt. Und bei Kiki wundert mich gar nichts mehr. Manchmal geht sie von Tisch zu Tisch und nimmt Geld dafür, ihre Brüste zu zeigen und ihre Röcke zu heben. Wie viel kriegst du eigentlich dafür?«

»Nur ein paar Francs.« Kiki zuckte mit den Achseln und grinste.

»Aber glaub nicht, dass sie immer mit den Männern kokettiert. Wenn sie wütend wird, ist sie unberechenbar. In der *Bar Strix* ist mal ein Kerl zu ihr gekommen und hat ihr einfach so an die Brust gegriffen. Da ist unsere gute Kiki handgreiflich geworden und hat wie eine Verrückte auf ihn eingeschlagen. Seitdem haben die Kerle Respekt vor ihr.«

»Ich entscheide immer noch selbst, wer mich anfassen darf. Das wäre ja noch schöner!«

»Und sie hat ihn auch wie eine Verrückte bis auf die Straße verfolgt, und vielleicht hätte es ein übles Ende genommen, wenn der Barkeeper nicht eingegriffen hätte.«

Kiki nickte.

»Oh ja, ich erinnere mich, das war ein großer, kräftiger Schwede, der mich hochgehoben hat, um mich zurück in die Bar zu bringen.«

»Wie auch immer. Diese Frau ist total verrückt, aber auf wunderbare Weise. Du wirst viel Spaß mit ihr haben.«

Es erleichterte mich, dass Thora diese Dinge offensichtlich genauso überraschten wie mich.

»Mädchen, lasst uns noch etwas trinken«, rief Kisling vom Nebentisch. »Champagner für diese Frauen, die besten Modelle in Paris.«

Während wir weitertranken, erzählte Kiki mir, dass sie sich das Schamhaar abrasiert hatte und dass das die Männer ganz verrückt machte. Ich wurde so rot wie die tulpenförmigen Lampen, die im Restaurant gerade angegangen waren. Es war voll, heiß und feucht. Schwitzende Körper drängten sich aneinander, und die unaufhörlich brennenden Zigaretten schwängerten die Luft mit Rauch. Ich trug ein leicht ausgeschnittenes Kleid, dunkelgrün, mit halbem Arm und einer Schleife auf der Brust, und dazu Spangenschuhe. Kiki wirkte extrem elegant in ihrem glänzenden Kleid und den hohen Schuhen, auf denen sie sich mühelos zwischen den Leuten bewegte. Ich hätte mit solchen Schuhen gar nicht gehen können.

»Hier, probier das mal«, sagte Modi und hielt mir eine Flasche hin.

»Was ist das?«, fragte ich.

»Probier es, dann weißt du's«, meinte er, während er sich neben mir auf den Stuhl fallen ließ. Der Alkohol war viel zu stark. Er brannte in meinem Mund und sorgte dafür, dass sich mir der Magen umdrehte. Die Flasche hatte kein Etikett.

»Hör mal, Modi«, sagte Kiki, während sie sich zu uns durchdrängte. Sie nahm ihn am Arm und zwinkerte ihm zu. »Wenn du willst, posiere ich für dich.«

Die Worte meiner neuen Freundin klangen so feurig wie der Alkohol, den ich gerade probiert hatte. Doch eigenartigerweise hörte der Maler gar nicht hin. Er hielt seinen Blick starr auf mich gerichtet und sagte:

»Schön, dich kennenzulernen.«

»Ja«, entgegnete ich knapp.

Worüber sollte ich mit einem betrunkenen Mann reden, der mir in den Ausschnitt starrte?

»Du bist doch Kislings Modell, oder?«

Ich nickte. »Ich freue mich, deine Bekanntschaft zu machen«, sagte ich nun doch und nickte ihm verhalten zu.

»Hab keine Angst. Ich will nichts von dir. Du bist sehr schön«, sagte er mit ernstem Gesicht. »Schön und zurückhaltend. Ich mag Modelle wie dich, die schon ein Kunstwerk sind, bevor sie gemalt werden.«

Ich spürte ein nervöses Flattern im Magen und merkte, wie er mich ansah, obwohl ich den Blick auf meine Hände gesenkt hatte. Meine Finger zitterten.

»Modiglianis Aktbilder sind freizügig, offen, provokativ und drücken spezifische erotische Zustände aus: Verlockung, Versprechen und Befriedigung.«

Diese Worte kamen von Berthe Weill, der Eigentümerin einer Galerie, die sich rühmte, Picasso und Matisse unter ihren Künstlern zu haben.

»Am Tag der Vernissage hat mir dieser betrunkene Wilde gleichzeitig das Leben gerettet und zur Hölle gemacht. Manchmal denke ich, ich kann diese Künstler nicht mehr ertragen, sie bringen mich um«, erklärte sie laut, während sie eine weitere Flasche Champagner für alle bestellte. Modigliani griff nach seiner eigenen Flasche und nahm einen tiefen Zug. Madame Weill bat in dem fröhlichen, lauten, verrauchten Durcheinander um Gehör: »Wir hatten die Bilder am Sonntag aufgehängt und am Montag, dem dritten Dezember die Ausstellung eröffnet. Prächtige Aktgemälde, kantige Gesichter, richtig gute Bilder.«

»Wer könnte das je vergessen«, rief Kisling und brach in Gelächter aus.

»Was für ein großartiger Abend und vollkommen verrückt!«

Madame Weill zwinkerte mir zu und fuhr fort.

»Sämtliche Gäste waren gekommen, es wurde dunkel, wir haben in den Räumen das Licht angemacht. Die Passanten sind, als sie all die Leute in der Galerie gesehen haben, überrascht stehen geblieben.«

»Es war ein Rausch«, sagte Kisling und unterstrich seine Worte mit den Händen.

»Alle wollten wissen, was da drinnen los war. Zwei Passanten, drei … Die Menge vor der Tür wurde immer größer. Mein Nachbar von gegenüber, der Polizeichef des Arrondissements, fing an, sich Sorgen zu machen.«

»Aber was ist das? Nackte Haut!«

»Er hatte von seinem Büro aus eines der Bilder gesehen«, erklärte Kisling.

»Das Beste war, dass er einen Polizisten in Zivil mit einem extremen Provinz-Dialekt rübergeschickt hat. ›Der Kommissar befiehlt, dieses Bild zu entfernen.‹ ›Mein Gott, warum?‹ Der Polizist wiederholt mit kreischender Stimme: ›Der Kommissar befiehlt, dieses Bild abzuhängen.‹ ›Mein Gott, warum? Er hat es doch gar nicht richtig gesehen. Und es hängt ja nicht im Fenster.‹ Wir haben es also abgehängt. Die Gäste haben nervös gelacht und nicht verstanden, was los war. Ich auch nicht. Die Menge vor der Tür wurde immer größer und unruhiger. Das war gefährlich.«

»Oh ja!«

»Und wir hatten keine Ahnung, was mit den Bildern los war.«

»Und was geschah dann?«, fragte ich naiv.

»Was meinst du?«

Ich versank vor Scham auf meinem Stuhl.

»Nach einer Weile kam der Polizist erneut rüber, um mir mitzuteilen, dass der Kommissar mich sehen wolle. Er kam in mein Büro, das voller Leute war. Ich fragte: ›Er will mich sehen?‹ ›Ja, und er befiehlt, diesen ganzen Dreck zu entfernen!‹ In diesem haarsträubenden Dialekt. Es war unmöglich, mit dem Mann zu reden. Ermutigt und bestärkt von dem Lachen der Idioten in meinem Büro, ging er noch weiter und fügte hinzu: ›Und wenn mein Befehl nicht sofort ausgeführt wird, werde ich all diese verdammten Bilder konfiszieren!‹ Ich wusste nicht, welches Gesicht ich dazu machen sollte. ›Aber was ist denn an Aktbildern so schlimm?‹«

»Ich kann mich noch gut an dein Gesicht erinnern«, rief jetzt auch Nils Dardel.

»Und dann rief dieser Mann mit weit aufgerissenen Augen aus: ›Diese Nackten … diese Nackten … haben Ha-Ha-Haare.‹«*

Ich wurde rot, während alle anderen die Anekdote mit den Worten: »Haben Haare! Haben Haare!« feierten. In diesem Moment fiel mir wieder ein, wie die Maler auf mein Geschlecht gestarrt hatten, als ich mich zum ersten Mal vor ihnen ausgezogen hatte. Ich schlug die Beine übereinander, als stünde ich erneut unbekleidet vor ihnen. Vielleicht fiel es niemandem auf, aber mir stieg die Schamesröte in die Wangen, und um es zu überspielen, trank ich noch einen Schluck Champagner. Kiki lachte sich kaputt, und als sie sich bewegte, verrutschte ihr Kleid und ihre Brüste fielen fast aus dem Ausschnitt. Was mich mehr in Verlegenheit brachte als sie selbst. Die anderen amüsierten sich weiter über die Anekdote, während Berthe Weill mir erzählte, dass sie, obwohl nur vier Aktbilder darunter waren, ihre Galerie sofort hatte schließen müssen. Die Gäste, die noch da waren, hatten geholfen, die Bilder von den Wänden zu nehmen.

Plötzlich war lautes Gelächter aus der Mitte des Raums zu hören, und wir wandten uns wie alle anderen um, um zu sehen, was los war. Eine Gruppe Männer umstand Kiki, die auf dem Boden Flaschendrehen spielte und demjenigen, auf

---

* Anmerkung des Autors: So erzählt es Thora Dardel

den die Flasche zeigte, wahlweise anbot, einen Schluck zu trinken oder ihre Brüste anzufassen. Wenn sie selbst an der Reihe war, setzte sie die Flasche an die Lippen. Ich entdeckte Kisling in der Gruppe, und alle waren angesichts Kikis Schamlosigkeit völlig aus dem Häuschen. Ich hatte das Gefühl, dass Kiki in die Geschichte des Restaurants eingehen wollte. Modi sah mich begierig an. Er war ein schöner Mann. Nicht ganz so schön wie Nils Dardel, aber er sah deutlich besser aus als all die geschniegelten Kerle in den teuren Anzügen mit den Seidentüchern um den Hals.

»Du bist zauberhaft«, sagte er jetzt. »Ich möchte dich malen. Ich möchte, dass du für mich Modell stehst.«

Ich stotterte herum, ohne zu wissen, was ich sagen sollte. Aus jedem seiner Worte konnte ich heraushören, dass er auch mit mir schlafen wollte. Er war extrem betrunken und ich allmählich auch. Mir stieg der Alkohol zu Kopf, und ich wusste nicht, wie ich diese neue Wendung in meinem Leben verkraften sollte. Vor allem die Tatsache, dass ich auf einmal so begehrt war, verwirrte mich. Darauf war ich nicht vorbereitet gewesen. Verlegen spielte ich an meinen Händen herum und dachte an die Worte meiner Mutter. Modi musste mein Unbehagen bemerkt haben, denn er zog sofort seine Hand zurück, die er auf mein Knie gelegt hatte. Nach einer Weile allerdings tat er es erneut, und anstatt nervös zu werden, ließ ich es zu.

Kiki verlor in der Mitte des Raums allmählich die Kontrolle und stürzte betrunken zu Boden. Man konnte sehen, dass sie keine Unterwäsche trug, und wie sie da so willenlos und zerbrechlich am Boden lag, hatte sie nichts mehr von der starken Frau, die alle wie die Königin von Montparnasse angefeuert hatten. Ich kniete mich neben sie und zog ihr die

Röcke herunter, um ihre Blöße zu bedecken, bevor es noch mehr Leuten auffiel. Dann zog ich sie hoch und schleppte sie nach draußen auf die Straße an die frische Luft.

»Ich habe gesehen, wie du mit Modi geflirtet hast«, murmelte sie betrunken.

Kisling hatte Thora gebeten, für mich ein passendes Kleid für seine Ausstellung in der Rue Taitbout auszusuchen. Er wollte, dass ich standesgemäß aussah. Das waren seine Worte, und es klang in meinen Ohren wie »Ich werde dich so anziehen wie die Frau, die du vorgeben sollst zu sein«. Ich musste noch nie etwas vorgeben, weil ich in meinem Leben, genau wie meine ganze Familie, nie etwas verborgen hatte. Wenn man arm ist, existiert man für andere sowieso nicht. Nur das Geld macht einen sichtbar. »Geld ist laut«, sagte meine Mutter immer, »alles Teure macht viel Lärm.« Deshalb waren wir immer ganz still, wenn wir die reichen Frauen auf den Boulevards vorbeigehen sahen – wir wollten das Klappern ihrer Absätze und das Klirren ihrer Armbänder und Ohrringe hören. Und so sagte ich auch an jenem Nachmittag, als ich zum ersten Mal das Luxusparadies der Firma Lanvin betrat, nichts. Mir verschlug es schlichtweg die Sprache.

Nils Dardels Frau kannte die Familie Lanvin persönlich und hatte mich zu ihrem Modeatelier in der Rue Faubourg Saint-Honoré mitgenommen. Als wir das prächtige Gebäude betraten, hatte ich den Eindruck, mich in der Residenz eines Königs zu befinden. Es war genau so, wie ich mir die Welt der Reichen und Schönen immer vorgestellt hatte. Es war wie ein Traum. Eine Wendeltreppe aus Marmor führte nach oben und verlor sich unter einer gläsernen Kuppel. Wohin man auch blickte, war man von Luxus und Eleganz umgeben.

Wir öffneten die Tür aus buntem Glas, durch die das Licht fiel und einen Regenbogen auf den Boden zauberte. Kurz ging mir das Bild meiner Mutter durch den Kopf, die von der Arbeit im Hospital zurückkam und die Asche aus dem Ofen fegte. Ich verzog keine Miene und versuchte selbstbewusst zu wirken. So als ob mich an diesem Ort nichts überraschte. Dabei hätte ich mich am liebsten auf all die wunderschönen Kleider an den samtbezogenen Schaufensterpuppen gestürzt, die wie Gäste auf einer Cocktail-Party überall herumstanden.

»Bonjour, Madame.«

Jeanne Lanvin wandte sich an Thora und flüsterte:

»Die Kleine ist sehr hübsch. Und sie wirkt nicht dumm. Ich glaube, sie hat dieses besondere Etwas.«

Sie drehte sich zu mir um, um mich zu begutachten. Ihr Blick verunsicherte mich dermaßen, dass ich am liebsten im Erdboden versunken wäre. Wir befanden uns in einem riesigen Salon mit hohen Decken, Kronleuchtern, Regalen mit in Leder gebundenen Büchern und mit kostbarem Stoff bezogenen Sesseln. In der Mitte stand ein riesiger Tisch, auf dem elegante Schuhe neben fächerförmig ausgebreiteten Stoffen lagen. Den hellen dicken Teppich traute ich mich gar nicht zu betreten. Zwei riesige, vom Boden bis zur Decke reichende Spiegel spiegelten die ganze Pracht und sorgten dafür, dass alles noch glanzvoller aussah. Ein dezenter Parfümduft, der im Bereich der Sitzgelegenheiten intensiver wurde, versetzte den Besucher in eine andere Welt. War das möglich? Eine andere Welt?

»Du bist das wichtigste Modell der Ausstellung, wie Kisling mir gesagt hat.« Sie legte den Kopf schief. »Ich kann seine Begeisterung verstehen. Du wirkst zerbrechlich und doch elegant. Aus welchem Teil von Paris stammst du?«

Ich dachte an mein Viertel mit den schäbigen Häusern und den schmalen Fenstern, den spärlich bestückten Obstständen in den Gassen, den Schlaglöchern, in denen schmutziges Wasser stand, den Geruch nach Kohle, Zwiebeln, Käse und muffiger Wäsche. Den Geruch nach Armut. Vielleicht lag es an dem Kleid, das Kiki mir geliehen hatte, dass Jeanne nicht gleich erkannt hatte, woher ich stammte. Aus jenem anderen Paris, für das diese Stoffe, die hier wie Juwelen präsentiert wurden, nicht gemacht waren, einem Paris, das sich eher verhüllte als kleidete, das eher rannte, als spazieren zu gehen, das eher nass wurde, als sich zu waschen. Ich wandte den Blick ab, ließ ihn über die glänzend polierten Möbel gleiten und schämte mich plötzlich für meine Familie. Für den ganzen Schmutz und die Armut, die mit dem strahlenden Palast in dem ich hier stand, nichts zu tun hatte.

»Ich wohne … ziemlich weit weg von hier«, sagte ich zögernd.

»Na, macht nichts. Du bist wirklich ganz bezaubernd«, meinte Madame Lanvin. »An was für ein Kleid hattest du denn gedacht?«

Thora, die mein entsetztes Gesicht sah, kam mir zu Hilfe.

»Ich glaube, wir begeben uns am besten in deine erfahrenen Hände, Jeanne. Was Kleidung angeht, kennt sich niemand besser aus als du, das wissen wir doch.«

Jeanne Lanvin lachte. »Und du weißt, wie sehr ich euch liebe. Wie geht es deinem Nils?«

»Oh, es geht ihm gut. Wir sind sehr glücklich miteinander.«

»Er ist ein großartiger Mensch.«

Während die beiden Frauen redeten, wandte ich mich den bunten Stoffballen zu, die hinter einem samtbezogenen Sofa in einem Holzregal gestapelt waren. Auf keinen Fall wollte ich ins Fettnäpfchen treten oder mit einem unbedachten Kommentar verraten, woher ich wirklich kam. Jeanne hatte sicher das Elend in meinen Augen gesehen. Dieser Ort voller Spiegel musste doch die Realität wiedergeben – nämlich, dass ich in dieser Welt völlig fehl am Platze war. Und doch spürte ich eine brennende Sehnsucht, zu dieser Welt zu gehören, die mir ganz wunderbar erschien.

»Ihr beide seid so jung und so bezaubernd, genießt euer Leben«, hörte ich Jeanne Lanvin sagen und sah, wie Thora seufzend nickte.

Dann trat eine junge Frau auf mich zu. »Dürfte ich Ihre Maße nehmen, Mademoiselle?« Ich nickte verwirrt, und sie legte mir oberhalb der Brust ein Maßband um den Körper. »Könnten Sie bitte die Arme heben?«

»Natürlich«, antwortete ich.

Da stand ich wie gekreuzigt inmitten des Reichtums, mit ausgestreckten Armen, und versuchte, nicht an den Preis der Dinge zu denken, die mich umgaben. Ich konnte meinen Blick kaum abwenden von den prächtigen Lampen, die überall hingen. Ich war wie verzaubert. Als ich die üppig bemalte Decke betrachtete, entdeckte ich zwischen den Ornamenten einen kleinen blauen Vogel, der mich in meine Kindheit zurückbrachte. Ein Vogel, der vor meinem Fenster saß und den ich mit ein paar Brotkrumen fütterte. Ich schloss für einen Moment die Augen.

Als ich sie wieder öffnete, stand Madame Lanvin vor mir. Sie erklärte, dass sie mich in Anbetracht meines zarten Knochenbaus und meiner schmalen Hüften in einem hellen Kleid sehen würde, das von den Gewändern der antiken Göttinnen inspiriert war. Es würde mich auf der Ausstellung wie eine Muse erstrahlen lassen. Sie entfaltete einen kostbaren weißen Seidenstoff und schlug ihn so auf, dass er über dem Tisch Wellen schlug. Dann sagte sie, dass das Kleid schulterfrei sein sollte und im Nacken geschlossen, aber mit freiem Rücken. Die Taille würde mit einem diskreten Band betont und der Rock bis zum Boden reichen, um die Schuhe zu bedecken, sodass das Ganze etwas Skulpturenhaftes hätte. »Dazu ein duftiges Cape, das dich wie ein überirdisches Wesen aussehen lassen wird«, fügte sie hinzu, während sie hinter mich trat und wir uns beide in dem riesigen Spiegel ansahen.

Meine Hände zitterten. Seltsamerweise musste ich wieder an meine Mutter denken und merkte, wie mir erneut Tränen in die Augen stiegen.

Thora saß in einem grünen Sessel und sah mich kameradschaftlich an.

»Du wirst aussehen wie eine Göttin.«

»Dieses Mädchen *ist* eine Göttin«, sagte Jeanne.

»Absolut.«

Mein Auftritt in der Galerie in der Rue Taibout war ein Triumph. An jenem Abend, als die Ausstellung eröffnet wurde und ich von einem armen Mädchen aus Paris mit dem Namen Alice zu der bezaubernden Mademoiselle Humbert wurde, wurde mir endgültig klar, dass ich eine neue Welt betreten hatte. Vielleicht erscheint es etwas übertrieben, eine andere Lebensweise *eine andere Welt* zu nennen, doch genau so war es. Niemand erinnerte sich daran, dass ich das Mädchen war, das vor Kurzem noch in der Rue de la Grande Chaumière um Arbeit gefleht hatte. Das wusste nur ich. Und ich tat so, als erschiene mir alles ganz normal – dieses Schauspiel der Reichen, die mit einem Glas Champagner in der Hand Gemälde betrachteten und bei jedem Schritt mit irgendjemandem anstießen. Natürlich wusste ich, woher ich kam, aber ich begann, es zu vergessen, als ich mich wie eine Frühlingsgöttin durch die Menge bewegte.

»Sie hat wirklich einen wunderschönen Rücken.«

»Ja. Eine atemberaubende junge Frau.«

»Oh, dieser Kisling ist wirklich ein großartiger Maler!«

»Und er hat die schönsten Modelle.«

Ich ging weiter zwischen den Gästen hindurch, jedoch mit verhaltenem Schritt. Am Anfang war ich so aufgeregt, dass ich beim Laufen immer wieder auf die kleine cremefarbene Schleppe meines Lanvin-Kleides trat, was ich zu überspielen versuchte, indem ich stehen blieb, um die Bilder von Kisling und seinen Schülern zu betrachten. Dann zog ich unauffällig am Stoff, um es von meinem Absatz zu befreien. Es fiel niemandem auf. Die Menschen lächelten mir zu. Ich wunderte mich, wenn sie mich mit meinem vollen Namen ansprachen. »Sehr erfreut, Mademoiselle Humbert, wie schön, Sie kennenzulernen, wirklich ganz wunderbar …«

Und das war es wirklich. Wunderbar. Ich merkte, wie ich ruhiger wurde, in dem Bewusstsein, dass keine Eile geboten und kein Verstellen nötig war. Ich war mittendrin in meinem neuen Leben. Und doch erschien mir alles ganz unwirklich. Das alles konnte nicht real sein. Oder doch? Wenn ich gestern noch in meinem ärmlichen Zuhause gewesen war, wie konnte ich dann heute zu dieser glanzvollen Welt gehören? Mein altes Leben erschien mir plötzlich wie ein Gespenst, das im Keller zurückbleibt. Und ich war heimatlos, alterslos, ohne Vergangenheit.

Ich sah mich nach einem Sofa oder einem Sessel um, denn der Wein stieg mir allmählich zu Kopf, und ich fand alles sehr verwirrend. Wenn ich mich auf dem seltsamen bunten Gemälde betrachtete, erkannte ich mich auf den ersten Blick nicht wieder, aber es war nicht schwer, sich vorzustellen, dass diese Brüste, diese gespreizten Beine, diese herausfordernde Pose, mein Haar, mein wehmütiger Blick – vor allem das – zu mir gehörten.

»Gefallen Sie sich?«

»Hallo, Monsieur Kisling.«

»Hallo, Mademoiselle Humbert.«

»Bin ich das wirklich?«

»Natürlich sind Sie das.«

Ich wandte mich dem Bild zu und schaute auf die junge nackte Frau.

»Haben Sie etwa all die Stunden vergessen, in denen Sie im Atelier Modell gestanden haben?«

»Oh nein.«

»Verwundert es Sie, sich so zu sehen?«

»Nackt?«

»Nackt, ja.«

»Ich schäme mich unter all diesen Leuten, aber ich vertraue darauf, dass man mich nicht erkennt.«

»Da irren Sie sich. Ihre Schönheit übertrifft meine Kunst.«

»Mir war es nicht bewusst, dass ich ein Kunstwerk bin.«

»Ihre Schönheit ist allmächtig.«

»Danke, Monsieur Kisling.« Ich lächelte.

»Sie sind das Zentrum der Aufmerksamkeit. Neben Ihnen verblasst alles andere. Sie leuchten. Sie strahlen. Thora hat richtig daran getan, ein Kleid von Lanvin auszuwählen. Jeanne weiß, wie man eine Frau in Szene setzt.«

An der Seite seiner Frau war Kislings Stimme eine ganz andere als im Atelier. Die Tochter des Generals hatte wohl genug von den Lobpreisungen meiner Schönheit. Sie wandte sich verärgert ab und schloss sich einer Gruppe von Gästen an, die ein paar Schritte von uns stand.

Ich konnte der Versuchung nicht widerstehen.

»Sie haben mich mal eine Hure genannt, Monsieur Kisling –und jetzt sagen Sie solche Worte über mich.«

»Sie sind immer noch eine, aber das weiß nur ich.«

Und das war alles, was er sagte, weil seine Aufmerksamkeit in diesem Moment wieder von seiner Frau beansprucht wurde. Der Schlag hatte gesessen. Mir stieg das Blut in die Wangen, und ich presste die Lippen zusammen, um die Tränen zurückzuhalten. Ich starrte auf das Gemälde, das mich zeigte, und merkte, wie mir schwindlig wurde, während Kisling sich feiern ließ und seine Geschäfte machte. Ich spürte Kikis Blick auf mir und rührte mich nicht von der Stelle. Noch immer stand ich vor dem Bild, das alles widerspiegelte, was mein neues Leben ausmachte: entblößt.

Mir wurde bewusst, dass ich trotz des für mich entworfenen Lanvin-Kleides, trotz der weichen Teppiche unter meinen Füßen, trotz des Champagners, der meine Lippen benetzte, trotz des Applauses, der den Raum füllte, noch immer das Mädchen aus der Rue Mouffetard war. Die Hure, die den Malern zur Verfügung stand. Die nackt neben dem Ofen posierte. Die lächelte, wenn man sie darum bat, anzog, was sie wollten, und die Kleider ablegte, wenn sie es forderten. Das war ich. Mehr nicht. Ich lächelte bitter, als ich plötzlich Kikis Stimme neben mir hörte.

»Alice, geht es dir gut?«

Die Party ging weiter, egal, wie es mir ging. Ich war nur ein einfaches Mädchen, dem man an diesem Abend einen Namen und ein Kleid gegeben hatte. Man hatte mir die

Unschuld geraubt. Wie dumm ich gewesen war! Ich hatte gedacht, dass ein teures Lanvin-Kleid ausreichen würde, um mich zu einer dieser eleganten Frauen zu machen. Und dabei war ich nur nackt, nackter als je zuvor – zur Schau gestellt auf einem Gemälde, das alle begafften und beurteilten. Mein entblößter Körper war das Fleisch für diese Wölfe, die mich mit Blicken verschlangen.

Akt einer jungen Frau stand auf dem kleinen Schild neben dem Bild. *Öl auf Leinwand. Moïse Kisling, 1918.*

»Du siehst traurig aus.«

Auch Treize war zu uns getreten.

»Alles in Ordnung«, sagte ich und wischte eine absurde Träne von meiner Wange. »Mir ist nur ein wenig schwindelig. Vom Champagner wahrscheinlich.«

»Wir haben dich sehr gern, Alice«, tröstete Kiki mich. »Komm, nimm dir ein Glas, und vergiss den ganzen Rest.«

»Ich sollte wohl auf dich hören.«

»Natürlich solltest du auf mich hören.«

»Ich habe keine andere Wahl, oder?«

»Sonn dich in dem Erfolg. Nutz diese Leute aus. Suhle dich in ihrer Eitelkeit, und zieh deinen Vorteil daraus. Niemals wird sich irgendjemand fragen, wie es uns dabei geht.«

Treize nickte.

»Wenn wir einmal hier, in dieser Welt des Alkohols, der Modelle und der Maler, gelandet sind, bleibt uns nichts anderes übrig, als auf unseren hohen Absätzen weiterzugehen. Mach aus der Not eine Tugend. Denk daran, dass du uns hast. Ich weiß, dass man es kaum für möglich hält, aber ich komme aus den Niederungen von Paris, ich habe an den schlimmsten Orten gegessen, habe gebettelt, um zu überleben, habe für ein paar Münzen meine Brüste gezeigt. Du hast das Glück, unglaublich schön zu sein, nutz es aus! Nutz sie aus! Was soll's?«

Meine Wangen brannten noch immer nach Kislings verbaler Ohrfeige.

»Wir sind die Modelle.«

»Ich weiß. Ich bin niemand.«

»Nein, nein! Du irrst dich!«, rief Kiki aus. »Wir sind alles! Wir sind die wahren Herrscherinnen. Auch wenn wir für manche nur Huren sind, weil wir unsere Brüste, unser Geschlecht, unsere Beine zeigen. Na und?«

»Ich weiß nicht«, sagte ich, »ich weiß nicht, was ich sagen soll.«

»Sie sind der Weg, den wir gehen, um den Ort zu verlassen, von dem wir kommen. Du bist glorreich in Montparnasse eingezogen, Alice. Und Montparnasse ist der Nabel der Welt, das Zentrum der Kunst. Alle wollen dich malen, die Fotografen werden Schlange stehen, um dich ablichten zu dürfen, sogar Jeanne Lanvin ist begeistert, dass du heute dieses Kleid trägst. Die Ausstellung ist ein Erfolg. Und ... schau dich an!«

Kiki drehte mich mit Treizes Unterstützung so, dass ich in den Saal blickte.

»Schau dich an!«, rief sie aus und zeigte auf das große Gemälde. »Das bist du, das ist die neue Alice.«

Die neue Alice. Es war, als stünde ich vor einer fremden Frau.

»Vergiss die andere!«

Kikis Worte erschienen mir gleichzeitig seltsam und verlockend. Wir drei fassten uns an den Händen, ich in der Mitte, und stürzten uns in die Menge.

Ich hob den Blick, ohne meine Freundinnen loszulassen. Kisling stand immer noch vor meinem Aktgemälde. Neben ihm Modi, der, betrunken wie immer, mit schwimmendem Blick zu mir herübersah. Hinter ihnen kommentierten die Sammler bewegt »das Werk«. Ich sah mich mit anderen Augen, leerte mein Glas mit einem Zug und wurde zu der Frau, die sie aus mir machen wollten.

Eine ganze Weile lang spielte ich die Unnahbare, kokettierte mit Unbekannten, indem ich ihre Blicke erwiderte. Die Herren sahen mich begehrlich an, wenn ich, auf der Suche nach jemandem, der mir Feuer gab, an ihnen vorbeiging, und hielten mir eilig ihre silbernen Zigarettenetuis hin. Die Damen begannen mich zu hassen, die Art und Weise, wie ich den Rücken durchstreckte und erhobenen Hauptes durch den Raum ging – reine, mit Kühnheit getarnte Furcht. Ich stolzierte zu meinem Werk, raffte meine kleine Schleppe, die wie eine wehende Fahne dafür sorgte, dass man mir Platz machte. Dieses Stückchen Stoff, das mich zunächst gestört hatte, sorgte nun dafür, dass die Leute respektvoll zur Seite traten, da es mich offenbar zu einer Diva machte, worüber ich mich innerlich amüsierte.

Ich schritt auf das Gemälde zu und sah meine Mutter und mich, wie wir am Ofen saßen und Kartoffeln schälten, ich erinnerte mich an den Geruch ihrer Kleidung, an die Wärme ihrer Küsse, wenn sie mich zu Bett brachte. Daran, wie sie mir jeden Abend das Haar gekämmt hatte. Sie hatte dieses kleine Ritual geliebt, genau wie ich. Ich hatte zwischen ihren Beinen gesessen und mich gewunden, wenn es ziepte, und hatte es gleichzeitig geliebt.

In diesem Moment zog jemand an meinem Kleid.

»Was ist?« Ich drehte mich um.

»Warum so distanziert, Mademoiselle Humbert?«

Kisling war betrunken. Er lehnte sich schwer an mich, und er roch so intensiv nach Alkohol, wie es in seinem Atelier nach Terpentin roch. Ich klammerte mich an den Stoff meines Kleides und versuchte, mich aufrecht zu halten. Etwas in seinem Blick wirkte genauso schmutzig wie sein stinkender Atem. Ich dachte an das, was Kiki und Treize gesagt hatten. Ich stieß ihn weg, und als er mich aufs Ohr küssen wollte, biss ich ihm in den Hals. »Hure!«, schimpfte er. Niemandem fiel es unangenehm auf. Mir war es gleichgültig. Es war so laut im Raum, dass keiner es gehört hatte, und diejenigen in unserer Nähe hielten es wohl für einen Witz und lachten. Kisling begann sich zu beklagen wie ein kleines Kind, dem man etwas weggenommen hat. Ich beschloss, ihn nicht weiter zu beachten, und wandte mich stolz aufgerichtet wieder der Menge zu. Und genau in diesem Moment ging die Sonne auf. Hunderte von Schmetterlingen flatterten plötzlich in meinem Bauch.

Ein fremder Mann stand vor mir und lächelte mich an. Es war das freundlichste Lächeln, das ich je gesehen hatte.

»Ich bin Ihr neuer Besitzer«, sagte er vergnügt.

»Bitte?«, stammelte ich.

»Ich habe gerade Ihr Bild gekauft. Darf ich mich vorstellen: Erno Hessel.«

KAPITEL 16

Ein leises Geräusch schreckte mich auf. Es kam von meinem Handy. Ich lag noch im Bett und dachte an das letzte Mal, an dem ich nicht allein geschlafen hatte. Ich hatte so manche Gelegenheit verpasst, weil ich mich zu lange an alte Erinnerungen geklammert hatte. Um keine alten Wunden aufzureißen. Am Ende bedeckt man die Vergangenheit, so wie ich meine helle Haut überschminkte, um nicht so blass wie meine Tante zu sein. Doch den Schmerz kann man nicht überschminken. Er ist der graue Faden, der unser Herz zusammenschnürt, das gleiche Grau wie das der Schuluniform im Lycée Français, das eines Tages auch blaue Augen grau erscheinen lässt.

Ich stand eilig auf, wobei ich darauf achtete, dass ich auf keines der Fotos trat, die am Boden ausgebreitet waren, und lief ins Wohnzimmer. Das Sonnenlicht fiel hell durch die Fenster, wie immer an jenen Tagen, die die Götter nach den dunklen Wolken und dem Regen der Stadt schenken.

»Ja, Teresa Espinosa hier.«

Es war Monsieur Ardisson, der mich zum Mittagessen ins *La Tour d'Argent* einlud. Mein Herz schlug schneller, als ich den Namen des Restaurants hörte. Ich hatte noch nie dort gegessen, weil es meiner Meinung nach zu den typisch pariserischen Exzessen zählte, die sich nur reiche Touristen leisteten, aber irgendetwas regte sich in meinem Bewusstsein.

»*La Tour d'Argent?*«, wiederholte ich.

»Es wird Ihnen gefallen. Ich denke, es ist der Ort, der am besten zu dem passt, was ich Ihnen erzählen möchte. Sind Sie nicht hergezogen, um Paris so zu erleben, wie man es aus Filmen kennt? Denn dann ist dieses Restaurant ein Muss.«

»Das klingt perfekt. Um eins?«

»Ja.«

Ich stützte mich auf die Fensterbank und sah nach draußen. Ardisson schien auf einmal fast noch mehr an der Sache interessiert zu sein als ich. Warum wohl? Ich atmete tief durch und genoss den Ausblick. Der Pont Saint-Louis wirkte wie ein Puzzlestück zwischen zwei Teilen der Stadt. Und ich war dabei, mein eigenes Puzzle zusammenzusetzen. Allmählich schien es Form anzunehmen, und das beglückte mich genauso wie die Sonnenstrahlen, die das Straßenpflaster glänzen ließen.

»Außerdem befindet sich das Restaurant gleich in Ihrer Nähe. Direkt am Quai de la Tournelle. Sie können es vielleicht sogar von Ihrer Wohnung aus sehen.«

»Ja, ich kann es sehen …« Ich blickte zum Kai hinüber. »Ich bin auf dem Weg zu Notre-Dame mal an der Tür vorbeigekommen.«

»Viel habe ich nicht für Sie, aber ich bin mir sicher, dass ich Ihnen ein bisschen weiterhelfen kann«, sagte er und machte mich damit noch neugieriger.

»In Ordnung. Dann um eins im *Tour d'Argent.*«

Ich spürte ein leichtes Flattern im Magen, und mir war auf einmal ganz warm.

La Tour d'Argent.

Ich legte die CD von Françoise Hardy ein. Das Chanson, das mich in Madrid so eigenartig berührt hatte, ein Hinweis darauf, dass mein Leben sich wie ein Wechsel der Tonart zu verändern begann. Diesmal erklang das Lied am richtigen Ort. Es gibt nichts Schöneres, als den eigenen Traum zu erleben und zu spüren, dass man nicht schläft. So war ich, gleichzeitig traumtrunken und hellwach. Wie wenn man das Gefühl hat, dass bald etwas passieren wird. Diese Nervosität. Diese Erwartung. Nein, etwas mehr noch. Ein Kribbeln, das ich spürte, seit ich in Paris angekommen war. Und am schwersten zu erklären war, dass ich mir gleichzeitig wünschte, alles zu erfahren und diese erwartungsfrohe Spannung zu halten. Obwohl, so abwegig war das gar nicht. Man musste nur an die Aufregung denken, wenn man zum ersten Mal eine Tür öffnete, eine Straße entlangging, ein neues Gericht probierte, ein Monument betrachtete, das man bisher nur auf Fotos gesehen hatte, einen Film im Kino sah. Der Effekt, den das Gefühl von etwas Neuem auslöst, das erste Foto, der erste Kaffee am Morgen oder wenn man einen ungekannten Weg wählt, mit dem Risiko, sich zu verlaufen, aber voller Neugierde. All das ließ das Herz schneller schlagen, der Wunsch, überrascht zu werden wie ein Kind, das ein neues Spielzeug geschenkt bekommt, der erste Kuss … Etwas, das man so nicht noch einmal erleben wird. Niemals mehr. Dieses erste Mal wird sich nie wiederholen.

So lief ich in jenen Tagen durch Paris, glücklich wie ein Kind, das etwas Neues entdeckt. Wie hatte ich so lange damit warten können, ein neues Leben zu beginnen? Wie hatte ich so viele leere Jahre verstreichen lassen können? Was hatte ich all die Zeit getan? So viel Eintönigkeit, Ängste und Unsicherheiten. Ich war wie narkotisiert gewesen und endlich aufgewacht. Denn schlafen bringt nur etwas, wenn man träumt.

All das machte ich mir in diesem Moment bewusst, als ich das Lied von Françoise Hardy hörte. Paris und ich – wir waren füreinander bestimmt.

Je ne sais pas qui tu peux être, je ne sais pas qui tu espères, je cherche toujours à te connaître et ton silence trouble mon silence …

Ich machte mich hübsch für das Treffen mit Monsieur Ardisson. Er wollte mir etwas erzählen.

KAPITEL 17

Am Morgen nach der Vernissage erwachte ich in Kikis Wohnung. Der Kaffeeduft weckte mich. Vom Bett aus war die Sonne zu sehen.

»Was für ein schöner Tag!«

»Na ja! C'*est Paris!*«

Sie verzog schmerzhaft das Gesicht.

»Ich glaube, ich bin immer noch betrunken.«

»Das wundert mich nicht.«

»Wer war noch mal diejenige, die gestern Abend diesen großen eleganten Herrn kennengelernt hat? War ich das?«, fragte sie und zwinkerte mir zu.

Mit ihrer Fröhlichkeit gelang es ihr, mich endgültig aus dem Schlaf zu reißen.

»Nein, das warst nicht du, das war ich.«

»Und wer war dieser Herr?«

»Erno Hessel. Ein ungarischer Architekt.«

»Das Mädchen, das gerade erst im Leben angekommen ist, ist ganz schön schnell. Alle Achtung!«

Ich konnte noch immer die Schmetterlinge in meinem Bauch spüren. Auch wenn es vielleicht nur ein kurzes Gespräch zwischen einem Käufer, der gerade ein Kunstwerk erworben hatte, und einem Modell gewesen war. Auch wenn wir nur einen Moment geplaudert hatten. Auch wenn er mir nur den Grund für seine Entscheidung mitgeteilt hatte. Auch wenn er sich vielleicht nur für Kislings großes Bild interessierte, das mit seinen Farben den Saal gefüllt hatte?

»Komm, Alice«, ermunterte mich Kiki, während sie mir Kaffee einschenkte. »Dieser Moment, als er zu dir kam, als du gerade vor Kisling geflohen bist. Das war grandios. Der ganze Saal versank auf einmal in Schweigen. Kindchen! Er hat dich so was von sehnsüchtig angesehen. Davon versteh ich was!«

»Wir haben uns einfach nur angelächelt.«

»Angelächelt! Komm schon, Alice! Dein Aschenputtelgesicht sah auf einmal aus wie das der Comtesse Greffulhe. Du hast diesen Mann angesehen wie ein Weltwunder.«

»So ein Unsinn! Ich wollte nur wissen, wer er ist.«

»Wenn man nur neugierig ist, sieht das anders aus, kleine Alice.«

»Ich habe ihn so angesehen, weil ich nervös war.«

»Hahaha. Nervös? Das war das Romantischste und Heißeste, was ich je erlebt habe!«

»Du bist wirklich noch betrunken.«

»Deine glänzenden Augen haben dich verraten, meine Liebe. Die Augen verraten alles, das kann man nicht vortäuschen … Und Kiki de Montparnasse kannst du nicht mal bestechen, wenn du ihr sämtliche Kleider von Paul Poiret zu Füßen legst. Und ja, ich bin noch betrunken.«

»Wenn du schon so anfängst.«

»Aber das Ende war noch viel interessanter.«

»Bitte?«

»Jetzt zier dich nicht so!«

»Ich habe meine Prinzipien, und die ändern sich nicht von einem Tag auf den anderen.«

»Gerade in diesen frühen Morgenstunden ändern sich Prinzipien.«

»Ich habe getan, was ich tun musste.«

Was ich tun musste? Warum hatte ich das gesagt? Denn das Einzige, was ich nach all dem Elend tun musste, war, endlich zu leben. Kiki wusste, wie das Leben war, und ich lernte schnell.

»Du hättest mit ihm gehen sollen.«

»Darauf werde ich nichts sagen. Du bist frech. Und er ist ein Herr.«

»Ui, die kleine Alice ist eine Romantikerin, und das in diesen modernen Zeiten.«

Kiki schwieg einen Moment und sah mir dann mit der Klarheit einer Betrunkenen in die Augen.

»Du wirst dich nicht ernsthaft in diesen Herrn verlieben, meine Süße. Denn diese Herren verlieben sich nie in Frauen wie uns«, sagte sie und fasste mich an den Schultern.

Ich sagte nichts darauf.

»Verstehst du, was ich sage? Nicht in uns.«

Ich schwieg noch immer. Sie sagte es mit einer Deutlichkeit, die mir Angst machte: Nicht in uns! In wenigen Wochen war das Leben in all seiner Fülle vor mir aufgetaucht. Von null auf hundert. Und nun gab es kein Zurück mehr. Ich war in einen Zug gestiegen, in dem man mir einen Fensterplatz zugewiesen hatte. Ich befand mich auf der aufregendsten Reise meines Lebens. Was konnte ein Mädchen aus einem armen Viertel, das zu einem großen Ball eingeladen wurde, mehr erwarten? Tanzen. Schauen. Leben. Genießen. Und vorbei!

Als Kind hatte ich einmal gesehen, wie Damen mit Blumenhüten mit Herren in eleganten Anzügen am 14. Juli vor dem Pantheon getanzt hatten. Das war für mich der beeindruckendste Abend des ganzen Jahres gewesen. Alle Frauen trugen ihre schönsten Kleider, hatten das Haar mit glänzenden Nadeln hochgesteckt, ihre schwingenden Röcke verfingen sich in den Hosen der Männer.

Die ganze Straße war ein einziges Fest. Paris war ein Fest. Ich sah vom Gehsteig aus bewegt und staunend zu. Wollte eine dieser Frauen sein und wippte in meinen viel zu engen, abgetragenen Sonntagsschuhen im Rhythmus der Musik. Meine Mutter drückte mir die Hand. Mein Vater zog sie zum Tanzen in eine Ecke, um die feinen Herrschaften nicht zu stören. Aber ich wollte eine der Frauen dort in der Mitte sein, mit einem glänzenden Seidenrock und neuen Schuhen, einem großen Haarknoten, Ohrringen und rotem Lippenstift. Das war das Höchste. Mehr gab es nicht. Ich musste etwa zehn Jahre alt gewesen sein. Und jetzt konnte ich vielleicht eine von ihnen werden …

»Hast du mir zugehört?«

»Ja.«

»Es sind Männer. Eines Tages werden wir wie sie sein. Aber noch sind wir es nicht.«

Wir schwiegen einige Minuten, während ich mir noch eine Tasse Kaffee eingoss. Kiki wusch sich das Gesicht, tupfte sich Parfüm hinter die Ohren und zog ein himmelblaues Negligé über.

»Es hat geklingelt.«

»Ich gehe.«

Ein Junge übergab einen versiegelten Brief, der mit einer sehr eleganten geschwungenen Schrift beschrieben war, die man nur mühsam lesen konnte. Er streckte erwartungsvoll die

Hand aus, und Kiki gab ihm eine Münze. Als sie den Brief entgegennahm, riss sie die Augen in übertriebener Weise auf. Wegen des Rums in der vergangenen Nacht war sie besonders aufgekratzt, mehr noch als sonst. Es war ein dicker Umschlag. Zuerst dachte sie, der Brief wäre an sie adressiert. Sie seufzte kokett, schnupperte daran und ging damit ins helle Wohnzimmer. Der Brief hatte keinen Absender, aber sehr wohl einen Empfänger. Kiki drehte den Umschlag um und räusperte sich theatralisch.

»Mademoiselle Alice Humbert«, las sie mit lauter Stimme.

»Würdest du ihn mir geben?«

»Wir lesen ihn zusammen.«

»Von wem ist er?«

Sie drehte den Umschlag noch mal um.

»Es kann ja wohl nicht sein, dass Hessel höchstselbst dir nur einen Tag später bereits aus der Hand frisst!«

»Wer?«

»Erno Hessel.«

»Ernsthaft, Kiki?«

»Ernsthaft, meine Liebe. Es sieht ganz so aus, als sei der Brief von ihm.«

Bewundernswerte Alice,

Eine solche Anrede konnte nur der Anfang von etwas höchst Bewegendem und Intimem sein. Einen besseren Anfang konnte es nicht geben. Es war der erste Brief, den ich jemals bekommen hatte.

Wir haben uns gestern auf der Vernissage der Ausstellung in der Rue Taitbout kennengelernt. Man hat mir gesagt, dass ich Sie bei

Mademoiselle Kiki erreichen kann, diesem hellen Stern von Paris. Meine liebe Freundin Thora Dardel war so nett, mir auf mein Drängen hin die Adresse zu geben.

Ich kann mir vorstellen, dass es für Sie eine Überraschung sein mag, einen Brief von mir zu bekommen. Für mich ist es mindestens genauso überraschend. Es ist mir nicht leichtgefallen, Ihnen zu schreiben, doch nachdem ich Ihr Bild betrachtet habe, das bereits in meinem Salon hängt, hatte ich keine andere Wahl, als mich diesem Papier anzuvertrauen und mich an Sie zu wenden. Ich muss Ihnen etwas sagen, das ich gestern unter all den Menschen nicht aussprechen konnte: Kislings Bild wird Ihnen bei weitem nicht gerecht. Ihre Schönheit ist unglaublich. Doch mit dem großen Gemälde in meinem Besitz muss ich zugeben, dass ich mich sehr gut an unsere Begegnung erinnere, und ich wünsche mir sehr, Sie wiederzusehen.

Ich weiß, dass diese aufrichtigen Worte sehr gewagt sind. Möglicherweise lasse ich außer Acht, dass Sie bereits gebunden sind oder dass ich Ihnen nicht gefalle. Sollte dem so sein, würde ich verstehen, wenn Sie mich zurückweisen und mein Angebot nicht annehmen. Ich weiß, dass es verrückt ist, aber wozu ist das Leben sonst da? Ich würde Sie so gern wiedersehen. Nur um zu sehen, wie Ihre Augen glänzen und Sie alles um sich herum mit Ihrer Schönheit erfüllen. Heute hat mich die Arbeit gezwungen, Paris zu verlassen, da ich in Clermont-Ferrand sein muss, doch ich würde mir wünschen, dass Sie mich bei meiner Rückkehr mit Ihrer Anwesenheit glücklich machen.

Wenn Sie mir nicht antworten und Ihr Leben lieber der Kunst, den großen Malern und dem Modellstehen widmen möchten, werde ich das schweren Herzens akzeptieren. Doch sollten Sie damit einverstanden sein, dass wir uns wiedersehen, werde ich Sie nächsten Freitag im La Tour d'Argent *erwarten. Ein auf meinen*

Namen reservierter Wagen wird vor der Tür bereitstehen, um Sie dorthin zu bringen.

Möge Gott dafür sorgen, dass das Bild, das jetzt meinen Salon schmückt, auch bald mein Leben erfüllt.

Mit größter Bewunderung

Erno Hessel

KAPITEL 18

Es war ein Uhr mittags. Ich öffnete die Tür des *Tour d'Argent* mit meinem Telefon in der Hand. Nachdem ich mir die Finger eingeklemmt hatte, beschloss ich, das Handy lieber in die Tasche zu stecken. Seit Tagen dachte ich darüber nach, bei der Stiftung anzurufen, um mich für meine Abwesenheit bei der Beerdigung meiner Tante zu entschuldigen. Ich musste zugeben, dass mich die Sache immer noch beschäftigte, auch wenn ich keine Trauer über den Tod meiner Tante empfand. Es war nur so, dass ich nun vollkommen allein auf der Welt war. Alle waren einfach so gestorben. Aber warum sollte mich das belasten? Es konnte absolute Freiheit oder schmerzhafte Einsamkeit bedeuten. Da entschied ich mich lieber für Ersteres.

»Mein Name ist Teresa Espinosa.«

»Sie werden bereits erwartet, Mademoiselle Espinosa. Bitte folgen Sie mir.«

Ein leicht militärisch wirkender Kellner öffnete mir die Tür, und ich folgte ihm durch den Gang. Es schien, als beträte ich die Vergangenheit eines Lebens, das nicht das meine, mir jedoch trotzdem vertraut war. Als hätte eine Legion Gespenster mir einmütig eine Nachricht übermittelt. Der Gang, durch den mich der schlaksige, aufrecht gehende junge Mann führte, war mit Fotografien von bedeutenden Persönlichkeiten angefüllt, die hier gegessen hatten – Regierungschefs, Königen, Generälen, Choreografen, Filmschauspielern, Musikern, Mode-Ikonen …

Ich fühlte mich wie ein Kind. Wenn ich im Flugzeug saß, stellte ich mir manchmal vor, wie es wäre, aus dem Fenster zu steigen und einen Spaziergang über die Wolken zu machen. Doch nun wurde mir bewusst, dass man nicht nur in der Fantasie über Wolken gehen konnte. Ich schwebte über den weichen Teppich, bis ich zu einem Aufzug gelangte, der mich in den großen Salon brachte. Und als sich die Türen öffneten, sah ich mich einem großen Fenster gegenüber, das die direkte Aussicht auf Notre-Dame und den Eiffelturm bot.

Der Anblick verschlug mir die Sprache. An diesem Ort schien die Zeit im Moment der größten Pracht stehen geblieben zu sein. Alles war erhaben, prunkvoll und verziert bis an die Grenzen der eleganten Kultiviertheit und des französischen Geschmacks. Die Kellner grüßten mich im Vorbeigehen, als hätte sich das ganze Leben darauf verständigt, mich glücklich zu machen. An den Tischen saßen grauhaarige Herren mit ihren Ehefrauen, einige verliebte Pärchen, offensichtlich Touristen, die sich tief in die Augen sahen und mich nicht bemerkten, Geschäftsleute, die sich mit leiser Stimme bei einer Flasche Wein unterhielten, und ganz hinten, am besten Tisch des Restaurants, Monsieur Ardisson.

Der Journalist lächelte, als er mich sah, und hob sein Champagnerglas, um mich willkommen zu heißen. Mit klopfendem Herzen ging ich zum Fenster. Ich hatte von klein auf an Dutzenden Empfängen in der Stiftung teilgenommen, doch mein diplomatischer Lebenslauf war in diesem Moment, auf diesen exquisiten Quadratmetern, nicht von Vorteil. Dieser Ort war Paris, und ich war zutiefst beeindruckt.

Als ich an den Tisch trat, erhob sich Monsieur Ardisson und küsste mich auf die Wangen.

»Jetzt ist sie hier, die schöne Spanierin«, sagte er. Mein Blick wanderte von dem Tisch mit den glänzenden Kristallgläsern zur Fassade der Kathedrale, dem in der Sonne schimmernden Fluss und wieder zum Tisch zurück. Und als ich die Mappe mit meinem Namen auf der weißen Tischdecke liegen sah, wuchs meine Spannung angesichts der in Aussicht gestellten Nachricht, und mein Herz begann noch rascher zu klopfen.

Hinter mir tauchte lautlos der Kellner auf.

»Und? Haben Sie sich bereits für einen Wein entschieden?«

Ardisson nickte lächelnd.

»Also wie immer.«

»Genau.«

»Danke.«

Der junge Mann hinter dem Stuhl blickte mir automatisch in den Ausschnitt, was mich jedoch nicht störte, sondern mir eher schmeichelte. Er jedoch wirkte leicht verlegen, als unsere Blicke sich trafen.

»Eine gute Wahl, das ist ein wunderbarer Wein«, meinte er hastig, während er mich bewundernd ansah.

An diesem Morgen hatte mich ein Anflug von Koketterie erfasst, und nun trug ich ein neues grünes Kleid mit einem großzügigen Ausschnitt. Das war ein wenig absurd, denn Ardisson war ein älterer Herr, aber Paris weckte irgendwie die Lust in mir, mich schön zu machen und meine Weiblichkeit zu betonen. Und am Ende war auch er ein Mann, und ich bemerkte seinen wohlgefälligen Blick.

»Sie sehen heute besonders hübsch aus«, sagte er lächelnd und öffnete die Speisekarte. »Wenn ich Ihnen etwas empfehlen darf, dann schlage ich vor, dass wir zu den Anfangszeiten dieses Restaurants zurückkehren und die traditionelle Ente bestellen. Für dieses Gericht ist das Lokal berühmt.«

»Das habe ich mir schon gedacht«, erwiderte ich. »Ich habe sie schon am Eingang schnattern hören.«

Es war ein wenig albern, doch Ardissons Augen leuchteten auf. Er lachte und musste husten.

»Haben Sie Familie?«, fragte er, nachdem er sich ein paar Mal geräuspert hatte.

»Nein. Nicht mehr. Meine einzige Verwandte ist vor Kurzem gestorben. Meine Tante. Die Schwester meiner Mutter. Ich bin bei ihr aufgewachsen.«

»Oh, das tut mir leid. Ich wollte Ihnen nicht die Stimmung verderben.«

»Das tun Sie nicht. Meine Tante war keine besonders nette Person. Tatsächlich war ihr Tod eine Erleichterung für mich«, beichtete ich. »Genauso wie hierherzukommen.«

Er nickte gütig wie ein Priester.

»Und Sie, haben Sie Familie?«, fragte ich.

»Na ja, ehrlich gesagt, weiß ich das nicht so genau.«

»Dann zeige ich Ihnen lieber dieses Foto, und wir wechseln das Thema.«

Ich nahm ein Bild heraus, das ich von dem alten Ladenschild gemacht hatte. Denn ich wollte noch einmal auf den Kauf und den Impuls zurückkommen, den ich verspürt hatte, als ich es gesehen hatte.

»Es hat mich wie magisch angezogen – total verrückt, oder?«, erklärte ich und hoffte, dass er mich nicht für seltsam hielt.

»Man sagt, dass alte Gegenstände manchmal Gefühle in uns wecken. Sprechen Sie hier von etwas Negativem?«

»Nein, nein. Das heißt, manchmal negativ und manchmal positiv. Ich spreche von Empfindungen. Ich weiß nicht, ob ich mich verständlich ausdrücke. Es ist so ein Bauchgefühl, und es fällt mir nicht leicht ...«

»... es zu beschreiben?«, vollendete er meinen Satz.

»Ja. Es hat mit den Erinnerungen zu tun, die manche Dinge in einem auslösen. Zum Beispiel trage ich diesen Anhänger meiner Mutter. Er ist nicht wirklich wertvoll, weil er nur einen geringen Goldanteil enthält, aber er hat für mich einen emotionalen Wert. Ich muss ihn berühren ...« – ich tat es – »und fühlen, dass er bei mir ist. Es ist, als würde er mir sagen ›Ganz ruhig, ich bin an deiner Seite‹. Er macht mir Mut und hilft mir, weiterzumachen. Ich klammere mich an diesen Anhänger, und er gibt mir Sicherheit. Und dann ist meine Mutter bei mir. Auf diese Weise begleitet sie mich.«

»Also ist dieses Schmuckstück ausgesprochen wertvoll«, meinte Monsieur Ardisson.

»Das Wichtige ist, dass es von ihr stammt. Ich meine, ihren Duft zu riechen, wenn ich mir den Anhänger an die Nase halte. Natürlich weiß ich, dass der Anhänger nicht riecht, ich dusche mit ihm, ich lege ihn niemals ab, aber trotzdem nehme ich den Duft ihrer Haut wahr, ihre Wärme, ihre Küsse. Das mag Ihnen dumm vorkommen.«

»Nein. Absolut nicht.«

»Sicher ist, dass die Dinge, die bleiben wollen, bleiben. Das hat meine Mutter immer gesagt. Wenn ich jetzt ihren Anhänger trage, dann, weil ich sie an meiner Seite haben muss. Das ist kein Schutzbedürfnis, ich brauche es einfach. Wenn ich den Anhänger mal ablege und nicht gleich wiederfinde, macht mich das verrückt. Vielleicht habe ich eine Neigung dazu, mich an Dinge zu klammern, die nicht lebendig sind.«

»Das ist absurd. Solche Dinge machen uns lebendig.«

»Wie meinen Sie das?«

»Ich meine, dass das, was Sie bei dem Anhänger fühlen oder bei dem Kauf dieses Schildes empfunden haben, viel weiter geht. Manchmal finden wir genau die Dinge, die für uns bestimmt sind. Die Dinge wählen uns aus und bleiben.«

Ich schwieg und ließ diesen Satz auf mich wirken. »Die Dinge wählen uns aus.«

Ich zitterte ein wenig, als ich Ardisson mein Herz ausschüttete. Es hatte zu viele Tote in meinem Leben gegeben. Mein ganzes Leben über hatte ich mich von allem verabschieden müssen. Meine Eltern waren gestorben und auch meine große Liebe. Alles, was mir etwas bedeutete, war gestorben. Und jetzt sprach endlich jemand mit mir über das Leben.

»Alice ist ein wunderschöner Name.« Ardisson ergriff erneut das Wort und wechselte das Thema.

»Wissen Sie, ich habe mir schon genau überlegt, wie ich den Laden wiedereröffnen möchte. Ich habe alles im Kopf und spüre einfach, dass es ein Ort für hübsche kleine Dinge werden muss, Schmuck, Ringe, Ohrringe, kleine Juwelen der Goldschmiedekunst, die nicht allzu teuer sind, damit jeder sie sich leisten kann. Ich bin schon mit mehreren Hutmachern und Goldschmieden in Kontakt. Ich werde nur Handarbeit verkaufen, die etwas Besonderes hat. Ah, und Tücher natürlich, bunte Tücher und Schals.«

»Wie ich merke, haben Sie ein Faible für Farben.«

»Ich habe mich so sehr nach Farben gesehnt. Sie ahnen nicht, wie sehr.«

»Ich verstehe Sie. Das Leben kann manchmal desillusionierend sein. Es sorgt dafür, dass alles grau aussieht. Ist Ihnen noch nicht aufgefallen, wie grau diese Stadt ist?«

»Also ich habe den Eindruck, dass Paris voller Farbe ist.«

»Vielleicht liegt es im Auge des Betrachters. Farbe kann man nicht suchen, sie erscheint einfach.«

»Also ich fühle mich hier viel besser.«

»Weil Sie glücklich sind. Deshalb sehen Sie die Farben.«

»Das höre ich gern.«

Ich musste an die Worte des alten Malers denken. Beide hatten auf ihre Weise recht. Farbe erscheint, wenn man die grauen Töne hinter sich gelassen hat. Solange noch Reste von Traurigkeit vorhanden sind, ist es unmöglich, das Leben in bunte Farben zu hüllen. Selbst wenn man sich bemüht, alles zu überdecken, Farben aufzutragen, sich in Rottöne zu kleiden, in Orange und Grün, bleibt der Blick düster, wenn alles dunkel beschattet ist. Nur wenn alles weiß ist, kann man zu malen beginnen. Glückliche Kinder malen alles bunt an. Und im Schmerz wird alles ausgelöscht, stumpf, matt. In einer Skizze kann man nicht glücklich sein, die Leinwand muss in Farben erstrahlen.

»Ich sehe mittlerweile alles grau. Das liegt wahrscheinlich am Alter, es lässt die Farben verblassen. Und dieser verdammte graue Star, der mir den Blick verschleiert.«

Ich wollte die Traurigkeit in seinen Augen wieder vertreiben. Daher füllte ich unsere Gläser erneut mit Wein und hob das meine, um mit ihm anzustoßen.

»Ich denke, ich werde auch eine kleine Auswahl an Hochzeitsartikeln anbieten, hübsche Dinge für den glücklichsten Tag im Leben.«

»Ist das der glücklichste Tag im Leben?«

»Das nehme ich an.«

»Sind Sie verheiratet?«

»Nein, alleinstehend.«

»Woher wissen Sie dann, ob das der glücklichste Tag im Leben ist?«

»Weil das alle sagen ... Die Wahrheit ist nämlich, dass ... für mich ...«, sagte ich und richtete den Blick aufs Fenster, »mein glücklichster Tag war ...«

Ich erinnerte mich noch ganz genau an den glücklichsten Tag in meinem Leben, aber mir fiel auch gleich der unglücklichste ein. Daher beschloss ich, lieber das Thema zu wechseln, um nicht länger an Laurent zu denken.

»Was ist denn in dieser Mappe?«

»Das sind die Unterlagen über Alice Humbert, die ich für Sie kopiert habe.«

KAPITEL 19

Erno Hessel füllte mein Glas erneut mit Rotwein. Ich hatte Sorge um mein weißes Kleid, das nicht unbedingt das Geeignetste war, um mit einem Fremden das erste Mal essen zu gehen, aber ich war so glücklich über unser Wiedersehen, dass ich so hell erstrahlen wollte wie nur möglich.

»Ihr Bild wird sicher irgendwann einmal in einem Museum hängen.«

»Wie peinlich, wenn mich dann alle sehen.«

»Man erkennt Sie gar nicht, Alice, Sie wissen ja, Kislings Technik …«

»Er ist ein eigenartiger Mann.«

»Ich verstehe, was Sie meinen. Und sein Verhalten ist unmoralisch.«

»Ich weiß nicht, was ich dazu sagen soll.«

»Sie brauchen nichts zu sagen.«

»Ich habe als Modell in seinem Atelier gearbeitet.«

»Und? Haben Sie schon mal darüber nachgedacht, damit aufzuhören?«

»Im Moment habe ich keine andere Arbeit. Ich verstehe, dass es nicht …«

»Sie brauchen sich nicht zu rechtfertigen. Ihre Arbeit hat uns zusammengebracht, ohne sie wären wir jetzt nicht hier. Und alles andere spielt keine Rolle.«

»Anfangs fand ich das Modellstehen ganz furchtbar, und wenn der Ofen nicht da gewesen wäre, wäre ich sicher erfroren, und sie hätten mich schon beim ersten Mal rausgeworfen. Es ist nicht leicht. Und Kisling macht es auch nicht einfacher …«

»Er ist selbstgefällig und kann sehr harsch sein.«

»So ist er eben.«

Wir schwiegen einen Moment, als ob wir beide die gleichen unschönen Gedanken hätten und sie lieber vergessen wollten. Ich versteckte meine Hände unter dem Tisch wie ein kleines Mädchen, und er hob sein Glas an die Lippen, trank einen Schluck und sah mich eindringlich an. Bis dahin waren mir seine Augen noch gar nicht aufgefallen. Zwei grüne Pinselstriche, und in seinen Pupillen spiegelten sich golden die Lichter. Seine Augen waren sanft und ruhig.

»Sie sind viel schöner als die Frau auf dem Gemälde.«

»Danke.«

»Alle, die Ihr Bild in meinem Salon gesehen haben, haben Ihre Schönheit gelobt … und auch das hervorragende Bild. Kisling wird einer der ganz Großen sein, wenn er sich erst mal aus Modiglianos Schatten löst.«

»Denken Sie, Monsieur Hessel?«

»Erno. Sag doch einfach Erno zu mir. Wenn ich dich Alice nennen darf, musst du mich Erno nennen.«

In dem Moment, in dem wir uns zu duzen begannen, wusste ich, dass er der Mann war, der mein Leben für immer verändern würde. Und als wir miteinander anstießen, sagte er etwas auf Ungarisch. Ein Tropfen Wein fiel auf meinen Rock.

Die Signatur der Liebe in Bordeauxrot.

»Das schöne Kleid«, meinte er besorgt.

Ich bemühte mich, die Sache herunterzuspielen.

»Das macht nichts.«

»Möchtest du, dass ich einen Kellner bitte, dir ein neues Kleid zu bringen.«

»Um Gottes willen, nein. Wein bedeutet Glück«, entgegnete ich. »Das hab ich jedenfalls mal gehört.«

»Dann machen wir noch mehr Flecken!«

»Was?«

»Das war nur ein Scherz«, sagte er und schenkte mir das schönste Lächeln der Welt. »Wenn du die Blumen vom Tisch mitnimmst, könntest du damit den Fleck verdecken, wenn wir gehen. Dann siehst du aus wie eine Braut, die zwischen den Kirchenbänken entlanggeht.«

Ich sagte nichts darauf. Manchmal ist es besser zu schweigen. Ich blickte in seine sanften Augen und fragte mich, woran er wohl dachte. Heimlich faltete ich die Hände unter dem Tisch und betete darum, dass dieser Moment ewig dauern würde.

Hier war ich, in dem teuersten Restaurant der Stadt. Angetrieben von der Liebe. Der Fleck breitete sich auf meinem Rock aus, während ich mich davontreiben ließ, mehr von seinen Gedanken angetrieben als von meinen. Er hatte sich zu mir vorgebeugt, um mich mit seiner Stimme, seinem rauen Akzent zu liebkosen. Ich merkte, dass mir die Tränen in die Augen stiegen.

Die Liebe breitete sich auf meinem Rock aus bis zu meinem Herzen.

Er wirkte so sicher, als er mir von dem großen Weinkeller des Restaurants erzählte, und mein Leben geriet in Aufruhr an diesem großen Fenster in Paris, durch das man Notre-Dame und den schmiedeeisernen Turm der Weltausstellung sehen konnte. Das Monster aus Metall wirkte auf einmal fast schön inmitten all seiner Worte. Ich weiß noch, dass Erno mir von seinen Reisen erzählte, von seinen Lieblingsbüchern, seinen Freunden, von Architektur, vom Leben auf dem Montmartre und in Montparnasse, von seiner Liebe zur Kunst, seinem Interesse daran, Werke von neuen Künstlern zu kaufen ... Doch ich war an einem anderen Ort, irgendwo über den Wolken. Alles war neu. Ich war neu.

Nachdem ich einmal tief durchgeatmet hatte, erzählte ich ihm auf einmal die ganze Geschichte meiner Familie. Von meinem verstorbenen Vater, von den Fresnaults und der Zwiebelsuppe, von meiner Kindheit und meiner Mutter. Je mehr ich redete, desto weicher wurde sein Gesichtsausdruck. Er wirkte wie ein Arzt, der aufmerksam zuhört, um dann seine Diagnose zu stellen. Ich fühlte mich schuldig, weil ich nicht ganz aufrichtig war, was Kisling anging, aber es erleichterte mich auch, ihm nicht die ganze Wahrheit sagen zu müssen. Es war sogar besser.

Als ich fertig war, legte Erno seine Hand auf meine.

Ich wollte ihm wieder in die Augen schauen, doch dann überkam mich die Scham. Ein Blick aus dem Fenster sagte mir, dass alles noch immer an seinem Platz war. Die Stadt, die keine Scham kannte, zeigte sich so unverstellt und nackt wie ich auf dem Gemälde in der Galerie. Ich spürte, dass dies der Moment der Wahrheit war, und meine Hand fing an zu zittern. Ich sah sein Gesicht, das sich in der Fensterscheibe spiegelte. Erno schaute mich an, und während ich so tat, als studierte ich die gotischen Bögen von Notre-Dame, sah ich sein Spiegelbild im Fenster, das mich schüchtern und verliebt anschaute.

KAPITEL 20

Ich war noch immer vollkommen verblüfft. Um mir meine Überraschung nicht anmerken zu lassen, war ich langsam aufgestanden und zur Toilette gegangen. Beinahe wäre ich auf dem schweren Teppich, der im Restaurant lag, gestolpert. Mit schwankendem Schritt ging ich zwischen den Tischen her und zog dann die Tür zum Waschraum hinter mir zu. Das, was ich gerade von Monsieur Ardisson erfahren hatte, hatte mich sprachlos gemacht. Ich hatte das Gefühl, dass ich einen Moment allein sein musste. Und nun stand ich vor dem Spiegel und versuchte mich zu beruhigen.

»Bitte wiederholen Sie das Datum noch einmal«, hatte ich zu Monsieur Ardisson gesagt, weil ich es einfach nicht glauben konnte.

6. September 1972.

Das konnte nicht wahr sein! Ein solch außergewöhnlicher Zufall war unmöglich. Ich merkte, wie mir leicht schwindelig wurde, drehte den Wasserhahn auf und ließ das kalte Wasser eine Weile über meine Handgelenke laufen.

Dann atmete ich tief durch und sah in den Spiegel.

»Es ist ein Zufall, Teresa, nur ein Zufall, einer mehr«, beschwor ich mich. »So etwas kommt vor, Daten können sich wiederholen, das ist ganz normal …« Trotzdem war es seltsam, wie sehr das Leben dieser Frau mit dem meinen verwoben war. Ich ging ein paar Schritte im Waschraum auf und ab, während ich all die merkwürdigen Zufälle aufzählte: »Das Schild, das Chanson, Paris, die Stoffe, die Fotos, der Laden – und jetzt auch noch der 6. September 1972 …«

Auf einmal hatte ich das Bedürfnis, mich hinzusetzen. Ich öffnete eine der Kabinen, schloss die Tür hinter mir und sank auf den Toilettendeckel.

»Das ist nur ein Zufall«, wiederholte ich leise. »Hör auf, in allem einen geheimnisvollen Zusammenhang zu sehen!«

Ich dachte daran, wie wunderbar mein neues Leben in Paris war, wie lebendig ich mich fühlte, wenn ich durch die Straßen ging. Ich rief mir das ruhig dahinfließende Wasser der Seine vor Augen, die frischen, warmen Crêpes im *L'Ébouillanté*, die Antiquariate, all die Ideen, die ich für meinen Laden hatte, den neuen blauen Trenchcoat, den ich mir gekauft hatte. Ich dachte daran, wie freundlich die Verkäuferin gewesen war, an den Duft, der in der Luft lag, als ich die Boutique betreten hatte.

Und dann hörte ich ein Geräusch.

Die Tür des Waschraums wurde geöffnet, und die Schritte einer Frau waren zu hören. Sie ging auf die Waschbecken zu und hielt dann vor meiner Kabine inne. Mein Herz schlug schneller. Ich hielt den Atem an. War sie es? War das Alice? Die Frau stand ganz still vor der Tür meiner Kabine, und ich konnte ihr pudriges Parfüm riechen. Sie war keine zwei Meter von mir entfernt, und ich bemühte mich, kein Geräusch zu machen. Sah ich schon Gespenster? Es würde ausreichen, die Kabine zu verlassen, um zu wissen, von wem der Duft kam … Warum hatte ich Angst?

Ich wartete noch ein paar Sekunden und beschloss dann, die Tür zu öffnen. Wer immer dort stand, ich würde mich der Begegnung stellen. Wir würden uns sehen, uns kurz zunicken, und ich würde erleichtert durchatmen.

Ich schloss die Tür auf und trat hinaus.

Aber da war keiner.

Ich schaute mich nach allen Seiten um. Nichts. Niemand. Die einzige Frau im Waschraum war ich. Ich sah in den anderen Kabinen nach, die alle leer waren. Niemand war da, aber ihr Parfümduft lag noch in der Luft. Ich spritzte mir kaltes Wasser ins Gesicht.

Alice Humbert starb am 6. September 1972.

Die Worte des alten Journalisten hallten in meinem Kopf wider.

Das war der Tag, an dem ich geboren worden war. Es schreckte mich nicht, aber ich hatte das unbestimmte Gefühl, dass diese Frau eine noch viel wichtigere Rolle für mein Leben spielte, als ich gedacht hatte. Ich hatte ihr Ladenschild, wusste, wie sie aussah, hatte ihre Fotos, und nun glaubte ich auch ihr Parfüm zu kennen. Langsam ging ich zur Tür, um den Waschraum zu verlassen, und bevor ich sie hinter mir schloss, warf ich noch einen kurzen Blick in den goldgerahmten Spiegel über dem Waschbecken. Ein Paar ernste, ruhige Augen blickten mir entgegen. Es waren die Augen einer glücklichen Frau.

Meine Augen.

Ich verließ den Waschraum und ging in den Speisesaal, wo Monsieur Ardisson auf mich wartete.

KAPITEL 21

»Was dieses Datum angeht, dazu muss ich Ihnen etwas sagen …«, erklärte ich, als ich wieder Platz genommen hatte.

»Sie meinen Alice Humberts Sterbedatum?«, fragte Monsieur Ardisson und zog die Augenbrauen hoch.

Ich nickte.

»Sie müssen wissen, dass ich an diesem Tag … geboren bin. Am 6. September 1972.«

»Was für ein schöner Zufall.«

»Ich weiß nicht, ob das Wort *schön* hier angebracht ist«, wandte ich ein. »Vielleicht sollte man eher *merkwürdig* sagen. Sind Sie denn kein bisschen überrascht?«

»Warum sollte mich das überraschen?«

»Ich meine: Am selben Tag, im selben Monat, im selben Jahr«, wiederholte ich gedankenverloren.

»Der Zufall gibt uns immer das, worum wir niemals gebeten hätten.«

Mathieu Ardisson lächelte, dann schenkte er mir etwas Wein nach und deutete auf eines der Fotos.

»Sehen Sie sich ihr Gesicht auf diesem Foto an. Und dann auf diesem Gemälde«, sagte er in dem Versuch, das Gespräch wieder in Gang zu bringen. »Alice Humbert hat zwischen den beiden Weltkriegen vielen Künstlern in Montparnasse Modell gestanden. Malern und Fotografen. Ihr Gesicht ist auf vielen Bildern im Musée d'Art Moderne zu erkennen. Ist Ihnen die Ähnlichkeit der Gesichter aufgefallen?«

Ich nickte, während er fortfuhr.

»Ich war vor einigen Tagen noch mal dort, um ein paar Vergleiche anzustellen. Ich kenne das Museum sehr gut. Viele Maler in Montparnasse haben mit denselben Modellen gearbeitet. Sie wurden weitergereicht wie eine Flasche Wein beim Abendessen. Ich bin mir sicher, dass diese Frau sowohl für Kisling als auch für Modigliani, Pascin und andere Künstler, die regelmäßig im *Dôme* verkehrten, Modell gestanden hat. Sie hat mit einigen der ganz Großen gearbeitet, als diese auf dem Höhepunkt ihres Erfolges waren – und auch während ihres Niedergangs. Damals veränderte sich die Kunst mit einer rasanten Geschwindigkeit, alles entwickelte sich unablässig weiter. Die Dreißigerjahre, die Vierzigerjahre, die Fotografie, das Kino ... Und dann verliert sich die Spur. Wir wissen nur, dass Alice Humbert am 6. September 1972 gestorben ist ...«

»Und genau das bringt mich ja so durcheinander. Warum passiert das alles? Warum habe ich überhaupt dieses Schild gefunden?«

»Teresa, wenn der Zufall es wollte, dass Sie dieses Schild finden, dann sollte es vielleicht so sein. Sie sind nach Paris gekommen, aus dem unerklärlichen Drang heraus, Ihr Leben zu verändern. Sie wollten alles hinter sich lassen, was Ihrem Leben die Freude und die Farbe nahm. Und jetzt sind Sie hier mit etwas verbunden.«

»Und genau das beunruhigt mich. Dass es möglicherweise einen Grund dafür gibt, den ich nicht herausfinden kann«, warf ich ein.

»Wenn wir vor unserem eigenen Leben fliehen, stolpern wir manchmal über das eines anderen.«

»Sie meinen, dass ich vor meinem Leben fliehe, bringt mich dem von Alice näher?«

»Vielleicht. Oder Ihrer beider Leben sind auf schicksalhafte Weise verbunden.«

»Ich weiß nicht, ob ich das will. Manchmal macht es mir Angst. Dann wieder habe ich diesen zwanghaften Wunsch, alles über Alice herauszufinden, weil ich glaube, dass ihre Geschichte eine Bedeutung für mein Leben hat.« Ich schwieg einen Moment. »An dem Tag, an dem ich dieses Schild entdeckt habe, habe ich eine immense Unruhe verspürt. Ich bin darauf zugegangen, als ob mir jemand etwas zugeflüstert hätte. Es war, als hätte mich jemand umgedreht, um mich in eine andere Richtung zu schieben, an einen anderen Ort.«

»Möglich. Daran ist doch aber nichts Schlechtes, oder? Denn nun sind Sie hier. In Paris. Davon haben Sie doch immer geträumt.«

»Ja. Und ich will ja auch hier sein. Aber Sie müssen verstehen, dass es mich völlig aus dem Gleichgewicht gebracht hat, zu erfahren, dass ich an dem Tag geboren bin, an dem Alice Humbert starb.«

»Das verstehe ich. Wenn Sie nicht weiter darüber reden wollen, lassen wir es einfach.«

»Oh nein!«, sagte ich, ohne zu zögern.

»Nein?«, wiederholte er.

»Das mag Ihnen verrückt erscheinen«, meinte ich, »aber jetzt will ich auch alles wissen. Sei es Alice oder mir zuliebe.«

Mathieu Ardisson nahm eines der Fotos aus seiner Mappe. Es war das Foto, auf dem Alice zusammen mit der Schildkröte zu sehen war. Das Bild stammte von Man Ray, und Alice war nicht die Einzige, die auf diese Art posiert hatte. Es gab ein fast identisches Foto mit Kiki. Dann zog Ardisson ein altes, abgegriffenes Kunstbuch hervor und schlug die Seiten auf, die er mit gelben Post-its markiert hatte. Er zeigte mir die Bilder der Maler, die er zuvor erwähnt hatte. Tatsächlich sahen die Gesichter auf den Gemälden dem von Alice sehr ähnlich.

»Ich bin mir sicher, dass sie das ist«, sagte Ardisson mit seiner rauen Stimme.

Ich entgegnete nichts darauf, beugte mich über das Buch und studierte die unverkennbaren Ähnlichkeiten, die Winkel der Gesichter und die Form der Augen, die mit den Fotos und den anderen Gemälden übereinstimmten. Mathieu Ardisson sah zu, wie meine anfängliche Überraschung zu Faszination wurde. Ich blätterte noch eine Weile in dem Buch und sah mir die Fotokopien an.

»Woher haben Sie all diese Unterlagen, Monsieur Ardisson?«, fragte ich schließlich.

»Jemand hat mir geholfen«, antwortete er, während er das Material zusammensammelte. Mathieu Ardisson wirkte auf einmal angespannt.

»Haben Sie mit jemandem über diese Sache geredet?«, fragte ich. »Ich hatte Ihnen das im Vertrauen erzählt.«

Immerhin war ich es, die all diese Fotos gefunden hatte.

»Bitte machen Sie sich deswegen keine Sorgen.« Monsieur Ardisson zögerte einen Moment. »Es ist jemand, dem ich vertraue.«

»Wie sehr?«, fragte ich, immer noch beunruhigt. »Ich möchte nicht, dass man mich für vollkommen überdreht hält.«

»Es ist mein Sohn.«

Zum ersten Mal wirkte er leicht aus der Fassung gebracht, und ich sah, wie er schluckte.

»Möchten Sie mir vielleicht etwas erzählen, Monsieur Ardisson?«

Er schien etwas verlegen wegen meines Vorstoßes, dann sagte er knapp:

»Unser Verhältnis ist nicht das beste, aber er ist gekommen, um mir bei der Vorbereitung einer Ausstellung zu helfen. Er lebt nicht in Paris.«

»Na, das ist doch großartig.«

»Ja«, entgegnete er. »Das ist es wohl.«

Als ich sah, wie er den Blick senkte, verstand ich, dass es auch in seinem Leben dunkle Schatten gab. Ich wusste nicht, was ich sagen sollte, und hob mit übertriebenem Enthusiasmus mein Glas, um auf seine Ausstellung anzustoßen.

»Richten Sie Ihrem Sohn meinen Dank aus.«

»Ja, sicher, das werde ich tun.«

Seine Stimme zitterte, und ich beschloss, von etwas anderem zu reden.

»Wissen Sie, was ich gedacht habe?«, sagte ich. »Ich könnte doch ein paar dieser Fotos in meinem neuen Laden aufhängen.«

»Warum?«

»Zur Dekoration.«

Sein Blick war wieder der des ernsten französischen Journalisten, als er entgegnete:

»Mademoiselle Teresa, diese Fotos sind sehr seltene Fundstücke.«

Ich runzelte die Stirn.

»Ich denke, dass sich die Fotos in Ihrem Keller befanden, weil diese Frau nicht wollte, dass jeder sie sehen konnte«, fuhr er fort. »Das sind zum Teil sehr intime Aufnahmen. Und darüber hinaus sind Fotos aus dieser Zeit sehr rar. Die Leute damals waren sehr offen und unkonventionell. Sie hatten sich ganz dem Hedonismus und der Schönheit verschrieben. Und diese Frau war der strahlende Mittelpunkt des Pariser Lebens.« Er wirkte mit einem Mal sehr nachdenklich. »Es ist sehr seltsam, dass Alice Humbert so plötzlich von der Bildfläche verschwunden ist. Finden Sie nicht?«

Ich sah ihn an, und in diesem Moment verstand ich, dass etwas Furchtbares passiert sein musste.

KAPITEL 22

Coco Chanel hatte uns zum Abendessen in ihre Wohnung in der Avenue Gabriel eingeladen. Erno erzählte mir, dass sie nach dem Tod ihrer großen Liebe Boy Capel noch immer trauerte, sodass sie kaum das Haus verließ und sich nach wie vor nur in Schwarz kleidete. Dennoch hatte sie für zwanzig Uhr mehrere Freunde zu sich gebeten.

Coco hatte betont, dass wir pünktlich sein sollten. Es schien mir unfassbar, dass ich an einem Abendessen in einem derart illustren Kreis teilnehmen sollte, und um den Tag noch besonderer zu machen, hatte Erno zwei Stunden vor unserer Verabredung ein Paket zu mir liefern lassen.

Pour Alice, mon amour stand handgeschrieben darauf.

Bisher hatte ich die Worte *mon amour* nur in den alten Romanen im Haus der Fresnaults gelesen. Plötzlich kamen mir die Tränen. Das Paket war ziemlich groß. Ich öffnete es vorsichtig, um die Stelle nicht zu zerreißen, auf die Erno in seiner auffälligen Schrift diese wunderbaren Worte geschrieben hatte. Nachdem ich auf meinem Bett Platz gemacht hatte, um das Paket dort auszupacken, trennte ich das Stück Papier mit der Widmung vorsichtig heraus, faltete es und legte es in eines der Bücher, die Thora mir geschenkt hatte, um meine Wohnung damit zu verschönern, ein schmales englisches

Buch. Ich dachte, dass Erno zweifellos der wunderbarste, großzügigste und bestaussehende Mann war, den ich kannte. Und zudem hatte er einen erlesenen Geschmack, wenn es um Geschenke ging. Gespannt nahm ich den Deckel des Kartons ab und entdeckte, in zartes Seidenpapier eingeschlagen, ein grün-blaues Chiffonkleid, das mir den Atem verschlug. Eilig streifte ich es über und betrachtete mich im Spiegel. Erneut traten mir Tränen in die Augen. Mit einer raschen Bewegung schlang ich mein Haar zu einem lockeren Knoten und steckte ihn mit einer Perlmuttnadel auf dem Hinterkopf fest, sodass mein Nacken frei blieb. Ich tupfte mir ein paar Tropfen von Kikis Parfüm auf den Hals, das eigentlich zu intensiv für mich war, aber für diesen Abend war es genau richtig.

Wenig später beugte ich mich aus dem Fenster, und da war er. Er stand bereits vor der Tür. Lächelnd. Erno zwinkerte mir mit der für ihn so typischen Gelassenheit zu, die jeder seiner Gesten eine gewisse Eleganz verlieh. Er war ein attraktiver Mann, stark und dennoch distinguiert. Als ich meine Wohnung verließ und die Treppe hinunterlief, dachte ich, dass ich die glücklichste Frau von Paris sein musste. All das, was mir gerade widerfuhr, konnte eigentlich nicht wahr sein, und ich kniff mich, um mich davon zu überzeugen, dass es doch so war, bevor ich mir eine Haarsträhne, die sich aus meinem Dutt gelöst hatte, hinters Ohr strich. Nun wusste ich, was es bedeutete, aus tiefstem Herzen glücklich zu sein.

Eine abendliche Brise erfasste mein Kleid und wehte es auf. Lachend strich ich mir das Kleid herunter.

»Du strahlst ja, Alice. Grün steht dir ausgesprochen gut.«

»Du bringst mich in Verlegenheit«, sagte ich lächelnd.

Er irrte sich nicht. Ich strahlte.

»Aber so lasse ich dich nicht gehen.«

»Wie meinst du das?«

»Dreh dich mal um.«

Ernos Lächeln schien gar nicht mehr enden zu wollen. Ich wandte ihm den Rücken zu und blickte auf die Glasscheibe in der Haustür, in der sich alles widerspiegelte. Ich sah, wie er eine Hand in die Tasche steckte und ein muschelförmiges Etui herauszog. Er öffnete es und näherte seine Hände meinem Hals. Wenn er mich in diesem Moment erwürgt hätte, wäre ich glücklich gestorben. In der Scheibe der Tür glitzerten die Smaragde des Colliers, das er mir jetzt um den Hals legte.

»Erno, das ist wundervoll. Ich weiß nicht, was ich sagen soll.«

»Dann sag nichts.«

Und ich sagte nichts. Weil ich vor Glück einfach kein Wort herausbrachte.

Der Eindruck, den Coco Chanels Haus auf mich machte, wurde durch den Rum gemildert, den mir zwei Kellner in Livree anboten. Ich nahm das Glas und bemerkte, wie alle anwesenden Damen sich zu mir umdrehten. Ich nahm einen großen Schluck und spülte mit dem Rum meine Verlegenheit herunter.

Niemals würde ich mich an mein neues Leben gewöhnen, in dem alles einfach perfekt war. Mehr noch als die edlen Samtsofas, über die ich mit der Hand strich, wenn niemand zusah, die glänzenden Mahagoni-Möbel und die Becher aus echtem Silber setzten mir die Andersartigkeit der Menschen zu, die mich umgaben, und ihre Gespräche. Natürlich hatte ich gelernt, mich anzupassen, um an all den Orten, die ich dank Erno inzwischen regelmäßig aufsuchte, nicht als hirnloses Dummchen zu gelten. Schon früher war ich manchmal durch die Straßen von Paris geschlendert, hatte sehnsüchtig all diese unerreichbare Paläste betrachtet und mir dabei Geschichten ausgedacht, die sich hinter den Fenstern der vornehmen Stadthäuser an den großen Boulevards abspielten. Und nun befand ich mich in einem davon. Denn das Haus von Coco Chanel hätte nicht majestätischer sein können. Alles darin erregte meine Aufmerksamkeit.

Die Musik, die Erno als den »wunderbaren Jazz dieser Jungs« bezeichnete, erfüllte den Salon und verhallte in den breiten Gängen, die in andere hell erleuchtete Räume mit noch kostbarerem Mobiliar führten.

Vor unserer Ankunft hatte Erno mir erzählt, dass ich an diesem Abend Leopold kennenlernen würde, einen sehr guten Freund von ihm, der Stoffe produzierte und daher auch der Gastgeberin nahestand. Die beiden Männer hatten sich in New York über einen befreundeten Architekten kennengelernt, der dort mit seinem Pariser Stil, der die quirlige, von der Metallindustrie geprägte Gesellschaft begeisterte, sehr viel Geld verdiente. Laut Erno verstanden sie sich sehr gut, kleideten sie sich auf die gleiche Art und lachten über die gleichen Scherze. Und tatsächlich war Leopold ausgesprochen herzlich.

»Sie müssen die heiß begehrte Alice Humbert sein«, sagte er, nachdem er mich mit einem Handkuss begrüßt hatte. »Die Frau, die das Herz meines guten Freundes Hessel erobert hat. Schade, dass ich Ihnen nicht zuerst begegnet bin, denn jetzt, da ich Sie sehe, verstehe ich, warum er Sie so lange vor mir versteckt hat. Dieser verdammte Gauner! Es ist mir eine Freude, Mademoiselle.«

Erno und Leopold wirkten wie Zwillinge, beide waren auf dieselbe Art frisiert und in makellose Anzüge gekleidet. Allerdings erwies sich Monsieur Vionnet, wie eine der weiblichen Anwesenden Leopold nannte, die bewundernd um ihn herumtänzelte, als ziemlich kühner Frauenheld. Die Chuzpe, mit der er mich mit schmeichlerischen Komplimenten drei anderen weiblichen Gästen vorstellte, die seinem kosmopolitischen Charme hilflos ausgeliefert waren, war beeindruckend.

»Wenn Sie erlauben …«, sagte er, wobei er einer der jungen Damen forsch einen Arm um die Taille legte, die ihm sofort ihre ganze Aufmerksamkeit schenkte.

»Was für ein wunderbarer Abend. Ich freue mich, Sie wiederzusehen. Das Vergehen der Zeit kann ich nur ertragen, wenn ich Ihre Schönheit bewundern kann. Darf ich Ihnen Mademoiselle Humbert vorstellen? Alice, diese drei Schönheiten, die mich mit ihrem Gespräch über Mode im Stich gelassen haben, sind Valentine, Isère und Loulou. Wobei Letztere, wenn ich mich nicht irre, sehr eng mit Coco zusammenarbeitet.«

Die drei Schönheiten lächelten geschmeichelt. Monsieur Vionnet war ausgesprochen freundlich und warf ihnen gewagte Blicke zu. Und sie ließen sich, verführt von seinem Auftreten eines Mannes von Welt, bereitwillig umwerben. Erno, der seinen Freund gut kannte, trat gleich zu mir, um seine Besitzansprüche zu demonstrieren. Er zog mich eng an seine Schulter, sodass ich seinen Atem im Nacken spürte.

Dann stimmten sich die beiden Männer mit einer Geste ab, für uns alle Getränke zu holen.

»Ich glaube, wir sollten vor dem Essen noch einmal miteinander anstoßen. Ich werde Ihnen etwas zu trinken besorgen, meine Damen«, sagte Leopold und hielt nach einem der Kellner Ausschau. Erno schloss sich ihm an.

»Ja, danke, das wäre sehr zuvorkommend«, sagte eine der jungen Frauen, und die anderen beiden nickten.

Die beiden Männer gingen zur Bar.

Als die Frauen unter sich waren, wandte sich Isère an Valentine.

»Verdammt sei das Flittchen, das sich den unter den Nagel reißt.«

»Die beste Partie der Stadt.«

»Die kann was erleben.«

»Oh ja.«

Ich verschränkte nervös die Finger und schaute zu Boden, während ich ungewollt ihr Gespräch hörte, was sie nicht zu stören schien.

»Ich muss ihn immerzu ansehen«, meinte die, die links von mir stand, »und er weicht mir aus. Es ist furchtbar!«

Sie seufzte.

»Alle Damen sind hinter Vionnet her. Und er ist immer der perfekte Gentleman. Hat er dich auch im Wagen mitgenommen?«

»Er hat mich sogar zum Essen eingeladen. Mehrfach.«

»Und?«

»Nichts.«

»Na ja, soweit wir wissen, ist er immer noch allein. Letztendlich hat er die schlechteste Wahl getroffen.«

Ich starrte auf meine Hände.

»Seht mal, dort ist Dardel. Er ist bestimmt mit seiner Frau gekommen«, rief eine der drei Grazien bewundernd. »Angeblich sind die beiden unbeschreiblich glücklich miteinander, mehr noch als zwei frisch Verliebte. Sie ist noch gar nicht lange in Paris, studiert Kunst und kommt aus einer angesehenen schwedischen Familie. Ich glaube, sie haben sich während einer Bootsfahrt kennengelernt.«

»Er ist der schönste Mann in Paris. Zusammen mit Modigliani natürlich.«

»Vergiss ihn, er hat nur noch Augen für Jeanne.«

»Dardel?«

»Nein, Modi. Wenn er nicht so viel trinken würde, wäre er der perfekte Mann. Aber er malt nur und trinkt ununterbrochen. Er säuft für zwei, heißt es.«

»Ich kenne ihn«, fügte ich freundlich hinzu, um mich in das Gespräch einzubringen. »Er ist ein sehr angenehmer Mensch.«

»Ich würde ihn nicht gerade als *angenehm* bezeichnen. Jedes Mal, wenn ich ihm begegnet bin, stank er nach Rum, hatte die Finger voller Farbflecken und sah aus, als wäre er gerade erst aufgestanden. Wobei vielleicht …« Isère wirkte für einen Moment nachdenklich. »… ist es ja gerade das, was ihn zum Genie macht.«

Die drei Grazien lachten einvernehmlich.

»Vergiss Abdul nicht. Es gibt keinen anderen Mann wie ihn«, erklärte Valentine entschieden.

»Oh bitte, ja. Abdul Wahab ist der attraktivste Mann in Montparnasse«, bestätigte Isère kokett. »Wobei er natürlich längst nicht so verführerisch ist wie Leopold. Der ist einfach …«

»Umwerfend und erobert alle Herzen im Sturm.«

»Täusch dich da nicht. Er ist der perfekte Schmeichler«, sagte Louou und lachte.

»Ein Charmeur«, urteilte Valentine streng, während Isère, um das Thema abzuschließen, feststellte: »Aber er gefällt uns so. Warum sollen wir uns etwas vormachen? Solch bezaubernde Schufte machen mir keine Angst. Man erkennt sie von Weitem. Und wenn man weiß, wie sie sind, sind sie gar nicht mehr so schlimm.«

Diese drei Frauen waren nicht nur schön, sie wussten auch genau Bescheid.

Sie waren das, was man Frauen von Welt nannte, und ich spielte ihr Spiel mit und sagte gekünstelt:

»Also ich weiß nicht. Ich habe Leopold gerade erst kennengelernt. Er ist ein Freund von Erno und scheint doch recht sympathisch zu sein. Und überaus elegant. Wie ich gehört habe, arbeitet ihr auch in der Modebranche. Das finde ich ganz wunderbar.«

»Ja, die beiden arbeiten mit Coco«, sagte Loulou, »und ich in einem Stoffatelier, in dem Stoffe und Farben für die aufwändigsten Muster ausgewählt werden. In letzter Zeit scheinen alle verrückt geworden zu sein. Es gibt keine Grenzen mehr. Wobei auch wir anstrengende Zeiten als Modelle hinter uns haben.«

»Wir haben für Fotografen posiert, weißt du?«

Ich sah sie an und hatte den Eindruck, dass sie durchaus eine Ahnung hatten, womit ich meinen Lebensunterhalt verdiente. Sofort stieg mir die Röte in die Wangen, und ich leerte mein Glas in einem Zug.

»Die Welt der Stoffe fasziniert mich. Es muss sehr interessant sein, in diesem Metier zu arbeiten«, sagte ich, um von mir abzulenken.

»Das sagst du nur, weil du noch nie in einem Stoffatelier gewesen bist. Dort ist es genau wie in einer Druckerei. Maschinen, Werkzeuge …«

»Jetzt tu nicht so, als handelte es sich um eine Metallfabrik, meine Liebe«, fügte Valentine in sanfterem Tonfall hinzu. »Es ist wirklich faszinierend und erstaunlich, all die Farben zu sehen und die Sorgfalt, mit der alles gemacht wird. Und alle Modeschöpfer gehen dort ein und aus. Paul Poiret zum Beispiel ist sehr speziell. Er macht immer noch diese schweren Kleider.«

»Speziell! Wie kryptisch du dich ausdrückst, Valentine. Wirklich sehr speziell. Er ist ein Gott.«

»Wenn du ihn kennenlernen möchtest, könntest du mal vorbeikommen.«

»Also das wäre wundervoll«, sagte ich schüchtern.

»Alice wäre begeistert«, bekräftigte Erno meine Worte, der, gefolgt von Leopold, mit zwei Gläsern in den Händen und in Begleitung eines Kellners, näher trat.

»Ja, das wäre wirklich toll«, rief Loulou aus und griff nach einem der Gläser. »Und du wirst sehen, wie wir bei Chanel arbeiten, Coco ist einmalig. So stark und gleichzeitig so feminin. Sie ist … Aber du wirst sie ja gleich selbst kennenlernen.«

Es waren einige Leute im Raum, die für Coco Chanel arbeiteten, und auch mehrere ausländische Gäste, wie zum Beispiel eine gerade eingetroffene Italienerin namens Elsa Schiaparelli, die ein wenig verrückt wirkte und sich animiert mit Thora unterhielt. Ich merkte mir all die Namen und wiederholte sie für mich, um nicht als der sympathische dumme Neuling zu erscheinen, der sich zwar an Gesichter erinnert, aber nicht an die Namen. Doch ich verlor schnell den Überblick, da der Salon sich mit immer mehr Gästen füllte, die sich im Zigarettenrauch zwischen den Tabletts der Kellner voranbewegten. Das hier war kein Abendessen, sondern ein Fest. Irgendjemand lächelte mich im Vorbeigehen an, als ob er mich kennen würde. Doch all diese exotisch gekleideten Frauen und die Herren in den schmal geschnittenen Anzügen hatten wenig mit mir zu tun, sodass er mich wahrscheinlich Körbe schleppend einmal in der Nähe des Hospitals gesehen hatte, in dem meine Mutter arbeitete. Ich fürchtete, meine Herkunft nicht mal unter dem wunderbaren grünen Chiffonkleid verbergen zu können, das Erno mir geschenkt hatte.

»Fühlst du dich gut?«, fragte er mich, während wir an eines der riesigen Fenster traten, das auf die Avenue Gabriel hinausging.

»Wenn du vorhattest, mich zu beeindrucken, dann hast du es geschafft.«

»Aber bist du glücklich?«, hakte er nach.

»Sehr glücklich«, sagte ich und legte meine Hand auf die Brust, um das Smaragdcollier zu spüren.

Coco Chanel hatte darum gebeten, an diesem Abend aus ihrem Haus entführt zu werden, weil ihr hier »die Decke auf den Kopf« fiel. Ich stellte mir meine Mutter im Zwiebelgeruch am Ofen vor, seufzte und trank einen Schluck Rum. Was mich am meisten irritierte, war diese exaltierte Mischung aus Traurigkeit und Fröhlichkeit. Diese Leute hatten alles – elegante Kleider, teure Autos, große Wohnungen, edle Parfüms –, und dennoch wirkten viele von ihnen betrübt. »Das liegt am Äther«, erklärte mir Erno. »Viele von ihnen nehmen Drogen, um kreativ zu sein, auszugehen und die Nächte durchzufeiern.«

»Diese Enge bringt mich noch um«, sagte Coco gerade. »Wir sollten besser woanders essen.«

»Dann lasst uns gehen«, entgegnete Erno. »Fahren wir ins *Maxim's*.«

Coco nahm einen eleganten Mantel aus einem Spiegelschrank und legte ihn sich um die Schultern.

»Weißt du übrigens, mit wem ich mich heute Morgen getroffen habe?«, fragte Erno liebevoll, während er ihr mit dem Mantel half.

»Überrasch mich.«

»Mit Beaux. Er hat mir erzählt, dass er für dich viel mit Jasmin experimentiert und zwischen Grasse und Paris hin- und herreist. Jetzt bist du dran, mich zu überraschen.«

»Ein Parfüm«, antwortete Coco lakonisch. »Ich habe beschlossen, einen Duft auf den Markt zu bringen. Wir sind nächste Woche verabredet, um seine Düfte zu prüfen. Ich möchte, dass es ganz anders riecht als das, was all diese schwachen Frauen tragen. Es muss ein entschlossener Duft sein, ich weiß genau, was ich will, und er muss Sex verströmen.«

Erno ging über den Ton hinweg, in dem Coco das Wort »Sex« ausgesprochen hatte.

»Stört es dich, wenn ich von Sex rede, mein Lieber? Das ist doch etwas ganz Normales. Ich habe gedacht, ich könnte ohne Mann leben, aber ich kann es nicht. Ich weiß nicht, wie.«

Ich wagte nicht mal zu blinzeln, um sie nicht zu unterbrechen, und ließ mir nichts anmerken, und sie redete weiter, genauso wie die Mädchen im *Dôme*.

»Man sollte sich immer da parfümieren, wo man geküsst werden will«, scherzte sie und sah mich an.

Erno wollte wissen, welchen Namen ihr Parfüm tragen würde, und Coco murmelte etwas wie: »Das ist wirklich das Letzte, woran ich denke.«

Ich schwieg und lächelte die Frauen an, die jetzt zu uns traten, um um Cocos Aufmerksamkeit zu buhlen.

»Hast du schon von Maggy Rouff gehört? Sie macht wundervolle Sachen.«

Treize brach in Gelächter aus, das den ganzen Raum erfüllte.

»Diese Frau hat den völlig falschen Weg eingeschlagen. Sie sollte sich mehr an Paul Poiret orientieren und weniger an Jeanne Lanvin. Der Krieg hat diese neuen Modeschöpfer auf völlig falsche Gedanken gebracht«, entgegnete Paulette, eine füllige junge Frau mit Apfelbäckchen, die aussah wie die Obstverkäuferin in meinem alten Viertel, allerdings im glitzernden Pailletten-Kleid.

»Du hast recht. Niemand kann *Le Magnifique* das Wasser reichen. Pioniere sind eben Pioniere.«

»Wohl wahr!«

»Aber es muss auch Neues geben. Sie sollten ihren Platz haben, oder?«

»Die Piranhas nicht.«

»Wie böse du bist!«, sagte Coco zu der Frau mit den Apfelbäckchen und lächelte.

»Kennst du Jean Patou und einen gewissen Molyneux?«

»Natürlich, meine Liebe, sicher.«

»Sie machen hübsche Sachen.«

»Aber manche sind immer noch viel zu verspielt.«

»Zu viele Schleifen, würde ich sagen.«

»Bequemlichkeit! Um Gottes willen, das Korsett gehört ins letzte Jahrhundert. Und man muss mit den Hüten vorsichtig sein. Wir sollten es nicht übertreiben.«

»Mir gefallen sie.«

»Kommt, Mädchen«, rief eine Frau aus, die, an die Bar gelehnt, ihren Rum trank. »Wenn wir mit dem Flitterkram von 1900 weitermachen, kann man eine Frau bald nicht mehr von einer Staatskarosse unterscheiden.«

Ich sagte nichts und lächelte nur. Die Frau, die sich zuletzt ins Gespräch eingeschaltet hatte, und die rosige Paulette schauten mich auffordernd an. Dabei wussten sie, dass sie mich einschüchterten. Bis ich zu reden begann.

»Es gibt für jede Frau einen bestimmten Stoff, der zu ihr passt. Genauso wie es einen ganz bestimmten Mann für jede von uns gibt. Das ist der Wert eines Stoffes, der Preis der Haut.«

Das war das Einzige, was ich sagte. Zwei ältere Damen musterten mich verblüfft und rümpften die Nase, aber Coco wirbelte herum und applaudierte mir lachend.

»*Elle a du chien!* Die Kleine ist nicht auf den Mund gefallen!«

Meine Wangen glühten, und ich nahm einen Schluck aus meinem Glas, um anschließend meine Verlegenheit mit einem Lächeln zu kaschieren.

»Es erfordert einigen Mut, um mit diesen langweiligen Schnepfen so zu reden«, sagte Coco schließlich zu mir. Sie hakte sich bei mir unter und ging mit mir zu Erno hinüber. »Denn sie haben weder Ahnung von Männern noch von Stoffen«, war ihr Fazit, während sie mein Kleid begutachtete.

»Genau das wollte ich sagen.«

»Wo hast du dieses kluge Mädchen gefunden, Erno?«, fragte sie, ohne den Blick von mir abzuwenden.

»Sie ist die wunderbarste Frau von ganz Paris, nicht wahr? Das ist Alice Humbert. Ich habe euch einander vorgestellt, als wir gekommen sind, aber …«

»Ist mir gar nicht aufgefallen. Du weißt, wie ich bin«, sagte Coco und reichte mir die Hand. »Entschuldige … Alice?«

»Ja«, antwortete ich.

»Wie ich schon sagte, in letzter Zeit bin ich etwas müde von allem.«

»Ich habe dir doch von ihr erzählt«, erklärte Erno.

Da ich fürchtete, er könnte etwas über meine Herkunft gesagt haben, begann ich zu zittern. Coco nickte nur, und ich biss mir auf die Unterlippe und blickte auf meine Hände, um meine Verlegenheit zu überspielen.

»Das heißt also, dir gefallen Stoffe.«

Ich nickte.

»Der Stoff ist extrem wichtig«, sagte sie. »Das musst du wissen. Ein gutes Kleid aus einem schlechten Stoff ist Müll. Und ein guter Stoff kann selbst bei einem schlichten Schnitt Wunder bewirken.«

»Der Stoff Ihres Kleids ist sehr weich«, sagte ich.

»Seide.«

»Darf ich?«

»Sicher.«

Ich näherte meine Hand einer der Falten, die schwerelos auf ihrer Hüfte lagen wie die Blätter eines Baums. Ihr Kleid war so fein, dass die der vornehmen Frauen, die am 14. Juli in den Straßen tanzten und die ich als Kind so sehr bewundert hatte, mir auf einmal ganz plump erschienen.

»Du weißt einen guten Stoff zu schätzen, das merkt man daran, wie du ihn anfasst. Möchtest du in meinem Atelier arbeiten? Würde dir das gefallen?«

Ich brachte kein Wort mehr heraus, vielleicht auch, weil Erno den Blick nicht von mir abwandte.

»Denk darüber nach. Die Mode verändert sich, aber der Stil bleibt für immer. Du hast Stil. Und du bist schön. Eine Frau muss schön sein, damit die Männer sie lieben ...«

»Genau«, witzelte Erno.

»... und dumm genug, damit sie die Männer liebt«, beendete Coco ihren Satz lachend.

Dann sah sie Erno eindringlich an.

»Pass mir auf dieses Mädchen auf«, sagte sie und schloss sich dann einer Gruppe anderer Gäste an, die gerade das Haus verlassen wollten.

Ich winkte ihr dankbar zum Abschied zu und trat dichter an Erno heran. Zum Glück war der Saal ziemlich voll, sodass wir niemandem auffielen. Er legte mir zärtlich eine Hand auf die Schulter, um mich zur Tür zu geleiten. Ich sah mein Bild in dem riesigen Spiegel am Eingang und zog ein kurzes Resümee.

Ich hatte die Feuerprobe in der erlesenen Pariser Gesellschaft bestanden, und mir gefiel, wie die Dinge sich entwickelt hatten. Hier war ich, in grünen Chiffon gekleidet. Inmitten dieser Frauen, diesem ganzen Luxus, dieser exaltierten Lebenslust. Diese Frauen brauchten sich keine Sorgen um ihr Leben zu machen, das sich nur um Kleider, Partys und Annehmlichkeiten drehte. Genau wie ich jetzt.

Ich straffte meine Schultern und blickte auf das schimmernde grüne Collier auf meiner Brust. Allmählich ließ ich mich von einem Leben anstecken, das ich mir am Ofen meiner Mutter niemals erträumt hätte.

Ich merkte, wie mir eine Träne über die Wange lief.

»Was ist los, Alice?«

»Das ist der verdammte Rauch, ich hasse Zigaretten.«

»Du wirst sicher bald auch zur Zigarette greifen. Man gewöhnt sich daran.«

Ich atmete tief durch, und Erno tupfte mir die Träne mit seinem Taschentuch ab.

»Ich habe gesehen, wie du Coco erobert hast. Chanel ist ein wunderbares Modehaus. Ich war ganz gerührt, als sie so überschwänglich von dir gesprochen hat. Wobei es mich nicht wundert, denn ich tue es ja auch.« Er lächelte. »Würde dir die Arbeit mit Stoffen gefallen?«

Ich nickte.

»Oh ja. Ich liebe Stoffe. Ich hätte gern einen Laden mit Stoffen, den schönsten Stoffen für Kleider, mit Regalen voller bunter Stoffballen, weißt du? Das wäre mein Traum.«

Erno strich mir zärtlich über die Wange und fragte leise:

»Wirklich? Das ist dein Traum? Ein Stoffladen?«

»Ein Laden in Paris«, bekräftigte ich.

Wir gingen die Treppen hinunter zur Eingangstür, wo mehrere Wagen warteten, um uns alle zum *Maxim's* zu bringen. Auf dem lederbezogenen Rücksitz legte Erno seine Hand auf meine, was mein Blut in Wallung brachte. Als er seine Finger mit meinen verschränkte und meine Hand zärtlich drückte, musste ich plötzlich daran denken, wie Kisling meine Brüste so grob betatscht hatte. Ich betrachtete mein Spiegelbild im Fenster des Wagens und zog meine Hand zurück. Ich hatte keine Angst vor Sex, ich hatte ihn im Atelier benutzt, um zu überleben, um dem Elend zu entkommen, aber ich hatte Angst, mich zu verlieben. Erno war ein Mann, der mir alles bedeutete, und ich wäre zu gerne seine Frau gewesen, aber ich war mir nicht sicher, ob das möglich war.

KAPITEL 23

Die Wochen, die auf diesen Abend folgten, waren getrieben von Hoffnung und Herzklopfen, und je näher ich Erno kam, desto weiter entfernte ich mich von meinem früheren Leben. Zusammen mit Kiki und den anderen Mädchen zog ich durch die Lasterhöhlen von Montparnasse, genoss die Feste im *The Jockey* und andere Verrücktheiten. Mit Erno besuchte ich Theater, Restaurants und die teuersten Geschäfte in Paris.

Die Stadt war dieselbe, aber ich nicht mehr. Und das war keine vorübergehende Sache, sondern die Wirklichkeit. Zum ersten Mal in meinem Leben war ich die Frau, die jeder kannte, die von allen bewundert wurde, die einflussreiche und angesehene Freunde hatte.

Die Pariser Gesellschaft hatte mich mit offenen Armen empfangen. Und ich hatte die Umgangsformen und die Regeln des guten Geschmacks entdeckt, die auch jenseits von Montparnasse so viele Türen öffneten. Die Damen sahen in mir die perfekte Frau an Ernos Seite, die süße Alice; die Männer seufzten, wenn sie sich mich als Geliebte vorstellten, weil das Gerücht über meine Vergangenheit und mein *savoir faire* die Runde machte. »Sei eine verführerische Frau und nähre ihre Fantasie, dann werden sie dir stets zu Füßen liegen«, sagte Kiki. Und so passte ich mein Auftreten den

Gelegenheiten an, die sich überall auftaten. Ich lächelte, ich kokettierte. Ich wusste ganz genau, wann ich auf keinen Fall etwas sagen durfte und wann ich kein Blatt vor den Mund nehmen musste. Es war ein berauschendes Abenteuer, diese neue Frau zu sein. Und ich war glücklich.

Erno war der perfekte Begleiter. Ständig kamen Leute, um ihn zu begrüßen und um seine Aufmerksamkeit zu bitten, damit er zu diesem oder jenem Thema seine Meinung äußerte. Er hatte Modeschöpfer kontaktiert und mich Fotografen vorgestellt, die an meiner Schönheit interessiert waren, nicht nur, damit ich angenehm beschäftigt war, sondern auch, um gutes Geld zu verdienen, das mir Sicherheit gab, obwohl er eigentlich alles bezahlte. Ich wurde abgeholt und gefahren und an den Türen der Geschäfte erwartet. Alle Concierges kannten mich, ich erhielt Empfehlungen, was mir am besten stand, und wurde nach meiner Meinung gefragt, als wäre ich Erno Hessel persönlich. Und allmählich gewöhnte ich mich daran.

Ich war in eine hübsche Wohnung gegenüber der Île Saint-Louis gezogen, ganz in der Nähe des Hôtel de Ville, zwischen der Rue des Barres und der Rue du Pont Louis-Philippe, die ich mit dem Honorar bezahlte, das ich von den blasierten Fotografen erhielt, für die ich dank der Freundinnen von Coco und Thora in den Kleidern für die neuesten Modekataloge posieren durfte. Die besten Modistinnen und Schneiderinnen wetteiferten darum, mich zur schönsten Frau von ganz Paris zu machen.

Wenn wir auf der Terrasse des *Dôme* oder der *Rotonde* saßen, um etwas zu trinken, bestand Erno darauf, dass ich meine Schönheit zeigte. »Sei ein Stern, der die Welt erhellt«, das waren seine Worte. Er liebte es, wenn ich prächtige Kleider trug. Doch ich wusste auch, dass er es nicht gerne sah, wenn ich als Modell für die Maler arbeitete, diese »Verrückten«, wie er sie nannte und damit zur Bedeutungslosigkeit verdammte.

Mir war bewusst, dass zwischen all dem Zigarettenqualm und den Menschen, die sich berauschten, um die Nacht zu überstehen und das Leben in vollen Zügen auszukosten, meine auffällige Kleidung für ihn die beste Art war, mich nicht aus den Augen zu verlieren. Ich war tatsächlich der hellste Stern in der Nacht. Erno machte mir nichts vor – er kannte die Welt der Künstler ebenso gut wie den Luxus am anderen Seineufer. Was er vermeiden wollte, war, dass ich ständig Angebote erhielt, mich unter dem Vorwand einer neuen Ausstellung in den Ateliers auszuziehen.

»Ich bin mit vielen dieser Leute befreundet, aber … du weißt ja, wie sie sind.«

»Keine Sorge, ich habe das doch vorher nur gemacht, weil ich keine andere Wahl hatte.«

»Ich weiß.«

Die Vorstellung, dass Maler und ihre Schüler meinen Körper betrachteten, quälte ihn. In solchen Momenten wurde er ganz ernst. Dann versuchte ich, besonders liebevoll zu sein.

»Ach komm, Erno. Ich will nicht, dass du so ein Gesicht machst. Und du solltest das alles auch nicht so negativ sehen – wenn ich damals nicht für Kisling Modell gestanden hätte, wären wir gar nicht zusammengekommen.«

»Ich möchte nicht einmal daran denken, wie mein Leben ohne dich wäre.«

»Sag das noch mal.«

»Ich möchte nicht mal daran denken, wie mein Leben ohne dich wäre.«

Nach einem tiefen Blick in meine Augen beendete er das Gespräch mit einer Liebkosung. Aber auch wenn sich Erno, der immer so untadelig gekleidet war und so attraktiv wie nur wenige Männer, in diesem Moment um Sicherheit bemühte, merkte ich doch, wie seine Stimme zitterte. Wir schauten zu Boden wie jugendliche Verliebte und hoben zur gleichen Zeit wieder den Blick. Und gerade in dem Moment, als ich etwas sagen wollte, nahm er mich, vorsichtig und wie von einer seltsamen Schwermut getrieben, in die Arme und drückte meinen Kopf an seine Brust.

»Ich ertrage einfach die Vorstellung nicht, dass du nackt vor ihnen stehst«, murmelte er in mein Haar.

Als er das Wort »nackt« aussprach, wurde mir bewusst, dass ich mich für ihn bisher noch nicht ausgezogen hatte. Es war seltsam, aber es war noch nichts zwischen uns passiert. Er war ein feinfühliger Mensch, der die Zeit damit verbrachte, mich glücklich zu machen und mich in seiner Nähe zu haben. Und ich hatte keinen Grund, eifersüchtig zu sein.

Als wir an diesem Abend das *Dôme* verlassen wollten, hielt Kiki uns auf. Sie wollte, dass wir mit ihr zusammen noch zu einem »grandiosen« Fest im *Le Bœuf* weiterzogen.

»Was ist, Alice, keine Lust? Möchtest du noch ein Glas Rum?«, fragte sie wild gestikulierend an der Tür des Lokals. »Es wird euch gefallen, bitte überzeuge deinen Erno! Das wird ein großer Spaß.« Sie lachte etwas zu laut. »Komm, Erno, wenn ich nicht mit meiner Freundin tanzen kann, ist alles nur halb so schön.«

»Nein, danke. Es ist schon spät.«

»Zu spät? An diesem Ufer der Seine? Für Montparnasse ist es alles andere als spät. Fujita wird dort sein. Und Toutain, Moysès, Wiéner, Doucet ... Alle im *Bœuf*.«

An Ernos Blick erkannte ich, dass er die Entscheidung mir überließ.

»Erno hat recht, Kiki, es ist schon spät. Ich würde mich lieber von ihm nach Hause bringen lassen.«

»Kommt nicht infrage, Alice! Keine versteht es so gut wie du, sich zu amüsieren ... Oh, pardon, Monsieur! Ich meine, dass Alice weiß, wie ... Ach, ihr wisst schon, was ich meine. Alle werden da sein. Und jetzt kein Wort mehr.«

Und tatsächlich, an jenem kalten 10. Januar waren alle da. Rund um das Cabaret *Le Bœuf sur le Toit* parkten überall Autos, und am Eingang standen die Menschen Schlange. Dichter, Musiker, Geschäftsleute, Verleger ... Alle waren in die Rue Boyssy d'Anglas gekommen, um Cocteau und Moysès zu sehen, die das Etablissement betrieben. Die Jazzmusik war ohrenbetäubend und die Tische vor lauter Menschen kaum zu sehen. Kiki mit dem tiefsten Ausschnitt von allen und in Begleitung der wunderbaren Treize wies auf einen Tisch, der zufällig für uns reserviert war.

»Ich wusste, dass ihr mitkommen würdet.«

»Du weiß immer viel zu viel, Kiki«, sagte ich vorwurfsvoll, woraufhin sie mir die Zunge herausstreckte.

»Schau mal, da drüben ist Jean, ich habe ihn über Max Jacob kennengelernt. Er ist bezaubernd, brillant, leicht zu begeistern. Er kann aus jedem Menschen das Beste herausholen. Und er wohnt mit seiner Mutter zusammen.«

»Aber bist du nicht in diesen Fotografen verliebt?«, fragte ich überrascht.

»Doch schon. Aber jetzt ist es spät, und nachts ist alles möglich. Einige der Fotos da hinten sind von ihm, die neben dem Bild dort …« Sie deutete begeistert auf ein paar Fotografien, die an der hinteren Wand hingen.

»Also, wie ich das sehe, brauchen wir dringend etwas zu trinken«, meinte Erno, während er einen Kellner heranwinkte. »Wie wäre es mit Champagner?«

»Oh, perfekt. Das wäre wunderbar, richtig, Alice?«

»Richtig, Kiki.«

Genauso schnell wie Erno bestellt hatte, stand der Kellner mit einer Flasche Champagner vor uns und schenkte uns die Gläser voll.

Gleichzeitig trat Leopold an unseren Tisch, der ebenfalls eingeladen war und einen der Eigentümer kannte, Louis Moysès.

»Erno! Ist das nicht total irre hier? Das ist etwas anderes als das Ding von Charleville, was? Lass uns anstoßen, mein Freund, auf … die Frauen!«

Erno war recht abweisend zu seinem Freund, der eine Gruppe Modelle um sich geschart hatte. Und er war nicht der Einzige.

»Schau mal, dort an der Theke ist Pascin«, meinte Kiki zu Treize. »Und die Frauen um ihn herum sind auch Modelle, na ja … Modelle eben. So tritt er immer auf, umgeben von Freunden und Frauen. Immer. Egal, wo. Immer das Gleiche.«

»Ich kenne Pascin.«

»Ja? Er ist wie Jean, sie müssen nur zwei Worte laut sagen, ihr Glas heben, und schon liegt ihnen das ganze Lokal zu Füßen.«

»Aber wem gehört denn jetzt eigentlich dieses Lokal?«, wollte Erno wissen.

»Vorher haben diese Räumlichkeiten einem gewissen Charleville gehört, dem Freund eines Pianisten, den ich kenne …«

»Jean Wiéner«, erklärte Treize.

»Genau der. Und Wiéner hat vor Kurzem zu Moysès gesagt, dass die Bar *La Gaya* in der Rue Duphot zu klein geworden ist. Ich glaube, seit der Eröffnung hat sich ganz Paris dort verabredet, genau wie im *Dôme*. Daraufhin hat er sich mit Milhaud und Cocteau zusammengetan, und sie haben einen Tausch organisiert. Aber sie haben nur dabei geholfen, obwohl sie die Eigentümer zu sein scheinen.«

»Ich verstehe.«

All diese Namen sorgten noch immer dafür, dass ich mich wie ein gesellschaftlicher Trottel fühlte – ganz im Gegensatz zu Kiki, die jetzt weiter schwärmte.

»Jean ist einfach wunderbar. Er ist manchmal gekommen, um mich singen zu hören, und eines Abends hat er mir eine Kette geschenkt, die einer Königin würdig gewesen wäre.«

»Was du nicht alles bekommst …«, entgegnete Treize und nahm einen langen Schluck aus ihrem Glas.

»Sind dort nicht Thora und Nils Dardel?«

»Ja, das sind sie. Heute sind wirklich alle hier.«

»Kein Wunder, sie sind mit Marie Laurencin und Irène Lagut befreundet, die mit den Komponisten von *Les Six* zusammenarbeiten. Sie sind immer wegen des intellektuellen Geredes hier.«

»Und wegen des weniger intellektuellen Geredes.«

»Na ja, ich nehme an, sie mögen weibliche Gesellschaft.«

»Zweifellos.«

»Sicher, sicher. Ich gehe mal eben rüber und sage Nils Hallo.« Kiki sprang auf und quetschte sich durch die Menge.

»Gut, ich denke, wir sollten jetzt aufbrechen.«

Erno stand auf und nickte mir zu, und gemeinsam verabschiedeten wir uns von den Mädchen. Die Jazzmusik hallte von den Wänden wider und ließ die tulpenförmigen Lampen, die von der Decke hingen, vibrieren. Wir kämpften uns bis zur Tür vor, wo Ernos Chauffeur wartete.

»Wir sehen uns morgen, Alice!«, rief Kiki, trunken vom Geist der Nacht, und winkte mir zu. Sie hatte begonnen, auf einem der Tische zu tanzen und zu singen, während alle sie anfeuerten: »Kiki! Kiki! Kiki!«

Erno lächelte mich in komischer Verzweiflung an, und ich lächelte zurück. Nicht mal eine Sekunde später standen wir draußen in der Kälte und brachen in lautes Gelächter aus.

»Ach, diese Kiki!«, sagte er seufzend. »Sie wird sich niemals ändern. Sie ist reines Dynamit.«

»Aber …«, sagte ich, um sie zu entschuldigen, »sie ist kein schlechter Mensch. Sie ist einfach so. Voller Lebenslust.«

Erno machte seinem Chauffeur ein Zeichen, und der Wagen rollte von der anderen Straßenseite heran. Erno schien sich in der Rolle des starken Beschützers zu gefallen. Und ich? Wie fühlte ich mich? Ich war ein neuer Mensch. Unfähig, mich daran zu erinnern, woher ich kam oder wie ich vorher gewesen war. Ich sah Erno an und brauchte mir keine weiteren Fragen zu stellen.

»Ist etwas?«

»Nein, nichts. Mir ist nur kalt«, entgegnete ich.

Und das stimmte. Die Kälte war das Einzige, worüber ich mich beklagen konnte.

»Dann zieh dir das über.«

Er legte fürsorglich seinen Mantel über meine Schultern, damit die eisige Kälte dieser Januarnacht mir nichts anhaben konnte, und mit dieser Geste vertrieb er nicht nur die Kälte, sondern alle meine Bedenken. Ich nahm seine Hände und rieb sie an meinen, um mich zu wärmen. Das Leben zeigt sich am Ende von seiner guten Seite, nur dauert es manchmal sehr lange. Der Wagen hielt neben uns, und als ich den Blick hob, bevor ich einstieg, sah ich unwillkürlich noch einmal zur anderen Straßenseite hinüber. Im selben Moment hatte ich das Gefühl, ohnmächtig zu werden.

Dort stand meine Mutter.

Sie war in eine Decke gehüllt wie an den Tagen, an denen wir kein Holz hatten und uns gut zudecken mussten, damit wir in der Kälte, die durch das undichte Fenster hereinzog, nicht erfroren. Unter dem Stoff sah ich ihr blasses Gesicht und ihre traurigen Augen. Niemand achtete auf sie. Nur ich.

Sie stand wie gelähmt vor Schreck auf der anderen Seite der Straße und starrte zu mir herüber, während der eiskalte Wind an ihr zerrte. Ich sah, wie sie zitterte, diese Frau, die sich in kalten Nächten zu mir ins Bett gelegt hatte, um mich zu wärmen. Und nun war ich nicht in der Lage, das Gleiche für sie zu tun. Unschlüssig blieb ich stehen.

»Der Fahrer wartet … komm, steig ein, Liebes«, drängte Erno.

Mir zerriss es fast das Herz, und doch tat ich das Gegenteil von dem, was ich hätte tun sollen. Von der Situation überfordert und überwältigt von Mitleid stieg ich ein. So ließ ich sie stehen.

Wie betäubt ließ ich mich im Sitz zurücksinken, während ich versuchte, das Zittern meiner Hände zu unterdrücken.

»Ist dir kalt?«

»Du ahnst nicht, wie sehr.«

KAPITEL 24

Es regnete so heftig wie schon lange nicht mehr, und ich kam trotz Schirm, Handschuhen und Trenchcoat patschnass und mit steifen Fingern beim Musée d'Art Moderne an. Es gibt nichts Schlimmeres als Wind bei Regen, denn dann wird man so durchweicht wie ein Teebeutel. Immer wieder rissen Blitze den Himmel auf. Dennoch war ich zu allem bereit und hoffte auf ein Zeichen, das mein Leben erhellte. Auf »etwas«, das meiner mühsamen Suche, die sich derzeit im Kreis drehte, eine neue Richtung gab. Ich war nicht sehr viel weitergekommen mit meinen Recherchen zu Alice Humbert, deren Schicksal mich nach wie vor auf unerklärliche Weise faszinierte, und mein Leben in jenen Monaten in Paris war eine Aneinanderreihung von Fragen, Möglichkeiten, Fantastereien und Schokoladensirup. Jeden Tag probierte ich etwas Neues auf der Karte der Crêperie in der Rue Saint-André des Arts aus, sogar an den Sonntagen. Ich hatte sicher schon zwei Kilo zugenommen, aber zum Glück gab es hier niemanden, der mich von der Treppe herab mit strengem Blick musterte. Meine Tante war gestorben und hatte mir ein wichtiges Erbe hinterlassen: die Freiheit. Die Freiheit zu essen, zu reden und mir anzuziehen, was ich wollte.

Ich war keine Gefangene im goldenen Käfig mehr, sondern eine junge Frau, die selbst entschied, wo es langging.

Vielleicht etwas verwirrt und einsam, aber immerhin erlöst von dieser schrecklichen Person, die mir jede Lebensfreude genommen hatte.

Dennoch hatte ich mir meinen Aufenthalt in Paris etwas anders vorgestellt. Aus der Ferne betrachtet, war mir diese Stadt als ein Fixpunkt all meiner Träume erschienen. Doch die Renovierung meines Ladens bereitete mir einiges Kopfzerbrechen. Es war nicht leicht, mit den Schreinern und den anderen Handwerkern übereinzukommen. Sie wollten die alten Treppen abreißen, ich hingegen wollte am liebsten möglichst alles erhalten. Sie beharrten darauf, alles komplett zu entsorgen und neu zu machen, doch für mich war der Gedanke traurig, die Essenz dieses kleinen Ortes zu verlieren. Die Magie des kleinen Ladens lag nämlich genau in all den Unvollkommenheiten, den Unebenheiten, den Ecken und Kanten. Ich hatte nicht vorhersehen können, dass die Eröffnung meines Geschäfts sich wegen so vieler Details und Diskussionen so endlos hinziehen würde.

Den Schreiner hatte ich auf Empfehlung meiner Nachbarin Hélène engagiert. Und nach meinem ersten Gespräch mit den Handwerkern, die angeblich allesamt erfahrene Restaurateure waren, schien auch alles klar zu sein. Ich hatte gesagt, was ich mir vorstellte, und eine großzügige Anzahlung geleistet, aber das half nicht. Die Diskussionen gingen weiter, es war ein tägliches Hin und Her. Nicht dass ich viel Ahnung von Elektrizität, morschem Holz und Deckenrenovierung gehabt hätte, aber sie machten es mir wirklich schwer.

Ich war davon überzeugt, dass sie bei mir doppelt kassierten. Als ich Hélène davon erzählte, lachte sie. »Du darfst bei ihnen nicht zögerlich sein, sondern musst ihren Entscheidungen zuvorkommen, sonst geht das in die Hose.«

Aha.

Die Renovierung des Geschäfts ging nur schleppend voran, aber sie machte Fortschritte. Die schmalen Bodenbalken im Zwischengeschoss blieben erhalten und wurden weiß gestrichen. Und die schrägen Deckenbalken an der rechten Seite konnten, nachdem sie gereinigt, aufgefrischt und lackiert worden waren, ebenfalls gerettet werden. Die steile Treppe war unbequem und etwas schief, aber mir gefiel sie, und zum Glück konnte ich mich durchsetzen. Unten entfernten die Maler den Putz von der Wand und beließen das Mauerwerk sichtbar. Das Licht kam von überall her, durch Halogenlampen, die gut versteckt waren und optisch nicht störten. Letztendlich war es gar nicht so schwer, ich wollte doch nur die ursprüngliche Atmosphäre erhalten.

»Ich bin ehrlich, Mademoiselle, das wird schwierig, da werden wir mehr Zeit brauchen.«

»Es sei denn, Sie belassen die Wand so, wie ich es sage.«

»Darüber hätten wir uns viel früher unterhalten müssen.«

»So war es von Anfang an geplant.«

»Nein, das ist unmöglich.«

»Nein, das ist nicht unmöglich.«

»Es wird sehr schwierig werden, die Sache so hinzukriegen, wie Sie sich das vorstellen.«

»Natürlich, das verstehe ich, aber so war es nun mal vereinbart.«

»Dem will ich nicht widersprechen, aber so arbeiten wir nicht, tut mir leid.«

»Gut, dann schauen wir doch einfach, wie es läuft.«

So verliefen die Gespräche zwischen den Handwerkern und mir. Eine Art Glücksspiel. Manchmal war ich beunruhigt, dann wieder voll Vertrauen, um anschließend das Gefühl zu haben, den Verstand zu verlieren, aber vor allem die Geduld.

»Bleib hart, und lass sie deine Unsicherheit nicht spüren«, riet Hélène mir, »das merken sie sofort.«

Ich musste entscheiden, in welcher Farbe der Rahmen des Schaufensters gestrichen werden sollte und ob die schmiedeeiserne Säule und die alte Deckenlampe aus Messing so bleiben sollten, wie sie waren. In diesen Momenten des Zweifels dachte ich manchmal an Alice. Was hätte sie gemacht? Welche Farbe hätte sie gewählt?

»Wir können die Farben gleich besorgen, wir warten nur noch auf Ihre Entscheidung.«

»Ich muss noch überlegen«, entgegnete ich.

»Jegliche Verzögerung ist Ihr Problem.«

Ich biss mir auf die Zunge. Sie waren genauso ungeduldig mit mir wie ich mit ihnen.

»Blau. Es soll blau sein.«

»Ah, gut, Mademoiselle. Aber welches Blau.«

Ich dachte an Alice und zeigte in den Himmel.

»Dieses Blau.«

Ich wollte den Himmel über Paris. Der Vorarbeiter zog seufzend ein Stück Papier aus der Jackentasche, starrte eine Weile in den Himmel und notierte sich dann etwas, während er eine professionelle Miene aufsetzte. Er wollte mir wohl beweisen, dass keine weiteren Fragen nötig waren und dass seine Glaubwürdigkeit als Experte nicht in Zweifel zu ziehen war, obwohl er in diesem Moment nicht gerade überzeugend wirkte.

Und auch ich wusste nicht, ob ich das Richtige tat. Ich ließ mich von meiner Vorstellung von einer Frau aus der Vergangenheit leiten und hoffte, dass am Ende alles gut sein würde.

Die Cafeteria an der Ecke der Rue George V war an diesem ungemütlichen Morgen mein Zufluchtsort. Ich hatte mich mit Mathieu Ardisson zu einem Besuch im Musée d'Art Moderne verabredet. Das Café war voller Menschen, und ich bestellte einen Milchkaffee und fragte mich, wie weit ich noch von meinem Ziel entfernt war.

Der Kaffee und die Milch waren heiß. Der Kellner brachte mir dazu noch ein Glas Wasser, als wäre das, was vom Himmel fiel, noch nicht genug. Nachdem ich den Kaffee getrunken und mich ein bisschen aufgewärmt hatte, trat ich wieder auf die Straße.

Gegen Mittag gelangte ich fröstelnd an einen Platz in der Nähe des Museums. Eigentlich war der Plan gewesen, mein Gehirn ein bisschen auszulüften und Sauerstoff zu tanken, damit ich mir mit frischem Kopf das Gemälde anschauen konnte, auf dem Alice Humbert zu sehen war. Doch der furchtbare Regen und der Wind ruinierten meinen Spaziergang. Schließlich rannte ich, den Pfützen ausweichend, über den Bürgersteig und suchte immer wieder Schutz unter irgendwelchen Markisen.

Die Ruhe, mit der die Pariser den Regen hinnahmen, beeindruckte mich und ging mir gleichzeitig auf die Nerven. Vollkommen gleichgültig und an das schlechte Wetter gewöhnt, ignorierten sie es mit der typisch französischen Nonchalance. Ich hielt meinen Schirm aufrecht und zwang mich dazu, in einen langsameren Schritt zu verfallen, um nicht als Touristin aufzufallen. Vor der goldenen Flamme am Pont de l'Alma, die sich über dem Tunnel erhob, in dem Lady Diana verunglückt war, blieb ich eine Sekunde stehen. Dann blickte ich nach oben und betrachtete die Fenster der beeindruckenden Häuser im 8. Arrondissement. Hin und wieder unterbrach ein Donnern das anhaltende Rauschen des Verkehrs.

Zunächst wartete ich an der Tür neben dem Säulengang am Eingang in der Nähe des Schalters für Gruppentickets, doch dort drängten sich schließlich so viele Leute, die wie ich Schutz vor dem Regen suchten, dass ich mir eine Eintrittskarte kaufte und die Ausstellungsräume betrat. Mein neuer Freund Mathieu Ardisson hatte mir eine Nachricht geschickt, dass er bald da sein würde.

»Sie ahnen ja nicht, wie schwer es ist, in Paris ein Taxi zu bekommen«, sagte er, als er schließlich durchnässt und mit ärgerlicher Miene vor mir stand.

»Das habe ich schon gemerkt, es ist so gut wie unmöglich. Das ist in Madrid ganz anders.«

»Ach, meine liebe Touristin. Ich sehe schon, Sie haben Heimweh.«

»Nein, nein. Ich meine nur, dass ich hier dauernd zu spät komme, weil man in Madrid immer gleich ein freies Taxi findet. Ich muss mich noch umgewöhnen.«

»Sicher. Hier ist es wichtig, den Plan der Metro gut zu kennen.«

Ich nickte und verschwieg ihm lieber, dass ich das unterirdische Tunnelsystem von Paris lieber mied.

»Gut, wenn Sie möchten, gehen wir los. Ich bringe Sie zu dem Raum, wo das Bild hängt.«

»Hm. Ich hatte gedacht, wir könnten erst ein wenig durch die anderen Ausstellungsräume gehen, aber wenn Sie meinen …«

»Sind Sie etwa nervös?«

»Sehr«, antwortete ich hilflos.

»Es ist doch nur ein Gemälde.«

»Ja, mag sein, aber für mich ist dies ein sehr besonderer Moment. Ich bin fast ein bisschen ängstlich. Seit ich den Laden besitze, gehen mir so viele Gedanken durch den Kopf, was diese Frau betrifft, und ich komme einfach zu keiner vernünftigen Lösung.«

»Aber wollen Sie denn vernünftig sein? Man kommt doch nicht auf die Welt, um vernünftig zu sein. Die Angst ist das, was uns am stärksten lähmt und uns unglücklich macht.«

»Dabei bin ich jetzt glücklich.«

»Sie sagen das so zurückhaltend. Als Sie zum ersten Mal bei mir waren, hatte ich den Eindruck, eine Abenteurerin vor mir zu haben, die ihr Leben beherzt anpacken will.«

»Ihr Leben beginnen will, würde ich sagen.«

»Sie haben sich aufs Sofa gesetzt und waren ziemlich aufgeregt, erinnern Sie sich? Aber wild entschlossen, mir von dem mysteriösen Ladenschild, den Fotos aus dem Keller und Alice Humbert zu erzählen. Ich bin kurz aufgestanden und ans Fenster getreten, um Ihnen ein bisschen Raum zu geben, damit Sie sich entspannen konnten.«

»Ich kann mich noch gut erinnern, wie nervös ich war. Ich dachte, Sie würden mich für verrückt halten.«

»Wir sind alle verrückt! Einigen merkt man es an, anderen nicht.«

»Das bezweifle ich nicht.«

Er hatte mich zum Lächeln gebracht, und während wir zu dem Ausstellungsraum schlenderten, wo das Bild von Alice Humbert hing, verwickelte er mich in ein Gespräch.

»Was wünschen Sie sich denn von Ihrem Leben in Paris?«

»Ich weiß nicht, was ich dazu sagen soll.« Ich zögerte einen Moment und überlegte. »Es soll neu sein«, sagte ich dann.

»Ich möchte ganz von vorne anfangen. Ich möchte ein neues Leben führen. Ich möchte …« Ich zögerte erneut und senkte die Stimme. »… glücklich sein.«

»Und was hält Sie davon ab?«, fragte er.

»Ich nehme an, ich selbst.«

»Aber warum denn nur? Sie haben alles, um glücklich zu sein, Teresa. Sie leben sogar in der Stadt, in der Sie leben möchten.«

»Ja.«

»Also?«

»Ich weiß es nicht. Ich denke, dass es nicht so einfach ist, die Vergangenheit abzustreifen. Mein Zeichenlehrer hat mal gemeint, dass ich lernen müsse, von vorn anzufangen, wenn der erste Versuch misslungen sei, anstatt krampfhaft zu versuchen, die Fehler zu vertuschen. Es sei besser eine missglückte Zeichnung zu zerreißen und mit einem neuen Bild zu beginnen. Einfach von vorn anfangen. Und so ist es vielleicht auch im Leben.«

Wir gingen ein paar Schritte.

»Zu malen ist eine gute Ablenkung. Warum tun Sie es hier in Paris nicht auch?«, sagte er dann.

»Ich weiß nicht. Hier brauche ich es nicht. In Madrid ging es darum, mal etwas anderes zu tun. Mich abzulenken.«

»Wenn Sie Paris erst mal richtig kennen, werden Sie sich auch hier wieder ablenken müssen. Eine Stadt verändert nur dann etwas, wenn auch Sie sich verändern.«

Ich sah ihn verblüfft an. Was konnte ich ihm antworten? Ardisson war zweifellos ein scharfsinniger Mensch mit einer großen Empathie. Aber ich war im Moment nicht bereit, mich mit seinen so richtigen Überlegungen auseinanderzusetzen. Ich befand mich in der Stadt, in der ich sein wollte, machte das, was ich machen wollte, und zwar etwas ganz anderes als vorher. In Madrid hatte ich meine Lebensfreude verloren, und dieser Ortswechsel war für mein Seelenheil unvermeidlich gewesen.

»Waren Sie mal verliebt?«, fragte er plötzlich.

»Aber … Was soll das auf einmal? Sie klingen wie ein Journalist.«

Angesichts meines unübersehbaren Unwohlseins, musterte er mich mit gerunzelten Brauen.

»Vergessen Sie nicht, dass ich trotz meines Alters tatsächlich immer noch Journalist bin.«

»Gut, aber so eine Frage würde ich lieber einem Freund beantworten.«

»Die Antwort wird dieselbe sein, nehme ich an.«

»Hmm.«

Ich sah, wie sein Blick nachdenklich auf mir ruhte. Natürlich erinnerte ich mich ganz genau an die Zeit, als ich so glücklich wie nie zuvor gewesen war. Und auch an die Zeit, als das Unglück in mein Leben brach. Ich hielt seinem forschenden Blick stand, ohne etwas zu sagen.

Schweigend standen wir da, während draußen der Regen rauschte.

»Also gut, dann reden wir lieber über Ihren Laden.« Wir schlenderten weiter.

»Ich denke, der wird in ein paar Wochen fertig sein«, sagte ich erleichtert.

»Schon. Das sind Sie sicher froh.«

Ich nickte. »Ja. Ich kann es mir kaum vorstellen, weil die Renovierungsarbeiten so schwierig sind. Aber am Ende wird alles wunderbar werden. Das weiß ich.«

»Natürlich wird alles wunderbar werden.« Er lächelte mir freundlich zu, während wir jetzt einen neuen Saal betraten.

»Setzen wir uns einen Moment.« Wir ließen uns auf einer der Bänke nieder, und Monsieur Ardisson atmete tief durch. Offensichtlich war er erschöpft. Dann sah er mich an.

»Das Bild, wegen dem wir gekommen sind, hängt direkt vor Ihnen, Teresa.« Er sagte es ganz langsam und mit ruhiger Stimme und deutete auf ein großes Gemälde, auf dem eine wunderschöne Frau in verführerischer Pose auf einem Sofa lag, um den Hals ein auffälliges Collier aus grünen Smaragden, und dem Betrachter mit traurigen Augen entgegensah. Es war Alice Humbert.

»Was?!«, rief ich aus, und mein Herz fing an wie wild zu schlagen. »Wie können Sie das denn so plötzlich sagen.«

»Wie soll ich es denn sonst sagen. Wir sind doch nicht in der Krypta des Heiligen Grals. Es ist nur ein Bild.«

Er sah mich mit väterlicher Nachsicht an.

»Teresa …«

Ich hielt seinem Blick stand.

»… ich habe Sie hergebracht, weil dies möglicherweise der Ort ist, nach dem Sie in den letzten Monaten gesucht haben. Vielleicht finden Sie hier die Antwort auf die Frage, wer diese Frau war oder wer Sie sind.«

Ich spürte, wie mir das Blut in die Wangen stieg. Mit einem Mal kam ich mir vor wie eine Idiotin. Was würde ich hier erreichen? Nichts. Ein Bild sehen? Mich im Einklang mit einem Gemälde aus dem letzten Jahrhundert fühlen? Vielleicht hatte ich mich zu sehr in die ganze Sache hineingesteigert. Meine Sehnsucht, auf irgendeine mysteriöse Art mit dieser wunderschönen Frau verbunden zu sein, die ein so anderes Leben geführt haben musste als ich, war den Hirngespinsten einer Heranwachsenden entsprungen, die mit ihrem eigenen Leben nicht klarkam. Das Klügste, was ich jetzt tun konnte, war, mir das Bild anzusehen, einen Kaffee zu trinken und dann zusammen mit Monsieur Ardisson diesen Ort zu verlassen. Und dennoch hatte mich etwas hierhergeführt, dachte ich trotzig. Etwas Irrationales. Eine schicksalhafte Verkettung von Zufällen. Und nur, weil ich es nicht erklären konnte, musste es ja nicht falsch sein. Oder lächerlich.

»Ah, da ist er!«

»Was?«

»Mein Sohn. Ich hatte ihn gebeten, herzukommen. Er hat in den Archiven nach weiteren Fotos gesucht, er liebt die Fotografie, die Malerei …«

»Ah, sehr gut. Perfekt.«

»Wir sind hier! Hier!«, rief Ardisson und winkte einem jungen Mann zu, der gerade mit schnellem Schritt den Saal betrat.

Er tauchte aus der Menge der Museumsbesucher auf wie eine Erscheinung im Gegenlicht – mit seiner Jacke, seinem blonden Haar, das unter der Mütze hervorquoll, und seinem wehenden violetten Schal. Ich sah ihm entgegen, und mir verschlug es die Sprache. Mein Herz setzte einen Moment aus angesichts der Halluzination, der ich mich so unvermittelt gegenübersah. Das Schicksal hatte mich hierhergeführt, nach Paris, an genau diesen Ort, daran bestand nun kein Zweifel mehr.

Denn der junge Mann, der sich durch die Menge drängte, sich im Gehen lächelnd seine Handschuhe auszog und auf unsere Bank zuhielt, war … Laurent. Mein geliebter Laurent!

Ich merkte, wie mir schwindelig wurde. Das konnte nicht

sein, Laurent war tot, er war verunglückt. Nein, nein, das war nicht möglich, das bildete ich mir ein, das musste an der Anspannung liegen. Und doch stand er da. Laurent, Laurent …

Wir verharrten unbeweglich und starrten uns ein paar Sekunden schweigend an. Er wirkte genauso schockiert wie ich.

»Teresa …?«

»Laurent …?«

»Teresa!«

»Laurent!«

Ich war kurz davor, ohnmächtig zu werden. Er war nicht tot. Er war kein Geist. Er stand vor mir, und der Geruch nach Sandelholz erfüllte die Luft erneut mit allem Glück der Welt, genauso wie damals, als ich an jenem Tag in der Ausstellung vor seinem Bild gestanden hatte und seinen Atem hinter mir spürte.

Gefällt es dir?

Ein Strudel der Gefühle überrollte mich, warf mich zurück auf jeden einzelnen Tag, der vergangen war, seit er mich damals in Madrid allein mit meiner Liebe zurückgelassen hatte. Ohne seine Liebe zurückgelassen hatte. Ich sah die Überraschung in seinem Blick, genauso wie er die meine in meinen Augen sehen musste. Wir waren wie Spiegel, die sich endlos spiegelten, unfähig zu reagieren. Ich spürte, wie mir die Tränen in die Augen stiegen, und sah, wie auch seine Augen sich mit Tränen füllten.

Er sagte nichts. Genau wie ich. Wir standen da wie erstarrt.

Ardisson sah uns verblüfft an und wagte die Stille nur mit einer kurzen Frage zu durchbrechen.

»Ihr kennt euch?«

Laurent nickte stumm.

Ich machte einen Schritt auf ihn zu und warf mich in seine Arme, ohne ein Wort zu sagen. Ich konnte nichts sagen. Ich drängte mich an ihn und spürte sein Herz, das genauso heftig schlug wie meines – wegen ihm, wegen jenes Abschieds, wegen des unerträglichen Schmerzes, den sein Verschwinden mir zugefügt hatte.

KAPITEL 25

Seit Tagen ging mir das Bild meiner Mutter durch den Kopf, die, so völlig erstarrt und in ihre Decke gehüllt, an der Straße gestanden hatte. Doch es gab keinen Weg zurück. Ich hatte mich bereits genauso weit von ihr entfernt wie von meinem früheren Leben. Ich hatte nicht nur ihren Blick zurückgewiesen, sondern auch ihre Gegenwart verleugnet, als Erno mich gefragt hatte, ob ich »die Frau mit der Decke, die dich so komisch ansieht« kennen würde. Ich hatte zögernd den Kopf geschüttelt. Ich hatte Angst gehabt, meine Vergangenheit preiszugeben. Doch anschließend hatte ich mich geschämt, und je mehr Zeit verging, desto stärker fühlte ich mich von der Frau abgestoßen, zu der ich inzwischen geworden war.

Letztendlich musste ich mir eingestehen, dass ich, was meine Abneigung gegen gewisse Dinge und sogar Menschen anging, inzwischen schon sehr meiner Freundin Kiki ähnelte. Sie war eine emotionale Nomadin. Zu allem in der Lage. Es dauerte einige Tage, bis ich den Schmerz im Gesicht meiner Mutter aus meinen Gedanken verdrängen konnte, während mein Leben allmählich Fahrt aufnahm.

Manchmal, wenn wir von der Stadt genug hatten, flüchteten wir uns in ein Landhaus, in dem sich viele Künstler aufhielten. Es befand sich in der Nähe von Le Blanc. Immer gab es irgendeinen Geburtstag zu feiern wie den von

Pascin im *Dagorno*, der dort, in einen Morgenrock gekleidet, auftauchte – mit einer goldenen Melone auf dem Kopf, die ihm seine Freunde geschenkt hatten und die zu seinem Markenzeichen wurde. Dort trafen wir auf einige Bekannte von Erno – Valentine, Leopold und Isère. Und immer wieder auf junge Modelle mit wechselnden Namen und Ambitionen. Pascin malte mich mehrfach und erklärte mir, dass Gemälde »von innen nach außen« entstehen mussten. Und genauso verliebte ich mich in meinen ständigen Begleiter: von innen nach außen.

Zuerst meinte Erno, dass ich schüchtern sei, dann wunderte er sich, dass ich mich nicht mehr so freute wie anfangs, wenn er mir ein Geschenk machte. »Ich weiß nicht mehr, wie ich dich noch überraschen soll«, sagte er eines Tages zu mir, als wir in der *Rotonde* saßen. Ich hatte keine Ahnung, wie ich ihm erklären sollte, dass ich dabei war, mich so zu verlieben, wie es Pascin mit seinen Bildern ging: von innen nach außen. Und so wenig ich auch über die Liebe wusste, war ich mir doch sicher, dass das die schlimmste Art und Weise war, sich zu verlieben. Äußerlich konnte man die Angst vor dem Scheitern mit Lippenstift und anderen Farben überschminken, aber wie sollte man die Furcht im Inneren übermalen? Thora meinte, dass ich, wenn ich so weitermachte, mit diesem »langen Gesicht«, Erno noch verjagen würde. Dabei versuchte ich nur mit aller Macht, mich bloß nicht in ihn zu verlieben.

Mich nicht noch mehr in ihn zu verlieben.

Am Tag nach meiner Rückkehr aus Saint-Tropez, wo ich zusammen mit Thora, Nils, Kiki und den anderen Mädchen ein paar Tage verbracht hatte, erklärte mir Erno, dass er mit Leopold nach New York reisen wolle. Das versetzte mich in

Alarmbereitschaft. Ich war fest davon überzeugt, dass Erno Tausende Kilometer zwischen uns bringen wollte, um mir Zeit zum Nachdenken zu geben.

»Hör zu, Alice«, sagte er, »du weißt, dass ich dich aus ganzem Herzen liebe. Ich mache diese Reise, weil ich sie machen muss. Du weißt, dass ich auf dich zähle.«

Er ging unruhig im Zimmer auf und ab. Er verschränkte nervös die Finger ineinander und begann einen Satz, den er nicht zu Ende brachte. Schließlich blieb er stehen und betrachtete eine Weile unbeweglich das Bild, das über dem Kamin hing, jenes Bild, das uns zusammengeführt hatte und das mich zeigte. Die kleine Narbe an seinem Hals trat hervor, wie immer, wenn er nervös war. Es gefiel mir nicht, wenn er schwach oder verletzlich wirkte. Er war doch mein Fels. Meine Insel. Ich brauchte seine Stärke, um mich an ihm festzuhalten wie ein kleines Mädchen, das nicht schwimmen konnte.

»Du weißt, dass ich nach New York muss.«

»Ja.«

»Mach dir eine schöne Zeit mit den Mädchen und erzähl mir alles, was du machst, im Club, in Cocos Atelier, denk daran, dass du dort hingehst … Und vergiss nicht, mir zu schreiben, und vor allem vergiss mich nicht«, sagte er und knetete nervös seine Hände. Ich sah, wie seine Augen verdächtig schimmerten.

»Was ist los, Erno?«, fragte ich mit klopfendem Herzen. »Nun sag mir schon, was du wirklich sagen willst.«

Sein Blick ruhte wie gebannt auf meinem Gemälde. Inzwischen hatte er sich vorgebeugt und die Hände auf den Kaminsims gestützt. Ich fürchtete angesichts seiner seltsamen Nervosität, dass etwas in ihm vorging, was mir nicht gefallen würde. Trotz all des Flitters, der mich inzwischen umgab, hatte ich die schweren Zeiten nicht vergessen. Und nun, da ich ihn so am Kamin vor mir sah, musste ich plötzlich wieder an den Kohleofen in der Wohnung meiner Mutter und an meine Geschwister denken, wie sie sich vor dem Feuer zusammenkauerten. Mir wurde schlecht. Man konnte die Armut hinter sich lassen, aber sie ließ einen nie vollständig los. Das Leben hatte mich zu den großen Boulevards geführt, aber nachts, wenn ich schlief und meine Albträume hatte, schlenderte ich nicht mit Erno durch die grünen Parks und über breite Alleen, sondern lief durch die engen, feuchten Gassen mit dem Essen, das uns die Fresnaults als Almosen überließen.

»Na schön. Du darfst aber auf keinen Fall Nein sagen«, sagte Erno.

Er drehte sich um und sah mich mit einem aufgeregten Lächeln an.

»Es gefällt mir nicht, dass du mit Leopold reist. Er ist ein Idiot und Frauenheld«, entfuhr es mir.

»Du hättest es nicht besser ausdrücken können«, entgegnete Erno, während ich ans Fenster trat. »Du kannst mir vertrauen, Alice. Aber heute möchte ich dir vertrauen können.«

Ich sah, wie er eine Hand in die Tasche seines Jacketts steckte, während er mich mit ernstem Blick musterte.

»Natürlich kannst du mir vertrauen«, schluchzte ich nervös.

»Ich werde dich in den nächsten Wochen vermissen«, sagte Erno.

»Ich dich auch«, entgegnete ich.

Ich richtete den Blick auf den glänzenden Boden und flehte, dass er endlich zur Sache kommen sollte, da ich die Anspannung kaum noch aushielt.

»Ich denke ununterbrochen an dich, Alice«, sagte er und zog ein kleines samtbezogenes Kästchen aus seiner Tasche hervor. Dann schluckte er und beendete den Satz mit rauer Stimme:

»Und wenn ich zurückkomme, möchte ich dich heiraten.«

Er nahm einen glänzenden Ring aus dem Kästchen, auf den ich kaum einen Blick werfen konnte, so rasch wie Erno nach meiner Hand griff und ihn mir auf den Finger schob. Mir stieg das Blut in den Kopf, und ich sog überrascht die Luft ein. Ich war völlig überwältigt.

Wenn ich danach noch in der Lage gewesen wäre, zu atmen oder meine Tränen herunterzuschlucken, hätte ich ihm sagen wollen, wie sehr ich ihn liebte und wie sehr ich darunter litt, dass er verreisen musste, weil er der Mann war, der mein Leben verändert hatte, dass ich verrückt nach ihm war, dass ich …

Doch das Einzige, wozu ich imstande war, war, dumm zu lächeln und meine Arme um seinen Hals zu legen.

»Warum weinst du denn, Alice?«

Ich klammerte mich an seinen Hals und streichelte die Narbe, als wäre ich die Krankenschwester, die ihn im Krieg aufopferungsvoll gepflegt hatte. An meinem Finger funkelte der Diamant, in meinem Herzen barg ich die Hoffnung der ganzen Welt, und ich schluckte all meinen Kummer hinunter.

»Es macht mir Angst zu denken, dass wir unglaublich glücklich sein werden.«

An diesem Abend blieb ich bei ihm. Ich umarmte ihn, küsste ihn, klammerte mich an ihn und barg mein Gesicht an seiner Brust. Ich dachte an die Zerbrechlichkeit meiner Träume und die Schwäche, mit der ich mich den Malern hingegeben hatte, wenn ich mit Kiki bis zum Morgengrauen ausgegangen war. Sie hatte mir eingebläut, dass mein Körper nur ein Passierschein sei, um eine gute Zeit zu haben und Freunde zu finden. »Es ist nur ein Körper, also nutze ihn.« Doch dies war das erste Mal, dass ich mich aus Liebe auszog, und das machte mir Angst.

Ich zitterte wie Espenlaub. Mein ganzer Körper bebte.

Ich wollte nicht, dass es so aussah, als würde ich sein Geschenk mit körperlicher Zuwendung vergelten. Und bei all den Zweifeln und den Unsicherheiten, die ich empfand, erschien mir das große Paris auf einmal ganz klein. Wie viel Angst passte in eine Liebesgeschichte?

Ich hatte Angst, etwas falsch zu machen, Angst, dass, wenn ich ihm die Lust zeigte, die ich empfand, er mein mangelndes Schamgefühl bemerken würde, während ich mich ihm hingab. Ich wollte alles richtig machen und merkte, wie meine Anspannung wuchs. Ich dachte, dass es das Beste wäre, wenn dieses erste Mal rasch vorbeiginge. Verlegen bat ich ihn, das Zimmer zu verlassen, während ich mich entkleidete, ins Bett schlüpfte und darauf wartete, dass er wiederkam. Als er zurückkehrte, fand er mich wehrlos und zerbrechlich wie ein kleines Vögelchen zwischen den Kissen.

»Könntest du bitte das Licht ausmachen?«, fragte ich ihn, und vor Aufregung versagte mir fast die Stimme.

Im Zimmer war es dunkel. Doch nicht ganz.

Die Vorhänge standen offen, und das wenige Licht, das von draußen hereinfiel, reichte aus, um zu sehen, wie er sich jetzt am Fuß des Bettes auszog, ohne den Blick von mir abzuwenden. Er hatte einen muskulösen Körper und war gut gebaut. Am liebsten hätte ich die Decke zurückgeschlagen und mich ihm genähert, um die Initiative zu ergreifen. Den meisten Männern gefiel das, aber ich wollte, dass es mit Erno anders war. Nie waren wir über die Küsse, die Berührungen mit den Händen und die intensiven Umarmungen zum Abschied hinausgekommen. Erno hatte sich stets gemäßigt, was in diesem Moment, als er so vollkommen nackt vor mir stand, nicht mehr möglich war. Das Licht der Straßenlaternen erhellte sein Glied, das bereit war, unsere Liebe zu besiegeln. Er legte sich auf mich, ohne die Bettwäsche zu entfernen, drückte sich leise stöhnend an mich und flüsterte mir zärtliche Worte ins Ohr. Erno war ein intelligenter Mann mit einem begehrenswerten Körper, doch er ging etwas zu vorsichtig ans Werk. Als er sich jetzt durch den Stoff an mir rieb, hielt ich es nicht mehr aus. Ich schlug die Decke zurück, die unsere Körper noch trennte, zog ihn ungestüm an mich, und wenige Sekunden später verschmolzen wir in einer leidenschaftlichen Umarmung.

KAPITEL 26

»Man hat mir gesagt, du wärst tot.«

»Und mir hat man gesagt, dass du mich nicht mehr sehen willst.«

»Oh Laurent ... Du weißt nicht, wie mein Leben ohne dich gewesen ist ... Du darfst nie mehr fortgehen, versprich mir das.«

Er seufzte wohlig erschöpft und ließ sich lächelnd ins Kissen zurückfallen. Dann wandte er sich mir zu und sagte:

»Teresa, meine Liebste.«

KAPITEL 27

»Sag mir, dass du alle Zeit der Welt für mich hast, wenn du zurückkommst.«

»Sag mir, dass du nicht erwarten kannst, dass ich aus New York zurückkehre.«

»Erno … Hör nicht auf, an mich zu denken, versprich mir das!«

Er seufzte wohlig erschöpft und ließ sich lächelnd ins Kissen zurückfallen. Dann wandte er sich mir zu und sagte:

»Alice, meine Liebste.«

KAPITEL 28

Wir liebten uns die ganze Nacht. Mehrere Male, bis wir erschöpft und müde aufhören mussten. Die Unruhe, die wir in den ersten Momenten in unseren wieder so jugendlichen Herzen verspürten, hemmte unser Verlangen, uns zu umarmen, zu streicheln und zu küssen, das sich erst einmal befreien musste. Doch unsere Ungeschicklichkeit konnte unsere Lust nicht bremsen. Ich hatte das Gefühl, erneut meine Jungfräulichkeit zu verlieren, mit den gleichen Ängsten und dem gleichen Begehren. Dabei tauschten wir nur wenige atemlose Worte aus, die wir gleich mit wilden Küssen erstickten, wir hüllten uns ein in Liebesschwüre, Erinnerungen und Versprechungen, als ob es kein Morgen gäbe.

Es war uns unmöglich einzuschlafen, und als der Tag anbrach, fiel das Licht so hell auf unsere Gesichter, als wollte es uns sagen, dass nun auch in unserem Leben die Sonne aufgegangen war. Erst da begannen wir zu reden.

»Ich habe andere Männer kennengelernt, weißt du, aber nichts war von Dauer. Alle haben mich an dich erinnert, aber keiner war wie du. Es war, als würde ich in den Körpern der anderen nur nach dir suchen. Ich bin sogar nach Paris gefahren, um dich zu suchen. Du hattest mal eine Adresse erwähnt …«

»Wir sind mehrfach umgezogen«, fiel Laurent mir ins Wort. »Wir sind wie auf der Suche nach etwas oder um vor einem Problem davonzulaufen von einem Haus zum anderen geflohen.«

»Wir? Was ist denn passiert, Laurent? Dein Vater war doch damals krank.«

Sein Gesicht verdüsterte sich.

»Mit meinem Vater habe ich kaum noch Kontakt. Ich bin nur nach Paris gekommen, um ihm bei seiner Ausstellung zu helfen. Er hat mich regelrecht angefleht, herzukommen, um an seiner Seite zu sein und ihn zu unterstützen. Deswegen bin ich hier.«

»Erzähl mir alles«, sagte ich leise.

Er antwortete nicht sofort, sondern wandte den Blick zum Fenster, wo die Sonne auf die Dächer schien.

»Ich weiß nicht, wo ich anfangen soll.«

Er seufzte.

»Laurent ...«, begann ich zögernd. »Es ist viel Zeit vergangen, aber das heißt nicht, dass wir uns nicht mehr vertrauen können.«

»Das weiß ich doch.«

Er atmete tief durch und schien sich auf einmal unbehaglich zu fühlen.

»Mein Vater wird bald sterben.«

»Dein Vater? Mathieu Ardisson?«

»Ja.«

»Oh, das wusste ich nicht. Ich habe nicht bemerkt, dass es ihm schlecht geht. Er hat nie eine Schwäche gezeigt. Oder ich war zu unaufmerksam, und es ist mir nicht aufgefallen. Ich glaube, diese Sache mit den Fotos hat mich für alles andere blind gemacht ...«

»Auch er ist von dieser Geschichte sehr eingenommen.«

Laurent lächelte ein wenig bitter. Mit einem Mal stand eine große Traurigkeit zwischen uns. Wir setzten uns im Bett auf und lehnten uns ans Kopfteil, um besser miteinander reden zu können. Ich war niedergeschlagen. Der alte Ardisson, mein Vertrauter, der Vater meiner großen Liebe, würde bald sterben.

»Teresa, mein Vater und ich … Wir haben uns nie gut verstanden. Ich bin vor ihm geflohen, weil ich ihn nicht mehr ertragen konnte.«

»Aber …«

»Ein paar Monate, nachdem wir uns kennengelernt hatten, haben meine Eltern bei mir angerufen. Ich hatte das Gefühl, bei ihnen sein zu müssen, und deshalb bin ich nach Hause zurückgekehrt. Aber kaum war ich dort, ist mir klar geworden, wie furchtbar die Beziehung zwischen meinen Eltern inzwischen war. Meine Mutter war immer so lebenslustig gewesen, so wunderbar, liebevoll und amüsant. Sie hat die ganze Zeit gesungen und mich ständig umarmt, als wäre ich noch immer ein kleiner Junge. Und auf einmal hat sie kaum mehr den Blick gehoben und den ganzen Tag heimlich Alkohol getrunken. Ich habe eine ganze Weile gebraucht, um zu verstehen, was los war. Dann habe ich alles versucht, um sie abzulenken, habe sie jeden Tag aus dem Haus gelockt, bin mit ihr in Cafés, ins Theater oder in Konzerte gegangen. Die Nachmittage und die Abende hatte ich nur für sie reserviert, um mit ihr zusammen zu sein und Pläne zu machen – und wenn es nur ein kurzer Spaziergang und ein Kaffee in den Tuilerien war. Doch wenn wir zurück nach Hause kamen, war sie wieder wie vorher, voller Angst, und ihr Kummer war so groß, sie konnte dieses Leben nicht mehr ertragen.«

»Du hast getan, was du konntest.«

Auf einmal waren Laurents Augen gerötet und füllten sich mit Tränen.

»Ich weiß nicht, ob ich wirklich alles getan habe. An einem Abend, an dem wir eigentlich ins Theater gehen wollten, hat sie sich umgebracht. Sie hat mir gesagt, dass es ihr gut gehe, dass ich lieber mit meinen Freunden ausgehen solle, weil sie müde sei. Und ich habe ihr geglaubt, bin etwas trinken gegangen und spät in der Nacht zurückgekommen. Mir ist gar nicht aufgefallen, dass sie bewusstlos im Wohnzimmer lag. Die Ärzte haben gesagt, dass man sie noch hätte retten können, wenn jemand bemerkt hätte, dass sie die ganzen Tabletten geschluckt hat … Aber mir ist gar nicht aufgefallen, dass sie nur wenige Meter von mir entfernt dabei war zu sterben. Ich habe es nicht gemerkt. Ich bin in mein Zimmer gegangen.«

»Und dein Vater?«

»Er hat morgens die Polizei und den Arzt gerufen, bevor er mir Bescheid gesagt hat. Und dann hat er auf ihre Ankunft gewartet und mich einfach weiterschlafen lassen, bis ich von den Geräuschen wach wurde. Er hat es gewusst. Er hat es die ganze Zeit gewusst. Er wusste, wie schlecht es ihr ging, dass sie trank. Er wusste, dass das passieren konnte, und er hat kein bisschen Reue gezeigt. Man hat sie zugedeckt und auf einer Bahre hinausgetragen, und er hat mit dem Rücken zu ihr telefoniert, um nicht zusehen zu müssen. Eine der Stimmen am Telefon kam mir bekannt vor, die Stimme einer Frau, die ihn bat, Ruhe zu bewahren. Den Rest kannst du dir vorstellen. Ich konnte keine Minute länger in diesem Haus bleiben, wollte ihn nicht mehr sehen, konnte nicht mal mehr die Sachen meiner Mutter zusammenpacken. Seitdem kann ich an nichts anderes mehr denken. Er hätte sie retten können.«

»Glaub das nicht …«

»Doch. Das glaube ich«, sagte er, ohne den Blick zu heben.

Ich nahm seine Hand und sah ihn mit festem Blick an.

»Niemand hat Schuld am Tod deiner Mutter«, sagte ich. »Auch dein Vater nicht.«

»Wie kannst du dir da so sicher sein?«, gab er klagend zurück.

»Laurent. Dein Vater ist alt. Und er ist krank. Hör auf zu hadern. Was bringt das jetzt noch? Er ist dein Vater. Der Einzige, den du noch hast. Und er hat nicht mehr lange Zeit.«

»Mag sein. Aber ich bin ihm nicht ähnlich. Ich bin nicht wie er.«

Er stöhnte, und seine Augen füllten sich erneut mit Tränen.

»Und … warum bist du dann gekommen?«

Laurent sah mich schweigend an, dann zuckte er mit den Schultern.

»Ich weiß, dass viel Zeit vergangen ist, und ich weiß auch, dass er seine Krankheit benutzt, um mich an seiner Seite zu haben, aber … Ich kann nicht noch mehr Schuld ertragen. Ich würde es nicht überstehen, so stark bin ich nicht. Außerdem ist diese Ausstellung der französischen Frau gewidmet, und weil ich meinen Vater kenne, weiß ich, dass das seine Art ist, meine Mutter um Verzeihung zu bitten. Ich habe ihre Hände auf dem Plakat erkannt, das in der Druckerei vorbereitet wird. Ich werde ihre zarten Hände niemals vergessen.«

Ich legte meinen Arm um ihn.

»Wenn das so ist, dann verweigere deinem Vater diese Zeit mit dir nicht, Laurent. Ich könnte dir helfen, ihm wieder näherzukommen.«

Damit wollte ich ihm sagen, dass auch ich ihm dann wieder näher sein würde. Laurent war mehr als fünfzehn Jahre aus meinem Leben verschwunden gewesen, und der Zufall hatte ihn wieder zu mir geführt. Doch ich konnte in seinem Gesicht sehen, dass er seinem Vater noch nicht verziehen hatte und dass seine Anwesenheit in Paris nur den Umständen geschuldet war. Er war bereit, die Ausstellung, seinen Vater und die Erinnerungen zu ertragen. Für eine gewisse Zeit. Aber dann würde er wieder verschwinden. Ich wartete, bis sein Atem sich beruhigt hatte, und legte meinen Kopf an seine Brust. Unfähig, einen vernünftigen Satz zu formulieren, stammelte ich:

»Und ich? Was ist mit uns? Mit unserem Paris? Von dem wir damals geträumt haben. Du wirst wieder gehen, oder?«

Er sah mich unglücklich an.

»Ich weiß nicht, was ich machen soll, Teresa. Ich werde meinem Vater bei der Ausstellung helfen, weil das sein letzter Wunsch ist, aber ich fürchte, dass ich seine Nähe nicht lange ertragen kann.« Er presste die Lippen aufeinander.

Ich schluckte. Auf einmal verspürte ich eine hohle Taubheit, die es mir unmöglich machte, seine Gründe zu verstehen.

KAPITEL 29

Einige Tage, nachdem Erno nach New York abgereist war, begann ich mit der Arbeit im Atelier von Coco Chanel. Diesen außergewöhnlichen Ort würde ich wohl kaum jemals vergessen. Coco war die absolute Herrscherin über ein diszipliniertes Heer an Modistinnen, die an breiten Tischen voller Stoffe, Scheren und Garnen arbeiteten. Die jungen Schneiderinnen summten ständig das gleiche Lied vor sich hin, welches das musikalische Thema ihres Arbeitstages zu sein schien, der für sie Routine, für mich jedoch ein Ereignis war, das ich angesichts meiner Faszination nicht in Worte fassen konnte. Ununterbrochen trafen Damen der vornehmen Pariser Gesellschaft mit ihren Dienstmädchen ein, die sich von Mademoiselle Chanel beraten ließen, ohne je zu protestieren. Für Coco waren diese feinen Damen einfach nur Kundinnen, die sie auf ihre kühle, unpersönliche Art behandelte. Ihr Auge in Sachen Mode war unbestechlich, und die Damen bewunderten sie. Ständig kamen Briefe, Päckchen, Pakete aus dem Ausland, Geschenke und andere Dinge.

»Stell es dort ab«, sagte sie lässig zu den Botenjungen, nachdem sie ihnen ein Trinkgeld gegeben hatte. Sie sah den jungen Männern niemals ins Gesicht. Vielleicht um keine falschen Hoffnungen zu wecken, falls einer von ihnen ihrem Liebhaber Boy Capel ähnlich sah.

Mich erinnerte Coco Chanels Atelier an einen strahlenden Ballsaal, in dem sich alles mit der Exaktheit von tanzenden Paaren bewegte, darunter ich als eine der Schneiderinnen. Mama wäre glücklich gewesen, wenn sie mich hier arbeiten gesehen hätte. Manchmal überkam mich der Wunsch, ihr ein Modellkleid aus dem Atelier zu bringen, das nicht mehr gebraucht wurde, oder ihr zu erzählen, wie es an diesem Ort zuging.

Das Atelier war immer voller Leben. Wenn die reichen Damen wie Prinzessinnen mit Begeisterung von ihren Reisen nach Deauville oder Nizza erzählten, von den Hotels in Saint-Tropez, gab das uns Mädchen an unseren Schneidertischen genügend Stoff für unsere fröhlichen Scherze. Schweigend lauschten wir ihren Berichten und stellten fest, dass die Kundinnen nur über ihre Liebhaber, Generäle in schmucken Uniformen, Bücher, Möbel, Kristall von Lalique, Schmuck von Cartier und Kinofilme sprachen, in denen die Kleider zu sehen waren, die sie gern haben wollten. Coco reagierte in solchen Momenten, wenn sie düsterer Stimmung war, mit Widerwillen. Sie hasste Verzierungen, weil ihr jeglicher überflüssiger Schmuck zuwider war, jegliche Verkünstelung landete sofort im Mülleimer. Genauso wie sie einen zu dekorativen Entwurf anstandslos zerknüllte, machte sie sich über die Geschmacklosigkeit ihrer Kundinnen lustig, die, je reicher sie waren, desto mehr Putz und Pomp verlangten. Und ihre Antwprt lautete stets »Nein«.

Coco, die eigentlich Gabrielle Chasnel hieß, war eine zierliche Frau mit einer enormen inneren Stärke. Und allmählich begriff ich, wie angemessen diese vier Buchstaben des kurzen und einprägsamen Namens waren, den sie für sich gewählt hatte. Ich bewunderte ihre Durchsetzungskraft, und sie war der letzte Stein auf der Mauer, die ich zwischen meinem alten und meinem neuen Leben errichtete. Auch ich lernte, Nein zu sagen, was Kiki und die anderen Mädchen furchtbar spießig fanden.

»Liebe schließt ein bisschen Spaß nicht aus, meine Liebe.«

»Ich bin einfach erschöpft, wenn ich abends aus Cocos Atelier herauskomme«, redete ich mich heraus, um nicht an ihren nächtlichen Eskapaden teilnehmen zu müssen. »Ich muss morgens früh aufstehen, ich will etwas lernen. Das habe ich Erno versprochen.«

»Oh Gott, wie langweilig! Die zukünftige Madame Hessel ist eine Langweilerin.«

»Du weißt, wie sehr ich mir wünsche, dass er zurückkommt.«

»Ach wirklich? Das ist mir noch gar nicht aufgefallen! Wenn das so weitergeht, gehen mir bald die Freundinnen aus, mit denen ich um die Ecken ziehen kann. Zum Glück gibt es noch die Männer.« Sie lachte. »Außerdem sind meine Chancen, seit du vom Markt bist, wieder gestiegen.«

»Wenn Erno zurück ist, machen wir wieder was zusammen. Bis dahin möchte ich die Zeit bei Coco nutzen. Es ist so spannend dort, das kannst du dir gar nicht vorstellen. Und sie hat mir gesagt, dass sie mir helfen wird, wenn ich eines Tages meinen eigenen Laden eröffne.«

»Hast du das denn immer noch vor?«

»Das weißt du doch.«

Kiki schwieg und kniff die Augen zusammen, während sie mich prüfend ansah. Das Beste und gleichzeitig Schlimmste bei meiner Freundin war, dass sie meine Gedanken lesen konnte und, ohne dass wir darüber sprachen, meine Sorgen erahnte. Ich hätte zu gern gewusst, was sie in diesem Moment dachte, doch ich fragte lieber nicht, um nicht komplett auseinandergenommen zu werden.

»Ich möchte, dass du weißt, dass ich immer an deiner Seite sein werde, Alice. Wie damals, als du, mit Farbe und Lippenstift beschmiert, aus den Ateliers der Maler gekommen bist«, sagte Kiki, während wir das Café verließen.

Dann wechselte sie mit einem Fingerschnippen das Thema, zog sich die Lippen nach, hakte sich bei mir ein und begleitete mich ins Atelier. Dieses Fingerschnippen hallte in meinen Ohren nach. Kiki wusste, dass ich eine Frau war, die aus jenem anderen Paris kam, in dem man keine feinen Chiffonkleider trug und nicht am Ausgang der Restaurants gedankenverloren mit seinen Perlenketten spielte. Ich kannte den Geschmack von Zwiebeln und hatte um ein Stück Käse gebettelt, um es mit meinen Geschwistern zu teilen. Meine größte Angst war, in der feinen Gesellschaft tief zu fallen. Ohne Erno konnten sich mit einem Schlag all die Türen schließen, die mir nun offen standen. Aber Erno würde zurückkommen aus New York, daran wollte ich fest glauben. Alles wird gut gehen, sagte ich mir, während wir schweigend nebeneinanderher gingen. Wenig später verabschiedete ich mich von Kiki, die wohl ahnte, welch trüben Gedanken ich nachhing.

»Nun mach nicht so ein Gesicht, Alice. Wahre Freundinnen kann auch ein Mann nicht trennen, auch nicht zwei. Du weißt, dass ich immer für dich da bin.«

»Das weiß ich, Kiki.«

»Vergiss nicht, dass Leopold ein Playboy ist, und Erno ist sein Freund. Sie sind Männer, und Männer …«

»Bitte hör auf«, entgegnete ich.

»Ich sage dir das, weil mir etwas an dir liegt. Mach nicht zu viele Pläne. Die Männer sind anders als wir. Sie …«

»Schluss jetzt!«

Auch wenn ich es nicht wahrhaben wollte, war mir klar, dass ich Kiki zum Schweigen bringen wollte, um meine eigenen Bedenken nicht zu hören. Vielleicht hatte sie recht. Wer wusste schon, was in New York passierte. Wer wusste, ob Erno wirklich wiederkam, jetzt, wo er mit Leopold umherzog. Aber ich wollte so sehr, dass alles ein gutes Ende nehmen würde.

Kiki nickte mir zu.

»Ich muss jetzt los, meine Süße, ich werde erwartet«, sagte sie und schüttelte kokett die Spitzen ihres à la Garçonne geschnittenen Haars. »Ich will nicht eine Minute meiner kostbaren Zeit vergeuden!«

Die Königin von Montparnasse war wieder in irgendeine Liebelei verstrickt, die wie immer von viel Rum und Gesang begleitet sein würde. Inzwischen hatte sie es mit ihren Chansons zu einigem Ruhm auf den Bühnen gebracht, außerdem malte sie und ließ sich von ihrem Dauerliebhaber Man Ray für alle möglichen Magazine ablichten. Immer nackt. Scham- und furchtlos. Meine geliebte Kiki war der Mittelpunkt von Paris und nutzte die täglichen vierundzwanzig Stunden mit einer Leidenschaft, die sie jeden Tag sterben ließ, um sogleich wie ein Schmetterling wiedergeboren zu werden. Ich hingegen hielt mich zurück, um der Versuchung aus dem Weg zu gehen. Und ich war auch viel ängstlicher als sie.

Während Kiki also wagemutig ihrem nächsten Abenteuer entgegenging, betrat ich das Atelier in der Rue Cambon. Dabei dachte ich, dass Kiki meinen Schwachpunkt entdeckt hatte – meine Angst vor der Zukunft. Damit Träume wahr werden, muss man sie immer wieder träumen, und ich hatte so viel Angst, Erno zu verlieren, dass ich kaum zwei Stiche hintereinander nähen konnte. Diejenige, die mir früher Sicherheit gegeben hatte, hatte ich in der Rue Mouffetard zurückgelassen, ich hatte sie auf der Straße verleugnet, und nun brauchte ich andere Sicherheiten. Der Schlüssel zu meinem Glück war nun Erno. Von ihm hing meine Zukunft ab. Und all mein Bestreben, mich konzentriert den Scheren, Stoffen und Garnen zu widmen, war vergeblich.

Ich war immer noch mit meinen Gedanken über meinen Platz in der Welt beschäftigt, als ich bemerkte, dass Coco, wie immer von Kopf bis Fuß in Schwarz gekleidet, auf mich zusteuerte. Sie sah mich geistesabwesend aus dem Fenster starren, und ich wandte mich rasch wieder meiner Arbeit zu. Zu meinem Pech hielt ich gerade ein Kleid in den Händen, das für Madame Arnauld, eine Freundin der Chefin, bestimmt war. »Regel Nummer 1: immer aufmerksam sein. Regel Nummer 2: den Stoff nicht ruinieren.« Erschrocken stellte ich fest, dass ich mich wohl geschnitten haben musste, denn ein paar Tropfen Blut waren von meinem Finger auf das teure Modellkleid gefallen.

»Es tut mir leid, Mademoiselle Chanel!« Aufgeregt wischte ich mir das Blut, das über meine Hand lief, am Rock ab.

Genauso entsetzt wie ich, reichte Coco mir ihr Taschentuch, damit ich damit die Wunde verband.

»Alice, du hast dich an der Schere geschnitten und es nicht einmal bemerkt.«

»Das wird nicht noch mal passieren«, sagte ich, beschämt, dass ich den Stoff beschmutzt hatte.

»Natürlich wird das nicht noch mal passieren.«

Ich senkte den Kopf.

»Was ist mit dir los, Alice? Ich habe dich als eine überaus selbstsichere junge Frau kennengelernt, die weiß, was sie will.

Und jetzt stehe ich vor einem Mädchen, das sich aufführt, als hätte es zum ersten Mal eine Großstadt betreten.«

»Es tut mir leid.«

»Ich weiß, dass es dir leidtut. Was ich wissen will, ist, was mit dir los ist?«

Die anderen Schneiderinnen senkte die Köpfe und taten so, als würden sie nicht zuhören.

»Konzentriert euch auf eure Arbeit!«, sagte Coco streng.

»Es ist … Wie soll ich sagen? Ich habe Angst.«

»Angst? Wovor?«

»Na ja, Angst, Sie zu enttäuschen, Ihre Erwartungen nicht erfüllen zu können.«

Sie sah mich schweigend an, die eine Hand in die Taille gestützt, die andere auf meinem Tisch, auf dem neben der Schere ein Blutfleck zu sehen war. So blieb sie eine Weile stehen und musterte mich mit ihren wachen Augen. Ich hatte den Eindruck, dass sie mir nicht glaubte, und schließlich war ich ehrlich.

»Ich bin nicht die Frau, die ich zu sein scheine. Und ich fürchte, dass Erno es merken wird«, sagte ich leise.

In ihrem Blick spiegelten sich die unterschiedlichsten Emotionen. Dann griff sie nach der Schere, schnitt in den Stoff mit dem Blutfleck und riss ihn entschlossen auseinander.

»Was tun Sie da? Ich hätte ihn reinigen können!«

»Meine liebe Alice, das ist nur ein Stück Stoff für ein Kleid. Madame Arnauld kann sich Hunderte solcher Kleider leisten. Mehr sogar. Ich kann sie mühelos davon überzeugen, dass sie besser eine andere Farbe, einen anderen Schnitt, einen anderen Stoff wählt. Was ich jedoch nicht kann, ist einen Mann davon zu überzeugen, eine Frau zu lieben. Erno liebt dich. Ich kenne ihn gut, und es gibt keine Schere, die seine Gefühle zerstören kann.«

Sie drehte sich um, und als sie die Tür ihres Büros erreichte, wandte sie sich noch einmal um.

»So was darf nicht noch mal passieren!«, warnte sie mich vor den anderen Mädchen im Atelier. »Also konzentrier dich!«

Am Ende dieses Arbeitstages kam ich erschöpft nach Hause. Meine kleine Wohnung war so gemütlich, dass ich beinah vergaß, dass ich bald umziehen würde. Wenn Erno aus New York zurückkam. Noch immer hatte ich Cocos Stofftaschentuch um meine Hand gewickelt. Als ich das verklebte Tuch vorsichtig löste, stellte ich fest, dass das Blut auf meine Handfläche eine zusätzliche Linie gezeichnet hatte, die meine Lebenslinie durchschnitt. Es erschien mir wie ein böses Omen.

Ich ging ins Bad, um das verkrustete Blut abzuwaschen, und als ich in den Spiegel blickte, sah ich mein ängstliches, vom Pessimismus gezeichnetes Gesicht, das mir auf einmal ganz fremd erschien. Traurig ging ich ins Schlafzimmer und suchte im Schrank nach dem Smaragdcollier, das Erno mir am Abend der Party bei Coco Chanel geschenkt hatte. Ich strich mit den Fingern darüber, als würde ich über die Narbe an seinem Hals streichen. Dann sah ich, wie sich die grünen Steine plötzlich rot verfärbten. Meine Wunde hatte sich wieder geöffnet, und das Blut befleckte die kostbaren Smaragde.

Ich hielt das Collier in meinen zitternden Händen und begann zu weinen.

KAPITEL 30

Ernos Rückreise verzögerte sich offenbar, und Kikis Worte über die Männer machten mich völlig fertig. Wenn er noch länger fortblieb, würde ich ihr wahrscheinlich irgendwann recht geben. Immer wieder musste ich das Atelier vorzeitig verlassen, um mir die Schläfen zu kühlen, weil mir ganz schwindelig wurde. Inzwischen war ich hoch nervös. Ernos lange Abwesenheit macht mir mehr und mehr zu schaffen. New York war so weit weg, dass ich immer wieder die Tage der Überfahrt zählte, als ob ich damit die Maschinen des Schiffes antreiben könnte, wobei das Einzige, was schneller wurde, mein Herzschlag war. Jedes Mal, wenn ich daran dachte, wie Erno über den unendlichen Ozean blickte, wurde mir ganz schlecht vor Aufregung. Da ich mir einbildete, dass er jeden Tag zurückkommen könnte, sah ich immer wieder auf die Uhr und ordnete eilig meine Sachen im Atelier, um nach Hause gehen zu können. Ich war völlig ruhelos, was meiner Chefin nicht entging.

»Am liebsten würde ich ihm entgegenschwimmen.«

Coco schien mich zu verstehen.

»Nervosität ist das deutlichste Zeichen, dass es um wahre Liebe geht«, meinte sie gedankenverloren.

Da verstand ich, dass sie über sich selbst sprach. Über ihren Verlust. Und mit einem Mal wurde mir klar, dass ich noch hoffen konnte, sie aber nicht. Und dass das Warten sowohl beängstigend als auch voller Vorfreude war.

»Dein Erno wird schon wiederkommen. So Gott will«, fügte sie hinzu und schob den Stoff zurecht, der unter meinen zitternden Händen halb vom Zuschneidetisch gerutscht war. Schnell erledigte ich die Schneiderarbeiten und flüchtete mich nach Hause. Cocos »So Gott will« hatte meine Angst erneut geschürt. Um mich zu beruhigen, nahm ich ein Bad. Ich saß in der Wanne, umgeben von Schaum, und dachte an Erno, der jetzt sicher mitten auf dem Ozean war.

Ich nahm die Seifenblasen in die Hand und pustete sie weg, als wollte ich in die Segel eines Schiffs blasen, um die Fahrt zu beschleunigen.

Und dann tat ich, was ich jeden Abend getan hatte, seit Erno nach New York abgereist war: Ich wartete auf ihn. Ich machte mich für ihn schön, im Fall, dass er endlich zurückkommen würde. Ich wählte das Kleid aus, das mir am besten stand, überprüfte, ob mein Haar perfekt saß, parfümierte mich, und nachdem ich unzählige Male zwischen dem Bad und dem Ankleidezimmer hin- und hergelaufen war und immer wieder in den Spiegel geschaut hatte, legte ich mir das Collier um. Erno sollte die Alice vorfinden, die er erwartete. Die strahlend schöne Alice. Ich stellte mir vor, wie ich mich vor Erleichterung und Wiedersehensfreude weinend in seine Arme stürzen würde. »Ich dachte, dass du nicht mehr kommen würdest, ich dachte, du hättest mich vergessen, ich dachte …«

Die Deckenbalken vibrierten, weil jemand die Treppe heraufkam. Ich straffte mich und lächelte erwartungsvoll.

Jemand blieb vor der Tür stehen und klopfte.

KAPITEL 31

Einer der Vorteile des Glücklichseins ist, dass man in Sekunden an der Tür sein kann. Ein sympathischer Junge stand vor meiner Wohnung und fragte nach Mademoiselle Humbert.

»Das bin ich. Alice Humbert.« Mein Herz klopfte voller Vorfreude.

»Dieser Brief ist für Sie.«

Ich riss ihm den Umschlag aus den Händen. Doch der Absender war nicht der, den ich erwartet hatte.

Der Brief war von den Fresnaults. Im Absender war nicht angegeben, wer von den beiden ihn geschickt hatte, aber ich nahm an, dass er von Monsieur Fresnault stammte, da ich seine Schrift zu erkennen glaubte. Vorsichtig öffnete ich den Umschlag und entfaltete das Papier, auf dem die folgenden Zeilen standen:

Liebe Alice,

vielleicht hätten wir Dir früher schreiben sollen. Du musst wissen, dass wir Dich immer noch sehr gernhaben und niemals Deine liebe Gesellschaft vergessen werden. Du warst stets so freundlich zu uns. Du bist lange nicht mehr da gewesen, Alice, und wir hoffen, dass Deine Abwesenheit einfach nur bedeutet, dass das Leben großzügig zu Dir war und Dir Deine Träume erfüllt hat. Und dass der Weg, den Du gewählt hast, der ist, den sich Deine Familie immer für Dich gewünscht hat.

Meine Frau und ich haben Dich noch sehr gut in Erinnerung – Du warst immer so ein sonniges Kind und später ein so reizendes junges Mädchen – und nun bist Du sicher eine glückliche Frau geworden. Sicher hat Dich Dein Schutzengel so gut behütet, wie unser Schutzengel uns behütet hat. Wir wünschen Dir, dass das auch in Zukunft so sein wird. Wir vertrauen darauf, dass Du uns eines Tages besuchen wirst, denn Du warst und bist uns stets willkommen. Es hat ein wenig gedauert, bis wir Dich ausfindig gemacht haben. Es gibt leider eine schlechte Nachricht. Deine Mutter ist verstorben, sie war lange Zeit krank, und der liebe Gott hat sie nun zu sich genommen, und auch Deine Geschwister sind nicht mehr da …

Ich merkte, wie ich keine Luft mehr bekam. Mama war gestorben. Ich schüttelte den Kopf und zerknüllte das Papier in meinen Händen, weil ich es nicht ertragen konnte, noch ein weiteres Wort zu lesen. Unten in den Straßen war eine Musikkapelle zu hören, und die Leute tanzten ausgelassen auf den Bürgersteigen. Wie betäubt lehnte ich meinen Kopf an den Fensterrahmen, während die Musik da draußen lustig weiterspielte. Die Fröhlichkeit der anderen vermischte sich mit der unglaublichen Traurigkeit, die meine Wohnung mit einem Mal erfüllte. Die Leute sangen, und ich war vom Schmerz überwältigt. Mir wurde ganz kalt – so kalt, wie meiner Mutter wohl gewesen sein musste, in jener Nacht, in der ich sie verraten hatte. Der Kummer durchdrang meinen Körper, bis ich schließlich in Tränen ausbrach. Ich spürte, wie das Blut in meiner Halsschlagader pochte, und während ich versuchte, den Tod zu begreifen, die Musik auszublenden, zu atmen, mich irgendwie auf den Beinen zu halten, ging mir das Bild meiner Mutter nicht aus dem Kopf, die frierend unter ihrer armseligen Decke auf der Straße stand und mich anstarrte, während ich so tat, als hätte ich sie nicht gesehen und in Ernos glänzende Limousine stieg. In jener Nacht war ich vor ihr geflohen, vor mir selbst und meinem alten Leben – ohne zu wissen, dass ich sie zum letzten Mal lebend sah, während sie erwartungsvoll zu mir herüberschaute. In gewisse Weise waren wir beide gestorben. Mit einem Unterschied: Ich hätte mich verabschieden können.

Ich ließ den Brief zu Boden fallen und starrte unglücklich auf die Tür, durch die der Botenjunge verschwunden war. In meinem ganzen Leben würde ich mich nicht mehr so schlecht fühlen. Ich würde nie wieder so viel Entsetzen vor mir selbst empfinden. In diesem Moment wurde mir bewusst, dass ich allein war und dass es für immer so sein würde. Wer vor der Wahrheit floh, musste irgendwann über sie stolpern. Man glaubt immer, dass man ewig lebt und dass man noch genug Zeit haben wird, um seine Fehler zu korrigieren, aber so ist es nicht. Die Fehler verschließen uns die Augen, bis es zu spät ist.

Plötzlich konnte ich es in der Wohnung nicht mehr ertragen. So wie ich war, in meinem schönen Kleid, in den Duft des Parfüms und mein Unglück eingehüllt, lief ich hinaus auf die Straße.

»Entschuldigen Sie«, sagte ich zu einem der Trommler, als ich mich an ihm vorbeidrängte, während ich mir die Tränen abwischte.

Ein Musiker, der eine Fahne schwenkte, fasste mich um die Taille und machte ein paar Tanzschritte mit mir.

»Komm, meine Schöne!«

»Lass mich!«, schrie ich.

Der betrunkene Musiker, der mich an der Hüfte festhielt, lachte und versuchte mich zu küssen, und ich riss mich los, rannte zwischen der ausgelassenen hüpfenden Menge hindurch, stolperte gegen die Leute, blieb irgendwo hängen, und mein Kleid zerriss mit einem leisen Geräusch wie meine Seele.

In den Straßen, durch die ich nun lief, trieben sich Vagabunden und anderes Gesindel herum, die mir Angst machten. Rücksichtslos drängten sich die Leute auf den Bürgersteigen und schubsten mich beiseite, während sie den Pfützen und dem Wasser auswichen, das durch die Rinnsteine sprudelte, in denen die Abfälle schwammen.

Ich erreichte das Haus meiner Mutter in der Hoffnung, dass alles eine Lüge war, und schlug gegen die Tür, damit mir jemand öffnete. Doch es war niemand da. Die Tür sprang auf, und ich stolperte in die armselige kleine Wohnung, die mir so vertraut war. Ich stolperte durch den dunklen Wohnraum wie ein kleines Kind und rief immer wieder nach meiner Mama. Als ich gegen einen Stuhl stieß, setzte ich mich schließlich und meinte für einen Moment, noch einmal die Wärme zu spüren, die ich an kalten Wintertagen vor dem Feuer empfunden hatte. Doch die Einsamkeit der Häuser nach dem Tod ist unendlich. Der Tisch stand immer noch an dem schmalen Fenster, wo wir die Almosen der Fresnaults gegessen hatten. Ich zog den Stuhl dort hinüber und wagte es nicht, die Decke in dem alten Sessel vor der Feuerstelle anzusehen, die meine Mutter immer über ihre Beine gelegt hatte. So blieb ich stundenlang in der kalten Wohnung sitzen, die einmal mein Zuhause gewesen war.

Mein Blick blieb an einem Foto hängen, das über dem Ofen hing, in dem sonst immer ein fröhliches Feuer gebrannt hatte, das nun erloschen war. Meine Mutter und wir drei Geschwister blickten mit sauberen Gesichtern, das Haar nach hinten gekämmt, lächelnd in die Kamera des Fotografen. Die Bluse, die meine Mutter auf dem Bild trug, hatte sie sich extra für diese Gelegenheit ausgeliehen, und die Spitze, die den Ausschnitt säumte, mit einer Brosche zusammengehalten, die der Frau des Fotografen gehörte. Meine Mutter hatte uns in die Wangen gekniffen, damit wir frisch und fröhlich aussahen, und jedem von uns einen Kuss gegeben. Anschließend hatte das Blitzlicht uns geblendet.

Ich lehnte die Stirn an die kalte Fensterscheibe und meinte, eine Silhouette zu sehen. »Mama,« fragte ich, doch es war nur mein Atem, der die Scheibe beschlagen hatte.

Auf der Fensterbank saß meine Puppe neben dem Korb mit ihrem Nähzeug, und der Anblick drehte mir das Herz um.

»Mama!«, schluchzte ich.

Hinter der Tür zur Schlafkammer schaute ein Stück ihres Morgenmantels hervor. Er hing noch an dem Haken, an dem sie ihn immer aufgehängt hatte, wenn sie hinaustrat, um uns zu umarmen. Ich nahm den Morgenmantel und drückte mein Gesicht in den Stoff, der immer noch nach ihr roch. Ich sog den Duft ein und sehnte mich danach, sie zu umarmen.

Dieses kleine, ruhige Heim war mein Zuhause gewesen. Nur dort, wo deine Mutter ist, ist dein Zuhause. Zutiefst erschüttert setzte ich mich auf ihr Bett. Das Zimmer war dunkel und so klein, dass das Bett, das in der Mitte stand, fast die Tür berührte. Als ich ein Kind war, hatten wir hier manchmal zusammen geschlafen, um uns zu wärmen. Dann hatte sie den Arm um mich gelegt, und ich hatte mich vollkommen geborgen gefühlt.

Und nun saß ich auf diesem Bett und fragte mich, wie ich so gemein sein konnte, sie in jener Nacht einfach auf der Straße stehen zu lassen. Weinend warf ich mich auf die Wollmatratze, und das alte Bett gab ein leises Quietschen von sich. Ich fühlte mich vollkommen verloren. Ich war fünf, sieben, zwölf, vierzehn, fünfzehn Jahre alt, und überall war meine Mutter und beugte sich zu mir herunter, um mich in die Arme zu nehmen.

Was wäre ohne sie aus mir geworden? Was würde ohne sie nun aus mir werden?

Das klagende Quietschen des Bettes war die einzige Antwort, die ich erhielt.

Ich weiß nicht, wie lange ich dort lag. Irgendwann stand ich auf, verließ die Wohnung und zog die Tür leise hinter mir zu. Ich trat auf die Straße und fühlte mich ganz verlassen.

Als ich die dunkle Fassade zurückließ, das Haus meiner Kindheit, war es mir für einen Augenblick, als stünde meine Mutter am Fenster, wie so oft, wenn ich morgens mit meinen Büchern und dem frisch gespitzten Bleistift zur Schule gegangen war. Ich drehte mich um und meinte, ihre Hand an der Scheibe zu sehen. Ich hob die meine, in dem absurden Versuch, mich zu verabschieden oder sie um Verzeihung zu bitten. Der Schmerz stieg mir in die Kehle.

Ich lief durch die dunkle Straße und weinte.

Als ich ans Ende der Rue Mouffetard kam, bemerkte ich einen Mann. Er blieb stehen, schüttelte den Kopf und rief dann meinen Namen.

»Alice!«

Ängstlich hörte ich, wie er noch einmal mit rauer Stimme nach mir rief, während er schwankend ein paar Schritte in meine Richtung machte. Ich konnte nicht viel erkennen, während die Straßenlaterne hinter mir mich erhellen musste wie ein herumirrendes Gespenst. Rasch wechselte ich die Straßenseite, um dem Schatten auszuweichen, der auf mich zukam.

»Keine Angst, kleine Alice. Ich bin's nur, dein alter Freund und Meister.«

Es war Kisling, der betrunken durch die Gegend lief. Doch die Einsamkeit, die mich erfasst hatte, war so groß, dass ich mich fast freute, ein bekanntes Gesicht zu sehen.

»Na, das ist ja eine Überraschung. Ich hätte nie gedacht, dich zu dieser späten Stunde hier zu treffen. Was machst du in dieser Gegend?«

Meine unglückliche Miene sagte ihm wohl genug, denn er rückte näher an mich heran.

»Warst ja schon immer ein Nachtmensch, was?«

Er kniff mir freundschaftlich in den Hintern und drückte mich an seinen warmen Körper, den er in irgendeiner Bar mit der nötigen Menge Rum angeheizt hatte. Mir war eiskalt, und ich kauerte mich in seine Umarmung. Kisling verharrte eine Weile und hielt sich an mir fest, um nicht vom Bordstein zu fallen. Und ich klammerte mich an ihn, um nicht in den Abgrund zu stürzen.

Er musste kein Wort sagen, damit ich mit ihm mitging. Es würde eins unserer Geheimnisse sein.

»Komm mit zu mir«, meinte er schließlich. »Da kannst du dich erst mal aufwärmen.«

Er legte mir seinen Mantel um, und seine rauen, mit Farbe befleckten und so vertraut nach Tabak riechenden Hände führten mich davon. Es gibt nicht viele Orte, an denen man seine Bestimmung findet, aber viele Orte, an die man sich flüchten kann. Und ich floh vor der Einsamkeit, mit dem einzigen Menschen, den ich kannte und der mir in diesem Moment Schutz bot.

Zweifellos hatte Kisling gemerkt, wie schlecht es mir ging, denn er zog mich an sich, um mich vor der Kälte der Nacht zu schützen, während wir zusammen die Straße entlangstolperten.

Sein Atelier befand sich nicht mehr in der Rue Campagne Première. Es war viel Zeit vergangen, seit ich für ihn Modell gestanden hatte. Inzwischen lebte er in der Rue Joseph-Bara, wo laut Kiki auch Modigliani bis zu seinem Tod gemalt hatte.

»Nein, bitte«, sagte ich, nachdem wir sein Atelier betreten hatten und ich seine gierigen Hände abzuwehren versuchte, die unter meine Kleider fuhren.

Kisling umfasste mein Handgelenk und zog meine Hand auf sein Geschlecht.

»Alice, das ist doch nicht das erste Mal. Du bist damals zu mir gekommen, damit ich dich male, ich kenne jeden Winkel deines Körpers. Ich erinnere mich noch gut daran, wie es dir gefallen hat, deinen Körper zur Schau zu stellen. Und was für ein Körper! Ich weiß noch, wie du deine Kleider ausgezogen hast, so provokativ und sinnlich … Erinnerst du dich wieder? Das hier ist deine Welt. Vergiss die großen Salons, und komm zurück.«

»Moïse, du machst mir Angst«, sagte ich. »Bitte lass mich. Ich bin vollkommen am Ende. Meine Mutter ist gestorben.«

»Du bist kein Kind mehr, Alice. Und wir sind allein.«

Kisling schüttelte den Kopf.

»Meine Güte, du bist ja leichenblass, komm, trink einen Schluck Rum«, meinte er dann und hielt mir eine offene Flasche hin, die auf dem Tisch mit den Pinseln stand. »Nimm einen Schluck. Das wir dir guttun.«

Er war zu allem imstande, in dieser Nacht war ich vollkommen verloren und so leer wie nie. Ich überließ ihm meinen Körper. Der Sex mit Kisling war hart und direkt, er packte mich mit der üblichen groben Art, mit der er mich an so vielen Abenden genommen hatte, bevor er sein Atelier schloss. Ich hielt mich am Tisch fest, um nicht umzufallen. Seine kräftigen Hände fuhren mit einer Gier aus Betrunkenheit und Leidenschaft über meinen Körper. Am Anfang war ich angespannt, doch dann ließ ich mich, von seiner Erregung und seiner Hitze angespornt, gehen. Aber allein der Gedanke, dass es mir gefiel, widerte mich an. Es waren keine Worte nötig, mein lautes Stöhnen machte mehr als deutlich, dass niemand so mit mir schlief wie Moïse Kisling. Es war ein Akt der Verzweiflung, und gleichzeitig vergaß ich alles – das Atelier, meine Mutter und sogar Erno –, während er mich so rücksichtslos nahm, dass ich vor Lust schrie.

»Ich ziehe mich an«, sagte ich, nachdem er von mir abgelassen hatte. »Ich will nach Hause.«

Er zog eine Grimasse.

»Nein, warte! Ich will dich malen.«

Sein Ansinnen überraschte mich, doch in diesem Moment, als über den Dächern von Paris schon der Morgen dämmerte, war es auch egal, ob ich nach Hause flüchtete oder blieb.

»Na schön. In Ordnung«, stammelte ich.

»Bleib so.«

»So?«

»Ja, genau«, entgegnete er.

Ich war unfähig, mich zu rühren, nachdem ich mich all meiner Gefühle entleert hatte. Ich blieb auf sein Sofa gestützt, als ob ich dort zurückgelassen worden wäre. Er blickte mich an, als hätte er den Verstand verloren, seine glasigen Augen waren die eines Reptils, das weiß, dass die Beute ihm sicher ist.

»Zieh den Stoff zur Seite«, fuhr er fort. »Nein, nimm die Beine nicht zusammen, lass sie so, offen. Du bist schön, es gibt keinen Maler, der dich in all deiner Schönheit abbilden kann.«

»Soll ich das hier auch ablegen?«, fragte ich.

Kisling schüttelte den Kopf. Er beugte sich konzentriert nach vorn und murmelte:

»Das ist mir egal.«

»Das hier« war Ernos Collier, das immer noch um meinen Hals hing, die Smaragde, die er mir an jenem Abend geschenkt hatte, an dem ich so glücklich war, und von denen ich mich nicht mehr hatte trennen können. Ich stieß ein verzweifeltes Wimmern aus, das Moïse wahrscheinlich für ein seufzendes Stöhnen hielt, und schluckte, damit die Panik, die allmählich in mir aufstieg, nicht aus mir herausbrach.

KAPITEL 32

Jener Winter war sehr hart, vielleicht der härteste meines Lebens. Er war die Schnittstelle, die alles in ein Vorher und ein Nachher unterteilte. Ich hatte nie besonders viel Selbstvertrauen gehabt, aber nun fürchtete ich, dass auch die anderen mir nicht mehr vertrauen konnten. Das war vielleicht das Schlimmste.

Am nächsten Morgen beschloss ich, mein früheres Viertel zu erkunden, um zu sehen, ob noch irgendwelche Wurzeln von mir in diesen Straßen zu finden waren, und am Ende fand ich die Kraft, noch einmal mein altes Zuhause zu betreten. Vorher war ich verloren durch die Gegend gelaufen, hatte so getan, als suchte ich ein bestimmtes Haus, um vor jedem einzelnen stehen bleiben zu können und den Geruch der Obst- und Gemüsestände einzuatmen, der Käsestände, des Brennholzes, der Blumen. Beinahe wäre ich über ein kleines Mädchen gestolpert, das aus dem Eingang unseres Hauses rannte und mich an mich selbst erinnerte, als ich noch davon überzeugt war, dass mir nichts passieren konnte, weil meine Mutter da war.

Die Kleine lächelte mich schüchtern an. »Bonjour, Mademoiselle«, sagte sie, während sie sich ihren Rock glattstrich und mich neugierig ansah.

»Bonjour«, entgegnete ich mit einem traurigen Lächeln.

Hinter ihr trat ihre Mutter aus dem Haus und rief ihrer kleinen Tochter zu, dass sie sich den Mantel gut zuknöpfen sollte. »Ja, Mama«, antwortete das Mädchen, während es zwischen den Ständen verschwand.

»Hör auf deine Mutter«, stammelte ich in dem Wissen, dass sie mich nicht mehr hörten. Ich war irgendeine Fremde, die ziellos herumirrte. Ich hatte hier kein Zuhause mehr.

Schließlich schlüpfte ich wie ein Dieb ins Haus. Ich nahm alle Kleidungsstücke meiner Mutter aus dem kleinen Schrank am Fußende ihres Bettes und versuchte, nicht in Tränen auszubrechen. Dann ging ich zu den Fresnaults und schenkte ihnen ein paar unserer bescheidenen Besitztümer. Und am Ende kam ich noch ein letztes Mal in die Wohnung. Bevor ich ging, brach ich, an die Wand gelehnt, in ein kindliches Weinen aus. Ich hätte mir gewünscht, dass alles nur ein böser Traum war, aus dem ich irgendwann erwachen würde, doch hier waren nur ich und meine Reue. Ich wusste nicht, wohin ich schauen sollte, daher konzentrierte ich mich auf meine Hände, die denen meiner Mutter so ähnlich waren. Als meine Tränen schließlich versiegten, riss ich mich zusammen und ging lautlos die Treppe hinunter, damit die Nachbarn mich nicht hörten. Es war das Ende meiner Kindheit. Der Zeit von mir und meiner Mutter. Ich verabschiedete mich von allem – von jedem Kuss auf die Stirn, von jedem warmen Milchkaffee, von jedem »Zieh dich warm an, Alice«, von jeder Umarmung, aus der ich mich nicht schnell genug lösen konnte, um nach draußen zu laufen.

Damals konnte ich nicht schnell genug erwachsen werden. Warum eigentlich?

Während ich zu meiner Wohnung zurückging, kam mir ein Morgen in den Sinn, an dem ich vor einem Crêpe-Stand stehen geblieben war und zum Frühstück unbedingt eine Crêpe mit Zucker wollte. Ich war noch sehr klein und streckte so ungeschickt meine Hand aus, um zu zeigen, was ich wollte, dass ich mit den Fingern an die heiße runde Metallplatte kam. Es tat höllisch weh, und in diesem Moment war mir sicher nicht bewusst, mit wie viel Liebe meine Mutter mich tröstete, als sie meine Finger in ihren Mund steckte, um meine Schmerzen mit ihrem Speichel zu lindern.

Wie würde mein Schmerz nun vergehen? Indem ich meine Straße und mein Zuhause nie wieder betreten würde?

KAPITEL 33

Einige Wochen später verkündete Kiki mir, dass Erno aus New York zurückgekommen war. Ich wusste nicht, wie sie immer an die Neuigkeiten kam, aber sie wusste stets vor allen anderen Bescheid. Sie erzählte es mir, während sie auf einem Tisch im *Dôme* kurzerhand ihre Handtasche ausschüttete, um nach ihrem Lippenstift zu suchen.

»Was machen wir, um die Rückkehr deines Liebsten zu feiern?«, fragte sie mich, während sie in den kleinen Handspiegel blickte und sich die Lippen rot malte. »Wenn du mal ein anderes Gesicht machen würdest, könnten wir mit Thora und Treize losziehen und ein hübsches Kleid für dich finden, mit dem du ihn überraschen kannst. Du wirkst nicht gerade wie das blühende Leben.«

»Da hast du wohl recht«, entgegnete ich kleinlaut.

»Natürlich habe ich recht«, sagte Kiki und zog eine Augenbraue hoch. »Und ich bin immer deine Rettung.«

»Meine Rettung?«

»Ja, Mademoiselle. Thora hat einen sehr guten Geschmack, und du hast ja beschlossen, eine feine Dame zu sein. Deswegen ist sie genau die Richtige. Wenn ich dir etwas empfehle, ist der Ausschnitt sicher zu tief.«

Kiki sah mich grinsend an, legte den Kopf zur Seite und klimperte mit den Wimpern. Ich musste lachen, und ein Teil von mir wollte wieder so sein wie diese wunderbare Verrückte, die immer sagte, was sie dachte.

Der Himmel über Paris war strahlend blau. Ein angemessener Empfang für Erno, der auch immer strahlte und nach Parfüm und Seife duftete. Ich war erleichtert, dass alles so war wie immer: Kiki, der Trubel in unserem Club, die Straßen, der Himmel, die Cafés. Die anderen Mädchen, die Kiki irgendwie benachrichtigt haben musste, kamen herbei, was gut war, denn sie lebten, um glücklich zu sein.

»Gut, Mädels«, meinte Kiki und riss mich mit ihren üblichen Scherzen aus meiner Traurigkeit. »Sorgen wir dafür, dass unsere geliebte Alice standesgemäß gekleidet ist, um Madame Hessel zu werden. Die wunderschöne, wohlgesittete Frau von Erno Hessel.«

Die anderen lachten und ließen sich von dem Rum und der guten Laune, die die Königin von Montparnasse stets verbreitete, animieren.

»Wir sollten sie anziehen wie eine Assistentin aus dem Haus Chanel.«

»Ich weiß nicht, ob das so passend wäre«, wandte ich ein.

»Doch, doch! Gehen wir zu Coco! Sie wird entzückt sein, Alice zur Ankunft ihres Freundes einkleiden zu dürfen. Ihr wisst ja, wie eng die beiden befreundet sind.«

»Coco Chanel und Erno Hessel sind befreundet?«, fragte Treize überrascht.

»Ja, sicher«, erklärte Kiki entschieden. »Du kriegst aber auch nie was mit, Treize.«

»Aber wenn wir sowieso schon am anderen Seineufer sind, können wir uns doch auch nach etwas Ausgefallenerem umschauen«, meinte Thora leicht beschwipst.

»Na ja … Ich weiß nicht so recht. Das, was ich anhabe, ist doch sehr hübsch«, entgegnete ich. »Ich will nicht so aufgeputzt aussehen. Seid vernünftig.«

Kiki zog erneut eine Augenbraue hoch.

»Wenn es mir gelingen würde, deine Laune aufzubessern, könnte es für den Empfang reichen«, stellte sie ungerührt fest.

»Du hast wirklich schon mal besser ausgesehen, Kiki hat recht.«

Kiki öffnete erneut ihre Tasche, räumte einen Teil des Inhalts auf den Tisch und trug großzügig Rouge auf meine Wangen auf.

»Farbe bedeutet Leben, nicht wahr, Treize?«

Ihre kosmetischen Bemühungen interessierten mich nicht weiter, doch ihr Eifer munterte mich auf.

»Farbe bedeutet Leben«, wiederholte ich.

»Das hoffe ich, weil ich mein letztes Geld in zwei Kleider von Carine investiert habe.«

Die bedachtsame Thora Dardel seufzte glücklich.

»Ach, Thora«, rief Kiki aufgeregt aus. »Dir steht doch alles gut. Obwohl ich nicht weiß, wer diese Corine ist.«

»Carine«, korrigierte Thora.

»Sind die Kleider denn hübsch?«, fragte Kiki und griff nach ihrem Lippenstift.

»Wunderschön.«

»So, das reicht«, erklärte sie und musterte mich zufrieden.

Kiki bewegte sich häufiger in der Welt der Maler als in denen der Mode. Sie sagte immer, zu leben sei das schönste Gemälde, und sie hatte recht. Sie nahm sich die Freiheit, die Schönheit zu ihrem Lebensmotto zu machen.

»Du solltest dich etwas ausruhen, Alice«, riet mir Treize. »Für Erno.« Sie zwinkerte mir zu.

»Ich bleibe lieber bei euch.«

»Nein, nein, nein«, rief Kiki. »Treize hat recht. Geh und mach was aus deinem Leben. Heute könnte der Anfang sein, oder?«

Als ich Geld auf den Tisch legte, um meinen Anteil zu bezahlen, winkte Thora ab.

»Das machen wir.«

Der Kellner kam zum Tisch, und Thora passte auf, dass ich nichts von dem bezahlte, was wir getrunken hatten. Ich nickte dankend, verließ das Café und beschloss, zu Fuß nach Hause zu gehen.

Der Himmel über Paris hatte sich rötlich verfärbt, wie es paradoxerweise oft der Fall ist, wenn es kälter wird. Die Dächer der Stadt zeichneten sich wie auf einem Gemälde ab. Ernos Wagen stand schon vor der Tür, als ich ankam. So früh hatte ich ihn gar nicht erwartet. Ich legte eine Hand auf die Motorhaube, die noch warm war, und spürte, wie mein Herz aufgeregt zu klopfen begann. Dann öffnete ich die Haustür.

Die Wohnungstür stand offen, und ich ging ins Wohnzimmer. Auf dem Tisch lagen mehrere Geschenke, die wahrscheinlich für mich waren.

»Aber erst öffnen, nachdem du mich geküsst hast.«

»Erno!« Ich wandte mich um.

»Ich habe gesehen, wie sehnsüchtig du sie angeschaut hast«, sagte er und wies auf die mit roten Schleifen umwickelten Päckchen.

Ich lächelte verlegen.

»Und was ist mit mir?« Sein Gesicht, das nach der wochenlangen Reise etwas müde wirkte, hellte sich auf, als er mich ansah.

Er trat auf mich zu, nahm mich sanft in die Arme und streichelte meinen Nacken, während er mich küsste. In der anderen Hand hielt er eines der Geschenke. Ich löste die Schleife und spielte verlegen mit dem Band.

»Wie schön du bist«, sagte er.

»Kiki hat mich geschminkt.«

»Wie geht es den Mädchen?«, wollte er wissen.

»Sehr gut. Du weißt schon ...«, begann ich, um nicht so lahm zu wirken. »Du warst in New York, und ich hatte keine andere Wahl, als mich mit ihnen zu amüsieren.«

»Ich bin mir sicher, dass du eine gute Zeit hattest.«

Ich atmete tief durch.

»Du irrst dich nicht. Du weißt ja, wie ich bin.«

Erno zog mich zum Sofa, wir setzten uns, und er gab mir ein anderes Geschenk. Ich hatte so ein schlechtes Gewissen, dass ich vor lauter Nervosität die Schuhe abstreifte.

»Ist das alles für mich?«, fragte ich.

»Ich konnte mich nicht entscheiden«, entgegnete er lächelnd. »Hauptsache, du freust dich darüber.« Er runzelte die Stirn. »Es war nicht richtig, dich allein zu lassen, gerade als wir endlich zusammengekommen waren.«

Ich seufzte. Da hatte er wohl recht.

»Na, dann mache ich das jetzt mal auf.«

»Ich habe den Eindruck, dass du schon erraten hast, was es ist«, sagte Erno belustigt, wobei er auf meine bloßen Füße schaute. »Es sind ...«

»Schuhe? Bitte sag, dass es so ist!«

»Ich hoffe, sie passen«, murmelte er und entfernte selbst den letzten Rest von dem Papier, das den Karton umhüllte. »Das ist einer der Gründe, warum ich dich liebe, du hast wunderschöne Füße.«

»Das meinst du nicht ernst?«

»Doch, Dummchen. Ich habe die Schuhe in einem exklusiven Geschäft in der Nähe der Grand Central Station gekauft. Leopold wollte unbedingt einkaufen gehen, du kennst ihn ja. Er war nicht davon abzubringen, mehrere Schneider aufsuchen, weil er sich im Stil der New Yorker kleiden wollte, der es ihm so angetan hat.«

»Ist es dort so ähnlich wie in Paris?«

»Es ist anders. In New York sind sie alle vom Himmel besessen, alles muss möglichst hoch sein. Was perfekt für meine Geschäfte ist, aber auch ermüdend«, sagte er und küsste mich erneut. »Und? Gefallen sie dir?«

»Ja, sie sind ganz wunderbar und passen wie angegossen. Schau!«

Ich stand auf und sah auf meine Füße, die in zierlichen Schnallenschuhen steckten.

»Sie sind wirklich wunderschön, Erno. Die Mädchen werden mich beneiden, wenn ich ihnen erzähle, dass du sie mir aus New York mitgebracht hast.«

»Na ja.« Er wies auf die anderen Päckchen. »Dann kannst du ganz schön angeben, weil du einige zur Auswahl hast.«

»Das kann doch nicht wahr sein! Noch mehr Schuhe?«

»Ja. Möchtest du sie nicht auspacken?«

»Aber ja, aber ja …«, rief ich wie ein kleines Mädchen an Weihnachten. »Lass mich schauen, was du mir mitgebracht hast.«

Ich fiel ihm um den Hals, um ihm für seine Großzügigkeit zu danken, und küsste ihn. Er duftete wie immer nach Seife und Parfüm. Als ich zärtlich in sein Ohrläppchen biss, erinnerte ich mich wieder an den Geruch seiner Haut. An seiner Reaktion merkte ich, dass er sich sehr auf unser Wiedersehen gefreut hatte.

»Damit du siehst, dass ich dich nicht einen Moment vergessen habe«, entgegnete er stolz. »Und nicht, dass du denkst, dass das die einzige Überraschung ist. Ich habe oft an dich gedacht und bereits einige Formalitäten erledigt.«

In meinen neuen Schuhen ging ich zum Tisch hinüber und dachte, dass er von der Hochzeit sprach. Ich wandte ihm den Rücken zu, um meine Unruhe zu verbergen, und spielte mit den Geschenkbändern. Die Sonne war bereits untergegangen, und die Fenster einiger Gebäude waren erleuchtet.

»Meine liebe zukünftige Madame Hessel«, sagte er und betonte jede Silbe, als wären auch seine Worte eine Geschenkverpackung. »Ich möchte dir etwas geben, was sicher das schönste Geschenk für dich sein wird.«

»Wie bitte?«, fragte ich verwirrt.

Er stand auf und trat zu mir.

»Ich glaube, dass die Schuhe, die du da trägst, äußerst angemessen sind, um mit mir zu dem Ort zu gehen, wo das schönste Geschenk auf dich wartet ...«

Als hätte Erno mit seinem Chauffeur ein heimliches Zeichen vereinbart, war von der Straße zu hören, wie der Motor seines Wagens angelassen wurde.

»Komm!«, forderte er mich lächelnd auf.

Er nahm meine Hand, und ohne irgendwelche Fragen zu stellen, ließ ich mich von seinem Überschwang mitreißen, als wäre ich bereits seine Frau. Draußen wartete der Wagen geduldig darauf, dass wir einstiegen.

»Sie wissen, wohin es geht?«, versicherte Erno sich komplizenhaft bei seinem Chauffeur.

»Natürlich, Monsieur.«

Der Wagen fuhr los, einem Ziel entgegen, das mein Verlobter ausgesucht hatte. Ich war so aufgeregt, dass ich kurzzeitig meinen Betrug vergaß. Glücklich hielt ich seine Hand wie an jenem Abend, als wir zusammen mit Coco Chanel das *Maxim's* verließen. In meinem Kopf erklang ein Konzert aus zwitschernden Vogelstimmen, und ich war weder in der Lage, ein Wort zu sagen, noch fähig, auf Ernos zärtliche Gesten zu reagieren.

»Monsieur?«, erkundigte sich der Chauffeur, während wir über eine Brücke fuhren, an die ich mich nicht erinnerte.

Erno nickte. Anscheinend waren wir kurz vorm Ziel.

Eine halbe Stunde, nachdem ich meine neuen Schuhe angezogen hatte, hielt der Wagen in der Rue Pont Louis-Philippe. Die Autotür wurde geöffnet, und ich trat auf den Bürgersteig, wobei ich darauf achtete, dass das schnell durch den Rinnstein fließende Wasser meine neuen Schuhe nicht befleckte.

»Wir sind da, Alice«, sagte Erno und zeigte auf die Fassade eines Hauses, in dessen Erdgeschoss sich ein Laden befand. Eine junge Frau in einer blauen Uniform lächelte uns durch das Schaufenster an und öffnete einladend die Tür, wobei ein fröhliches Glöckchen erklang. Ich spürte, wie mein Herz wie rasend schlug.

»Alice, du hast mir so oft von deinem Traum erzählt«, sagte Erno in mein Ohr. »Und hier wird er nun Wirklichkeit.«

Mir schossen die Tränen in die Augen, während ich den Blick über die bunten Stoffballen gleiten ließ, die das Schaufenster füllten. Über der Ladentür stand auf einem hübsch bemalten Schild mein Name: *Alice HUMBERT*. Ich weiß nicht mehr genau, welche Worte ich in jenem Moment stammelte, in dem Erno zufrieden lächelte und ich vor Glück am ganzen Körper zitterte.

Das war mein zukünftiger Laden. Ein kleines Stoffgeschäft, das sich, von innen beleuchtet, wie ein Kaleidoskop aus Farben um mich drehte.

»Na, was denkst du?«, fragte Erno, während er mit der Hand auf der goldenen Klinke in der Tür stand und mich betrachtete.

»Ich kann gerade nichts denken«, stammelte ich vollkommen überwältigt.

Zusammen traten wir ein.

Ich erkannte mich in den bunten Stoffstapeln wieder, die die Wände des Geschäfts bedeckten, und sah mich mit glänzenden Augen um. Wie viel Zeit Erno auch in der Ferne verbracht haben mochte, er war die ganze Zeit über in Gedanken bei mir gewesen. Bei mir, meinem Glück und diesen Stoffen. Das war mein Platz in der Welt, dieses Geschäft, das nach neuem Holz und frischer Farbe roch. Der Ort, den meine Mutter mir sicher gewünscht und den ich mir immer erträumt hatte. Und nun war der Traum Wirklichkeit geworden.

Ich blieb ein paar Minuten unbeweglich stehen, unfähig, auch nur ein Wort zu sagen, und versuchte all die bunten Farben, die mir so unwirklich erschienen, in mich aufzunehmen. Dann machte ich einen zögernden Schritt zum Regal, strich über die Stoffballen und drehte mich um.

»Ich liebe dich.«

Die Worte platzten einfach so aus mir heraus und hallten von den Wänden wider, als ich auf meinen neuen Schuhen inmitten von all den bunten Stoffen stand. In meinem Laden.

Erno lächelte.

»Das hast du schön gesagt.«

»Heute Morgen habe ich noch gedacht, ich müsste sterben«, brachte ich heraus. »Und jetzt glaube ich, die glücklichste Frau auf der Welt zu sein.«

»Und dazu hast du noch den Laden, von dem du immer geträumt hast.«

»Ja, es muss wirklich ein Traum sein.«

»Soll ich dich wecken?«

Ich sah ihn an. Er lächelte auf seine ruhige und selbstbewusste Art.

»Nein. Das ist das erste Mal in meinem Leben, dass ich nicht aus meinen Träumen erwachen will.«

Ich hatte einen Kloß im Hals, als ich das sagte.

»Am liebsten möchte ich weinen.«

»Aber vor Glück, hoffe ich doch.«

»Ja … Ja!«

»Jedes Mal, wenn du bei mir bist, jede Nacht, die wir zusammen verbringen, jedes Mal, wenn du mich fragst, ob ich dich liebe, werde ich Ja sagen. Jedes Mal, wenn du meine Rückkehr von einer Reise erwartest, wenn du die Stunden, Tage, Wochen zählst, bin ich fast schon wieder bei dir. Ich möchte dein einziger Gedanke sein, weil du zu meinem Schicksal geworden bist. Du. Du bist alles für mich, Alice. Und ich bin nur der, der deine Wünsche erfüllt.«

»Ich weiß nicht, was ich sagen soll.«

»Dann sag einfach nichts«, meinte er lächelnd. »Wollen wir jetzt nach Hause zurückkehren?«

Ich nickte. »Du wirst stolz auf mich sein, Erno«, sagte ich und sah ihn gerührt an.

Er legte die Hände an die Brust und seufzte. Zwischen diesen Händen schlug ein aufrichtiges Herz. Er hatte sich geschworen, mich für immer zu lieben, ohne Vorbehalte oder

Entschuldigungen, und er war sich sicher bewusst, dass ich bei seinem Tempo vielleicht nicht ganz mithalten konnte.

»Als du mich kennengerlernt hast, habe ich mich ausgezogen«, sagte ich mit brennenden Wangen. »Und jetzt möchte ich diejenige sein, die alle Frauen in Paris anzieht.«

Er sah mich an und las in meinen Augen, dass ich mich für jene Zeit schämte.

»Ich werde nicht abstreiten, dass ich diese Zeit lieber vergessen würde, meine liebe Alice, und ich liebe dich zu sehr, um es mir vorzustellen. Ich würde es nicht ertragen, wenn du dich noch einmal wie damals für einen Maler ausziehen würdest.«

Ich legte kokett den Kopf zurück, um mich von ihm küssen lassen, damit er an etwas anderes dachte.

»Nein?«

»Niemals«, entgegnete er mit zitternden Lippen. »Nur noch für dich und für mich. Nur du und ich.«

»Nur du und ich«, wiederholte ich.

Die junge Frau, die im Atelier im ersten Stock gewesen war, kam herunter, als sie die Tür hörte, löschte das Licht, verabschiedete sich von uns und ging in die andere Richtung davon, während wir in den Wagen stiegen.

»Und, wie geht es dir jetzt?«

»Ich denke, ich werde morgen noch mal herkommen, um mich zu vergewissern, dass der Laden noch da ist.«

Erno lachte und drückte meine Hand, die auf seinem Oberschenkel lag.

»Dummerweise gehört dieser Laden Ihnen, Mademoiselle Alice, und wird auch morgen noch da sein, um auf Ihre Anweisungen zu warten«, entgegnete er scherzend, um mir ein Lächeln zu entlocken.

»Sei still, Erno, sag doch so was nicht.«

»Vielleicht sollten wir lieber hierbleiben, damit morgen nicht ein Café darin ist anstatt deiner Stoffe.«

»Ich versichere dir, dass ich hierbleiben könnte, bis der Tag der Eröffnung gekommen ist.«

»Das glaube ich dir sogar«, sagte er lächelnd, bevor er vorschlug:

»Was hältst du davon, ins *Dome* zu fahren? Leopold ist mit ein paar Freunden dort. Vielleicht sollten wir deinen neuen Laden ein bisschen feiern?«

»Aber du bist doch sicher erschöpft von der Reise.«

»Vielleicht, aber ich spüre keine Müdigkeit, wenn ich bei dir bin.«

»Na dann los!« Ich lachte glücklich.

Erno sagte dem Chauffeur, wohin er fahren sollte, und ich schmiegte mich an seine Brust. Paris war der schönste Ort der Welt, so voller Leben und Freude, und ich sagte mir, dass die Stadt noch schöner wirkte, wenn man selbst glücklich war. In diesem Moment schien noch alles perfekt zu sein. Die Nacht war ein Spiegel meiner Wünsche, so sehr, dass mir die Stadt, wenn ich durchs Fenster blickte, beinah unwirklich erschien.

Erst als wir über eine der Brücken in Richtung Montparnasse fuhren, bemerkte ich, wie dunkel die Seine war. Ich sah durchs Fenster und suchte nach dem üblichen silbrigen Schimmern. Doch der Fluss war ganz schwarz.

»Woran denkst du?«, fragte Erno und rückte näher an mich heran.

»An nichts. Ich habe einfach nur aus dem Fenster geschaut.«

»Es ist gar kein Mond zu sehen.«

»Darauf habe ich gar nicht geachtet«, log ich.

»Mal schauen«, meinte er und beugte sich über mich, um nach oben zu sehen. »Stimmt«, meinte er. »Kein Mond am Himmel.«

Wir brausten durch die Nacht, und ich musste plötzlich an die mondlosen Nächte in meinem alten Viertel denken, wenn die unbeleuchteten Gassen in der Dunkelheit versanken und zu gefährlichen Schlupfwinkeln wurden. Ich dachte an meine Angst, wenn ich als Kind auf meine Mutter wartete, die in solchen mondlosen Nächten spätabends aus dem Hospital kam und durch die düsteren Straßen gehen musste. An jene mondlose Nacht, als wir zusammengekauert vor dem Ofen saßen und auf unseren Vater warteten, der das Ende des Kriegs nicht mehr erleben sollte. Ich wand mich unbehaglich im Sitz. In mondlosen Nächten geschahen unheilvolle Dinge. Eine seltsame Unruhe hatte mich erfasst, und auf einmal fühlte ich mich zu kraftlos zum Feiern. Ich kuschelte mich an Erno und täuschte Müdigkeit vor, doch er war so glücklich, dass ihm mein Stimmungswechsel nicht auffiel. Immer wieder kam mir die Abwesenheit des Mondes in den Sinn, während wir uns unaufhaltsam dem *Dôme* näherten.

»Bist du wirklich so müde?«

»Es war ein langer Tag.«

»Hast du auf mich gewartet?«

Nach einigen Sekunden, in denen ich erneut in den dunklen Himmel über Paris geschaut hatte, antwortete ich:

»Natürlich, Erno, was denkst du denn?«

»Du bist auf einmal so still.«

»Lass gut sein«, bat ich ihn und bemühte mich um einen heiteren Gesichtsausdruck. »Ich war nur abgelenkt und habe nach dem Mond gesucht. Aber ich bin hier, mit dir, das siehst du doch!«

»Allerdings«, entgegnete er seufzend. »Und ich bin froh, dass ich dich endlich wieder spüren kann.«

Während wir uns erneut küssten, um uns zu versichern, dass wir beide da waren, zusammen, glücklich, berauscht von einer mondlosen Nacht, verkündete der Chauffeur:

»Wir sind da.«

Erno zog sich die Weste glatt, richtete sich den Kragen seines Jacketts und stieg aus dem Wagen, um mir die Tür aufzuhalten. An den Fenstern des *Dôme* mischte sich der Dunst mit dem Qualm der Zigaretten, die Menschen drängten sich hinter den Scheiben und bewegten sich hin und her, als tanzten alle nach demselben Lied. Ich klammerte mich an Erno, und wir traten ein. Es blieb keine Zeit, um irgendjemanden zu begrüßen, denn alle stürzten sich gleichzeitig auf uns, berauscht vom Rum und nach Tabak und Parfüm riechend. Unter den Ersten waren Kiki und Man Ray, die einigermaßen betrunken nach Gläsern für uns fragten. Wir gingen weiter, und Erno begrüßte alle Anwesenden und versicherte, dass es eine lohnenswerte Reise gewesen war, dass er großartige Geschäfte gemacht hatte und dass er in den nächsten Jahren viel Gewinn machen würde. Ich zog mich mit Treize in eine Ecke ans Fenster zurück, wo Stühle aufeinandergestapelt waren und eine Betrunkene an die Scheibe hauchte und Herzchen malte, während eine Gruppe Matrosen, die sich in derselben Ecke drängten, lauthals lachten. Erst später fiel mir auf, dass es sich bei der jungen Frau um Marie handelte, eine Freundin von Fujita. Ich begrüßte Kurt, Marcel und Jean. Alle waren aufgekratzt, ließen die Rumflaschen kreisen, und die Mädchen wanderten von Arm zu Arm. Kiki hatte zusammen mit zwei Akrobaten vom Circus Medrano angefangen zu singen und war auf einen der Tische gestiegen, wo sie wie verrückt tanzte und dabei ihren Rock bis über die Knie hochwirbelte. Ich wusste, wie das enden würde. Wahrscheinlich trug sie wieder keine Unterwäsche.

»Lasst uns zum *Bal Bullier* gehen«, rief sie plötzlich vom Tisch aus. »Wie wollen feiern, denn unsere Freunde sind hier, das zukünftige Ehepaar Hessel, Alice und Erno!«

»Und? Was meint ihr?«, fragte Pascin unternehmungslustig.

»Freunde von mir sind im *Jockey*«, meinte Treize. »Wir könnten uns ihnen anschließen.«

»Fantastisch!«

»Ein paar Maler treffen sich heute dort, weil in Kislings Galerie irgendetwas Neues ausgestellt wird.«

»Na, dann los!«

»Schon?«

»Die Nacht dauert nicht ewig. Worauf willst du warten? Dass erst die Sonne aufgeht?«

Ich versuchte, mich an Erno festzuhalten, als wir alle zusammen das *Dôme* verließen, um der nächsten Party entgegenzustreben, doch er war gerade dabei, Jean von seinen Geschäften zu erzählen. Er wirkte ausgesprochen glücklich und voller Elan. Also atmete ich die kalte Luft der mondlosen Nacht ein und ließ mich von den Mädchen mitreißen, mit denen mich eine unzerstörbare Freundschaft verband.

Als wir kurze Zeit später alle zusammen in die Galerie strömten, tat ich so, als wäre ich zum ersten Mal an diesem Ort, wo die lärmende Schar der Künstler zusammen mit ihren Freunden ein rauschendes Fest improvisierte und das machte, was sie am besten konnte: das Leben in vollen Zügen genießen. Die meisten waren mit einer Flasche in der Hand gekommen, sodass nur ein wenig Musik fehlte, damit die dicht gedrängte Menge überschäumte. Ich hielt nach Erno Ausschau, konnte ihn aber im Gedränge nicht sehen. Dafür entdeckte ich jemanden, dem ich lieber nicht begegnen wollte: Moïse Kisling. An ein kurzhaariges Modell geklammert, tanzte er in dem Meer aus Köpfen wie im Delirium. Als er mich sah, kam er herüber.

»Warum trinken wir nicht ein Glas zusammen?«, fragte er aufgekratzt.

»Entschuldige, ich kann nichts mit dir trinken. Ich bin in Begleitung hier.«

»Ich habe da an was anderes gedacht …« Er grinste breit.

»Ich aber nicht.«

»Du bist die Einzige auf diesem Fest, die mich in Stimmung bringen kann«, entgegnete er und fasste sich dabei in den Schritt.

»Bitte, Moïse, bitte.«

»Ich habe in den letzten Tagen darauf gewartet, dass du noch mal herkommst.«

»Kein Bedarf. Lass mich, ich schaue jetzt mal nach Erno.«

»Wie alle anderen magst du es, gut gefickt zu werden. Gib's zu.«

»Lass meine Hand los.«

»Ich bin nicht derjenige, der sich für andere auszieht.«

»Und was hat es mir gebracht?«

»Ich weiß nicht. Sag du's mir.«

»Du verstehst es gut, die Schwächen von anderen auszunutzen, zuerst, als ich Geld gebraucht habe, und beim letzten Mal, weil ich unendlich traurig war.«

»Wenn ich mich richtig erinnere, warst du diejenige, die bei mir Zuflucht gesucht hat.«

»Ich weiß nicht, wer ich in dieser Nacht war. Ich war vollkommen am Ende.«

»Das schien mir aber gar nicht so.«

»Moïse, bitte. Ich bin eine glückliche Frau und habe einen glücklichen Mann an meiner Seite. Ich will mein bisheriges Leben auslöschen, also lass mich in Ruhe. Ich will nichts von dir, akzeptiere es bitte.«

»Ich dagegen will alles«, sagte er und nahm einen Schluck aus einer Flasche, die ihm irgendwelche Freunde reichten. »Willst du?«

Er hielt mir den Rum vor den Mund.

»Nein!«

»Alice, es gibt Dinge, die wir zu Ende bringen müssen …«

»Was meinst du damit?«

»Das …«, sagte er und zeigte auf eine der Wände.

Dort war ich. An der Wand hing ein fast fertiges Gemälde, das eine nackte Frau mit traurigem Blick zeigte, deren Busen nur mit einem Smaragdcollier bedeckt war. Mir stiegen Tränen in die Augen, und ich war wie betäubt, was mich wohl davon abhielt, verrückt zu werden.

»Hast du auch nur die geringste Ahnung, was du da angerichtet hast? Bist du stolz auf dich?«

Kisling wirkte verunsichert.

In diesem Moment wusste ich, warum ich Erno nicht mehr fand. Er musste das Bild gesehen haben und aus der Galerie verschwunden sein. Das war die einzige Erklärung dafür, dass er mich in dieser mondlosen Nacht allein ließ. Ich hatte ihn verloren. Für immer verloren. Plötzlich fühlte ich mich von der Welt isoliert, furchtbar allein, und ich spürte Panik in mir aufsteigen. Ich ging zur Tür, ohne Eile, weil niemand mehr auf mich wartete, vorbei an den wild tanzenden und betrunkenen Menschen, bis ich auf der Straße stand.

Erno war dort. Gerade dabei, in seinen Wagen zu steigen. Er sah mich schweigend an, als wäre ich eine Fremde. Ich erstarrte, nur wenige Meter von ihm entfernt, und fühlte mich so, wie meine Mutter sich damals auf der anderen Seite der Straße gefühlt haben musste. Er ignorierte mich auf dieselbe Weise, wie ich es mit ihr getan hatte.

Ich schaute ihn flehend an.

»Ich habe dir gesagt, dass ich kein Playboy bin. Warum hast du das getan?«, brachte er schließlich heraus.

»Du gehst, oder?«, entgegnete ich zitternd.

»Ja. Vielleicht fahre ich weit fort, um nie mehr zurückzukehren.«

Der laufende Motor des Wagens sagte mir, dass mein Leben in diesem Moment vorbei war, weil ich zu dieser Reise nicht eingeladen war.

»Erno … verzeih mir.«

»Alice, das ist nicht nötig.«

Er zog ein Taschentuch aus seinem Jackett und reichte es mir, damit ich mir die Tränen trocknen konnte.

»Am besten bleibst du bei ihm.«

Ich nahm das Taschentuch und umschloss es mit den Fingern.

»Das Collier und deinen Laden in Paris kannst du behalten«, sagte er, während er einstieg. »Ich behalte die Erinnerungen. Es sind nicht viele, aber sie reichen mir.«

Die Scheinwerfer gingen an und erhellten die Straße, die so dunkel war wie ein endloser Tunnel. Ich trat an den Wagen. Das wilde Fest, das in der Galerie tobte, spiegelte sich in der Scheibe, und ich konnte kaum sein Gesicht sehen. Ich legte meine Hand an das kalte Glas und las von seinen Lippen die Worte, die er mir zum Abschied sagte:

»Adieu, Alice.«

Der Wagen verschwand am Ende der Straße und bog in die Avenue ein, in der ich zum ersten Mal nach Arbeit gesucht hatte. Der Schmerz krachte wie ein Hammer auf mich nieder, und plötzlich fühlte ich mich völlig leer. Ich hob den Blick und suchte nach einem tröstlichen Stern, der den Himmel erhellte, nach einem Zeichen der Hoffnung. Doch die Dunkelheit dort oben war genauso groß wie die in meinem Herzen.

»Alice! Wir wollen nicht ohne dich feiern!«, hörte ich Kiki rufen. »Komm endlich rein, es ist viel zu kalt da draußen!«

»Viel zu kalt …«, murmelte ich, während ich wie betäubt auf der Straße stand. »Viel zu kalt …«

KAPITEL 34

»Du musst dafür sorgen, dass die Wunden heilen.«

Laurent sah mich an, als ob ich seinen alten Kummer nicht begreifen könnte.

»Mein Vater und ich haben uns nie verstanden, Teresa. Verstehst du das nicht?«

»Dann tu es für deine Mutter. Schließ endlich Frieden. Gib ihr ein bisschen von dem Glück, nach dem sie sich immer gesehnt hat.«

Laurent zuckte mit den Schultern, doch ich konnte sehen, dass er weniger verkrampft war als sonst, wenn er von seinem Vater sprach.

»Zieh dir etwas über«, sagte er zu mir. »Draußen wird es allmählich kühl.«

KAPITEL 35

Lieber Erno,

während die Tage und Wochen vergangen sind, habe ich all meinen Mut zusammengenommen, um dir diesen Brief zu schreiben. Ich möchte nicht, dass du denkst, dass ich das, was ich getan habe, entschuldigen will. Ich will dir nicht sagen müssen, wie leid es mir tut, dass ich unsere Beziehung zerstört habe. Ich schreibe nicht, um irgendeine Antwort oder Vergebung zu erflehen, sondern um dir das größte Glück auf Erden zu wünschen und dir für jeden Tag zu danken, den wir zusammen verbracht haben. Ich habe bisher nicht ein einziges Mal deine Schuhe ausgezogen.

Kiki hat mir gesagt, dass du wieder nach New York gereist bist und dass du dich vor Aufträgen nicht retten kannst. Daher nehme ich an, dass du in Übersee bleiben wirst, um dort zu leben. Ich erinnere mich noch gut an dein begeistertes Gesicht, als du von dort zurückkamst, und man muss nicht besonders klug sein, um zu wissen, dass dein Platz in der Welt nun dort ist. Das habe ich in deinen Augen gesehen.

Mein kleiner Laden läuft sehr gut. Ich habe meine Geschwister ausfindig machen können, und sie unterstützen mich bei der Arbeit. Dabei hatte ich schon gedacht, auch sie verloren zu haben. Die Mädchen konnte ich davon überzeugen, Werbung für meine Stoffe zu machen, sogar in Modezeitschriften, und fast jeden Tag geht eine Bestellung oder ein Auftrag für das kleine Atelier im ersten Stock ein. Du kannst dir nicht vorstellen, wie schön alles geworden ist. Es war eine riesige Aufgabe und sehr anstrengend, aber das befriedigende Gefühl, wenn alles geschafft ist, ist das Beste überhaupt. Ich bin den ganzen Tag damit beschäftigt, die Stoffe zu sortieren, mir zu überlegen, wie ich meine Entwürfe am besten umsetze. Ich werde aus deinem großzügigen Geschenk den wunderbarsten Ort von Paris machen. Und ich weiß, dass du trotz allem stolz auf mich sein würdest.

An den meisten Tagen bin ich bis spät in den Abend im Geschäft, und ich habe den Keller so eingerichtet, dass ich dort die Nacht verbringen kann. So kann ich von meinem Bett aus zwar nicht den Himmel sehen – und du weißt ja, wie gern ich durchs Fenster nach dem Mond Ausschau halte –, aber wenn hier Ruhe einkehrt und ich das Geschäft schließe, gehe ich draußen zur Brücke und blicke nach oben, in der Hoffnung, dass er dort oben auf mich wartet. Und dann denke ich, dass es derselbe Mond ist, den du von New York aus siehst. Und das tröstest mich irgendwie. Ich hätte gern mein Leben mit dir geteilt, Erno, nichts hätte ich lieber getan. Aber es ist mir gelungen, auf meine Art glücklich zu sein. Und deshalb möchte ich, dass auch du, dort, wo du bist, unglaublich glücklich bist.

Ich würde dir gern so vieles erzählen und erklären, aber nach allem, was ich angerichtet habe, hätte ich ein schlechtes Gewissen, dir auch nur eine Minute deines Lebens zu stehlen. Letztendlich hattest du recht mit dem, was du über den Laden gesagt hast: Das war mein Traum.

Alice

KAPITEL 36

Während der Eröffnung meines Geschäfts war der Keller geschlossen. Das war das einzige Geheimnis, das ich den Gästen vorenthalten wollte, und so hatte ich einen der Verkaufstische verschoben, um die Bodentür zu verdecken. Hélène hatte mir dabei geholfen, genauso wie sie mir geraten hatte, mir die Haare kürzer schneiden zu lassen, um »französischer und etwas lässiger« auszusehen. Und sie hatte alle Nachbarn eingeladen, die anderen Ladenbesitzer in der Straße und einige Freunde, mit denen wir in der Zeit der Renovierung auf der Terrasse von *Chez Julien* Kaffee getrunken, gegessen und über alles Mögliche diskutiert hatten.

»So richtig viel los ist ja nicht in dieser Straße«, hatte sie augenzwinkernd gesagt.

»Mein Leben … Ist das etwa wenig?«

»Du hast recht, Teresa«, hatte sie gesagt und mich mit einem breiten Lächeln angesehen, das mir zeigte, dass sie sich für mich freute.

»… mein Laden, meine Freiheit …«, zählte ich weiter auf und war sehr zufrieden, was meine Zukunft anging.

Hélène nickte. Doch dann runzelte sie plötzlich die Stirn.

»Hör mal«, sagte sie mit ernstem Blick. »Du weißt schon, dass du jetzt hierbleiben musst. Denn ich werde nicht akzeptieren, dass dieser Laden wieder leer steht.«

»Stell dir vor, das ist meine einzige Mission«, entgegnete ich.

»Du meinst, das, was du gerade aufgezählt hast?«

»Ja.« Ich nickte. »Meine Freiheit. Mein Laden. Mein neues Leben. Zu tun, wozu ich Lust habe«, sagte ich feierlich, was angesichts unserer Vertrautheit vielleicht ein wenig pathetisch klang.

Wir sahen uns in die Augen und mussten beide lächeln.

»Na, dann bring mir ein Glas Wein. Das ist ein Befehl«, sagte sie gut gelaunt.

Hélène war eine alleinerziehende Mutter, und die Freundinnen ihrer Tochter machten die kleine Eröffnungsfeier zu einem Ereignis im Viertel. Offene Türen, kleine, in Zellophanpapier eingepackte Geschenke und Rotwein, den wir auf die Verkaufstheke gestellt hatten, um mit Bekannten und Unbekannten anzustoßen. Jemand hatte für Musik gesorgt und duftende Pflanzen standen wie durch Zauberhand plötzlich an der Tür, durch die nun neugierig die Gäste traten, um sich im Laden umzusehen.

Hélène hatte wirklich für alles gesorgt, bis sie irgendwann schon leicht angeheitert vor mir auftauchte und sagte:

»Jetzt bist du dran, meine Liebe.«

Wir standen draußen vor dem Laden, die Gläser in der Hand, und stießen an.

»Auf das Leben«, sagte sie und lehnte sich an die blau gestrichene Holzumrahmung des Schaufensters.

»Und auf den Zufall«, entgegnete ich und blickte verstohlen zu der Bodentür hinüber, die zum Keller führte.

»Dann trinke ich eben auch auf den Zufall.«

»Daran habe ich keinen Zweifel.«

Aus dem Augenwinkel sah ich, dass einige Gäste vor einem der gerahmten Fotos stehen geblieben waren, die an den Wänden hingen. Alice, die frühere Besitzerin des Ladens und meine heimliche Freundin, blieb nicht unbemerkt, und das freute mich. Ich lächelte meinem Spiegelbild in der Schaufensterscheibe zu und sah das alte Ladenschild, das im Geschäft über der Theke hing.

Es dauerte nicht lange, bis ich, dank des Weins und der Begeisterung, die ich für meinen kleinen Laden hatte, der nun in neuem Glanz erstrahlte, mit allen Gästen angeregt plauderte. Ich brauchte mich nur umzusehen, um zu wissen, dass ich nicht nur dieses alte Gemäuer und die Gespenster, die es beherbergte, zu neuem Leben erweckt hatte, sondern auch mich selbst. Jeden einzelnen der alten Holzbalken zu restaurieren war eine Art und Weise gewesen, meine steifen Knochen in Bewegung zu bringen, mich von meiner Vergangenheit zu befreien, mein Leben zu korrigieren und endlich den richtigen Weg zu finden – meinen eigenen. Als ich jetzt zufrieden in der Mitte meines Ladens stand, fühlte ich mich entschädigt für all die Jahre, die ich vergeudet hatte.

»Wie heißt dein Laden eigentlich?«, wollte Hélène wissen. »Ich habe gar nicht darauf geachtet.«

Ich führte sie nach draußen. Hélène sah mich schweigend an und zog die Augenbrauen hoch.

»*Mi Amor*?«

Ich nickte.

»Hat das etwas mit diesem Laurent zu tun?«

Ich lächelte, und einen Moment standen wir einfach da und schwiegen. Das Chanson, das in diesem Moment in meinem Laden in Paris erklang, hätte ich auch aus Tausenden von Kilometern erkannt: *La Question*. Jenes Chanson, das mich in Madrid aus meiner Lethargie gerissen hatte, nachdem ich, zum damaligen Zeitpunkt völlig sinnlos, ein altes Ladenschild gekauft hatte. An jenem Tag hatte ich gespürt, dass sich mein Leben verändern würde und auch, wie sehr ich mich danach sehnte, endlich glücklich zu sein. Auf einmal hatte ich genau wie damals einen Kloß im Hals. Hélène sah mich nachdenklich an.

»Erinnerst du dich noch daran, wie du hier angekommen bist, Teresa?«, sagte sie dann. »Die Frau, die vor diesem Laden stand, war grau und unscheinbar, vielleicht voller Hoffnung, aber grau.«

»Ich weiß deine Aufrichtigkeit zu schätzen.«

»Und sieh dich jetzt an. Du strahlst.«

Sie schaute mich wohlwollend an.

»Ich wette, du hast mir noch nicht alles erzählt, aber uns bleibt ja noch viel Zeit, oder?«

Sie sagte es mit dem Weinglas in der Hand und dem Blick eines einfühlsamen Menschen. Und ihr anschließendes Lächeln verriet mir, dass ich sie mit meinem plötzlichen Glück angesteckt hatte.

»Und nun komm! Die Party findet drinnen statt. *Deine* Party. Lass uns reingehen!« Sie schob mich in den Laden. »Allmählich werden die Tage kühler.«

»Ich habe etwas zum Aufwärmen«, entgegnete ich, und sie warf sie mir einen komplizenhaften Blick zu.

»Ich sehe schon.«

Laurent war gekommen. Er stellte sein Motorrad auf dem Bürgersteig ab, und als er den Helm abnahm, sah er mich lächelnd an. Als ob ich das Glück seines Lebens wäre.

KAPITEL 37

Als die Party vorbei war, half Laurent mir in meinen grünen Mantel, und wir gingen zusammen zur Wohnung seines Vaters. Es war einer jener Momente, in denen man glücklich ist, ohne dass es einen speziellen Grund dafür gibt. Ich warf einen Blick auf die Bilder, die an einer Wand des Ladens hingen. Die meisten Fotos von Alice Humbert hatte ich Monsieur Ardisson überlassen, damit er sie für seine Ausstellung über die Frauen von Paris verwenden konnte. Denn was brachte es mir, sie zu behalten, wenn diesem Mann ganz offensichtlich jedes Mal das Herz aufging, sobald er die alten Fotografien in den Händen hielt? Ich hatte seinen verträumten Blick gesehen, wenn er mit dem Finger über die Gesichter der Modelle strich, als ob ein Teil seines Lebens in der damaligen Zeit gefangen wäre. Die verrückten Zwanzigerjahre. Wie seltsam. Jenes Glück, das ich in Madrid so sehr in den Farben gesucht hatte, hatte ich am Ende in ein paar Schwarz-Weiß-Aufnahmen gefunden.

»Hattest du damals, als wir uns kennenlernten, nicht auch etwas Grünes an?«, fragte Laurent plötzlich und versuchte sich zu erinnern, während er mich betrachtete.

»Nein, etwas Blaues, erinnerst du dich nicht mehr?«, sagte ich mit einem kleinen melancholischen Lächeln.

»Blau«, wiederholte er nachdenklich. »Stimmt. Kobaltblau.«

»Genau das hast du damals gesagt.« Ich lächelte.

Er schwieg eine Weile.

»Du siehst sehr hübsch aus. Kräftige Farben stehen dir gut.«

»Das hatte ich beinah vergessen.«

Ich sah zu den Frauen auf den Fotos, die so bunt und lebenslustig waren. Ihre lustigen Hüte, die Kleider, die Schuhe, die langen Schals, die sie sich umgeschlungen hatten, ihr herzhaftes Lachen ... Und auch wenn alles nur in Schwarz-Weiß festgehalten war, konnte ich die Farben sehen.

Die drei Fotos, die ich als Hommage an die glückliche Alice Humbert hatte rahmen lassen, um sie in meinem Laden aufzuhängen, sagten viel über mich aus. Ich hatte sie ausgewählt, weil sie mir wie eine Zusammenfassung meines Lebens vorkamen – des Lebens, das ich hinter mir gelassen hatte, und des Lebens, das ich nun führte. Ein Bild von der Frau, die ich gewesen war: Alice an einem Tisch auf der Terrasse eines Cafés, den Blick verloren auf die Tasse gerichtet, im Hintergrund verschwommen eine Straße. Ein weiteres Foto von der Frau, die ich gern gewesen wäre: Alice nackt auf einem Sofa, zusammen mit drei Freundinnen, die ungezwungen posierten. Und das dritte: Alice in den Armen eines Mannes in eleganter Kleidung, den man nicht erkennen konnte, weil er dem Betrachter den Rücken zuwandte.

Eine Stunde später klingelten wir an dem Haus mit den ehemaligen Ateliers, in dem sich Ardissons Wohnung befand. Die alte Concierge kannte mich inzwischen und begrüßte mich mit besorgter Miene.

»Ich glaube, dass es Monsieur Ardisson nicht so gut geht. Er ist gestern wie jeden Morgen spazieren gegangen, aber nur bis zur nächsten Ecke gekommen. Und heute hat er das Haus noch gar nicht verlassen.«

»Hoffentlich kann er an die Tür gehen«, meinte Laurent nervös.

»Er hat mich gebeten, Ihnen den Wohnungsschlüssel zu geben, wenn Sie kommen.«

Mich beschlich ein mulmiges Gefühl.

»Warum hat mein Vater mich nicht angerufen? Wenn es ihm schlecht geht, hätte er sich bei mir melden sollen.«

»Lass uns raufgehen. Vielleicht ist er einfach nur erschöpft«, versuchte ich Laurent zu beruhigen.

»Ich mache mir Sorgen.«

Ich musste lächeln. Trotz allem, was passiert war, liebte Laurent seinen Vater, auch wenn er seine Gefühle für ihn hinter dem alten Groll verstecken wollte. Die beiden waren sich ähnlicher, als sie dachten, sie waren die gleichen Wege gegangen, auch wenn diese sich nie gekreuzt hatten. In jedem Fall wusste ich, dass Mathieu Ardisson einen wunderbaren Sohn hatte und dass sie beide alles, was sie taten, mit Leidenschaft machten, ohne sich von Hindernissen aufhalten zu lassen. Ich drückte Laurents Hand, als wir die Tür öffneten, und er gab den Druck zurück. Dann ließ er mich los und ging, nach seinem Vater rufend, in die Wohnung, die er kaum kannte.

»Papa, Papa!«, rief Laurent, als er in das Wohnzimmer mit den großen Fenstern trat.

»Wir sollten vielleicht …«, begann ich und wollte irgendetwas Beruhigendes sagen, aber er hörte mir gar nicht zu, weil er wieder verzweifelt nach seinem Vater rief.

»Papa!«

Seine Rufe hallten in dem Raum wider, in dem ich mich Monsieur Ardisson vorgestellt hatte, an jenem Tag, an dem ich die Fotos auf den Tisch gelegt hatte. Ich betete nie, aber in diesem Moment, als alles so furchtbar still blieb, betete ich, dass Laurents Vater noch am Leben war. Auf einmal fühlte ich mich wieder wie das kleine Mädchen, das nachts in die Laken biss.

»Papa!«, rief Laurent erneut. Er war aschfahl im Gesicht.

Ich eilte voraus zum Schlafzimmer, als könnte ich dort schon etwas tun. Ich sah das Gesicht von Tante Brígida vor mir, wie sie neben dem Leichnam meiner Mutter Totenwache hielt, ungerührt, in jenem düsteren doppelten Spiegel von Leben und Tod. Die Zwillingsschwester, die über ihre Zwillingsschwester wachte. Ich hoffte, dass ich diesmal nicht den Tod finden würde, ich hoffte es so sehr. Ich atmete tief durch und öffnete vorsichtig die Tür zum Schlafzimmer.

»Monsieur Ardisson?«

Laurent war im Flur stehen geblieben und wartete auf Nachricht.

Ich trat näher. Mein Mund war trocken. Von Furcht gelähmt, sprach ich den reglos im Bett liegenden Mann erneut an.

»Monsieur Ardisson?«

Er öffnete die Augen und sah mich wohlwollend an. Sein Blick war müde, doch er schien keine Schmerzen zu haben. Er war sehr blass und zerbrechlich, wie er da unter seiner Decke lag.

»Ich bin hier …«, murmelte er leise.

In diesem Moment betrat auch Laurent das Schlafzimmer.

»Papa … Warum hast du dich nicht gemeldet? Ich habe mir Sorgen gemacht.«

Der alte Mann schwieg, doch die Liebe in seinem Blick ließ mich begreifen, dass diese beiden Männer sich viel näher waren, als ihre Trennung sie hatte denken lassen. Wie oft ist die Liebe von Hass verstellt.

»Wir müssen ihn ins Krankenhaus bringen. Es geht ihm nicht gut …«, sagte Laurent heiser. Er schien ganz verwirrt.

Ich sah ihn an. Und ich erkannte mich in ihm wieder, seinen Kontrollverlust, seinen unendlichen Zweifel, jenes durch jahrelange Streitigkeiten und dauerhaftes Schweigen verursachte Durcheinander der Gefühle von Liebe und Hass, Schmerz und Hoffnung.

»Ich schaue nach seinem Mantel und rufe einen Krankenwagen«, sagte ich, um die beiden allein lassen zu können.

Ich sah, wie Monsieur Ardisson mich anschaute, als wolle er sich gleichzeitig verabschieden und mir für alles danken. Mir stiegen die Tränen in die Augen, und ich ging aus dem Zimmer, weil ich nicht wollte, dass er es sah.

»Teresa«, hörte ich Monsieur Ardisson keuchen, als ich in den Flur floh. »Teresa!«

Ich trat wieder ins Zimmer.

»Dieser Schrank …« Er deutete auf den alten Kleiderschrank, der an einer Wand neben seinem Bett stand. »Ich möchte, dass Sie das Kästchen in der obersten Schublade holen.«

Laurent, der die Hand seines Vaters hielt, wie er einst wohl gern die seiner sterbenden Mutter gehalten hätte, sah uns erstaunt an.

Wie das kleine Mädchen, das in den Schränken jenes großen Hauses, in dem es nicht glücklich war, gewühlt hatte, suchte ich nun in dem Spiegelschrank von Monsieur Ardisson nach der Vergangenheit. Diesmal musste ich nicht Tante Brígidas plötzliche Gegenwart fürchten wie in meiner Kindheit. Diesmal hatte ich keine Angst, obwohl ich erneut nach einer Antwort suchte. Das Leben ist ein großes Durcheinander, und manchmal entwirrt es sich. Ich kniete mich vor den

Schrank und zog die oberste Schublade heraus, die schwer auf meinen Beinen lag. Die mit Initialen bestickten weißen Laken waren wie die bei uns zu Hause. Vorsichtig schob ich Nachtwäsche beiseite und Handtücher mit alter Spitze. Ein intensiver Lavendelduft hüllte mich ein, während ich mich nach vorn beugte, um genauer nachzusehen. Als ich mit den Händen nach hinten tastete, spürte ich etwas Festes.

»Gefunden?«, murmelte Monsieur Ardisson vom Bett aus.

»Ja«, sagte ich und zog das Kästchen vorsichtig zwischen den Laken hervor.

Er lächelte traurig.

»Liebe Teresa, Sie ahnen sicher schon, was es ist.«

Ich schüttelte verwirrt den Kopf. Dann öffnete ich das Kästchen.

»Es gehört nun Ihnen.«

Ich starrte sprachlos auf das Collier. Das Grün der Smaragde funkelte mir entgegen. Es war dasselbe Collier, das Alice Humbert auf dem Gemälde im Musée d'Art Moderne getragen hatte. Auf dem Bild von Moïse Kisling.

Ardisson lag im Bett und wartete, dass ich etwas sagte. Doch ich konnte nichts sagen. Ich verstand gar nichts mehr.

»Meine Frau hat es nur einmal getragen«, sagte er da. »An unserem Hochzeitstag.« Ein Lächeln glitt über sein Gesicht. »Und ich habe sie nie wieder so schön gesehen. Ihre Großmutter Alice hatte es ihr zur Hochzeit geschenkt, sie war gerührt darüber, wie verliebt wir waren. ›Ich lege das Glück in deine Hände‹, sagte sie, als sie ihr das Collier gab. Wir waren sehr glücklich damals, und ich …« Seine Stimme begann zu zittern, als er jetzt zu seinem Sohn aufblickte, der immer noch seine Hand hielt. »Ich habe dieses Band der Liebe zerrissen. Liebe Teresa, nehmen Sie es, und werden Sie glücklich! Werden Sie glücklich, versprechen Sie es! Dieses Collier ist ein Teil unserer Familie. Einer Familie, die auf der Suche nach dem Glück immer wieder gestolpert ist.«

Erneut sah er seinen Sohn an.

»Ich wünsche euch, dass ihr so glücklich seid, wie ich es für sehr lange Zeit mit deiner Mutter war. Ich habe ihr mein Leben gewidmet, all diesen Frauen in Schwarz-Weiß, die ich gesammelt habe, weil es die einzige Art und Weise war, meine Frau um Verzeihung zu bitten.«

Ich sah, wie Laurent schluckte.

»Alice Humbert, Ihre Alice, hat ganz offenbar Schicksal gespielt. Manchmal muss man ein wenig verrückt sein, um die Dinge zu begreifen.«

Monsieur Ardisson ließ sich ins Kissen zurückfallen, und Laurent sah mich eindringlich an. Ich nickte ihm zu, während ich das Schmucketui umklammerte. Dieses alte, abgenutzte muschelförmige Etui, das viele Jahrzehnte über das wunderschöne, so bedeutungsvolle Smaragdcollier bewahrt hatte, das einst Alice Humbert gehört hatte.

»Es gehört jetzt Ihnen. Manchmal finden wir genau die Dinge, die für uns bestimmt sind. Habe ich es nicht gesagt? Die Dinge wählen uns aus und bleiben.«

Um mich herum begann sich alles zu drehen.

Mathieu Ardisson lächelte melancholisch.

»Nehmen Sie es nur«, wiederholte er. »Es war immer für Sie bestimmt.«

Ich merkte, wie ich zitterte. Das Ladenschild aus dem Antiquitätenladen, die Bougainvillea, das Chanson, die Ateliers in der Rue Campagne Première, die Fotos von Alice Humbert, die Feste im *Dôme*, die lachenden nackten jungen Frauen auf den Fotos, der Tanz, das Essen im *Tour d'Argent*, der dunkle Keller, Alices leuchtender Blick auf dem Foto. Das letzte Foto. Sicher. Das letzte Foto.

Wie hatte ich das übersehen können? Das schönste und persönlichste Bild von allen, das ich instinktiv in meinem Laden aufgehängt hatte. Die junge Alice Humbert in ihrem weißen Kleid in den Armen eines Mannes, den sie auf den Hals küsste.

Mir liefen die Tränen über die Wangen.

»Eine Ihrer Fragen, liebe Teresa, habe ich nie beantwortet«, sagte Mathieu Ardisson, während er sich mit Hilfe seines Sohnes aufrichtete. »Ja, Alice Humbert war glücklich. Unglaublich glücklich sogar. Sie hat am Ende ihre große Liebe geheiratet. Und sie wollte, dass es den Frauen in ihrer Familie genauso ging. Sie hat ihr Glück gesucht. Und sie hat ihr Glück gefunden.«

KAPITEL 38

Mathieu Ardissons Ausstellung im Hôtel de Ville, die posthum gezeigt wurde, war ein Riesenerfolg. Die Frauen von Paris, auf alte Fotografien gebannt, mit dem wunderbaren Titel: *Das Glück in Schwarz-Weiß*.

Laurent zog zu mir in die Dachwohnung am Pont Louis-Philippe, sodass ich nie wieder einsam war. In einem Anflug von Tatkraft trommelte er alle seine Freunde zusammen, um den Umzug seiner Sachen zu organisieren, die wir zwischen die meinen stellten. Es war eine so bunte, unbekümmerte Mischung, dass ich von diesem Tag an das charmante Chaos und die Sorglosigkeit zu genießen begann. Paris war ein Fest und würde es für immer bleiben. Die Zwanzigerjahre waren lange vorbei, aber die Stimmung blieb. Laurent richtete in der Wohnung seines Vaters sein Atelier ein, um sein Glück in dem zu suchen, was er am meisten liebte: der Malerei. Und ich fand mein Glück in meinem kleinen Laden. Viele Kilometer von dem Ort entfernt, an dem Tante Brígida mir eine wohlgeordnete Kindheit aufgezwungen hatte, in der immer alles perfekt geplant war, in der ich nicht rennen, mich nicht schmutzig machen, nicht singen, laut lachen, barfuß gehen oder nackt herumlaufen durfte. Die Stoffreste, die ich seit meiner Kindheit in jenem Koffer aufbewahrt hatte, nähte ich zusammen, um eine Decke daraus zu machen, unter der Laurent und ich uns zusammenkuschelten. Eine bunte Landkarte, die von mir und den Dingen erzählte, die man zerstören musste, um wieder aus einem Stück zu sein.

Es war einer jener Frühlingstage in Paris, an denen die Sonne in alle Winkel der Stadt schien. Wir gingen zu der Spitze der Insel, von der aus die Seine zwischen den Ufern mit aller Kraft dem Meer entgegenfließt. Ich hatte für uns beide ein Picknick vorbereitet, und wir kauften an einem Stand am Straßenrand eine Flasche Rotwein, um das schöne Wetter auszunutzen.

»Versprich mir, dass du nie wieder fortgehst, ohne dich zu verabschieden«, sagte ich und schmiegte mich in Laurents Arme. Ich hatte alles Leid in meinem Leben überwunden, meine Angst war verflogen, ich war bereit für mein neues, glückliches Leben.

Er drückte mich an sich.

»Und versprich mir, dass du nie wieder sterben wirst.«

Er lächelte und küsste mich.

In einem Anflug von Romantik schrieb er unsere Namen auf den Korken der Weinflasche und warf ihn ins Wasser.

»Er wird davonschwimmen«, sagte er und sah mich an. »Die Liebe ist in Wahrheit immer im Fluss.«

In diesem Moment, in dem die Seine golden schimmerte und die Fassaden der Häuser an beiden Ufern in der Sonne glänzten, kam mir plötzlich wieder der alte Maler in den Sinn.

Ich nahm mein Telefon aus der Tasche, gab seine Nummer ein und wartete darauf, seine Stimme zu hören. Der Himmel spielte mit allen möglichen Blau-, Rot- und Goldtönen, einer unendlichen Mischung an Schattierungen und ich musste an das Gespräch denken, das wir damals in dem lichtdurchfluteten Kuppelraum mit all den Farbtuben und Leinwänden geführt hatten.

Schließlich ging der Anrufbeantworter an, und in dem Wissen, dass meine Zeichnung nun vollendet war, dass ich auf einem neuen weißen Blatt von vorn angefangen hatte, sagte ich:

»Ich habe die Farbe gefunden.«

Als wir aufstanden, um nach Hause zu gehen, blieb mein Kleid an einem der Steine am Ufer hängen. Laurent zog daran, und der Stoff riss ein. An einem kaum sichtbaren rostigen Nagel im Moos des Steins hing ein Stückchen Stoff in der Größe derer, die ich als Kind aus meinen Kleidern geschnitten hatte, um sie in meinem Koffer zu bewahren. Ich bückte mich, um danach zu greifen, doch ein Windstoß trug es davon, und es flatterte über den Fluss, als ob es sich auf die Suche nach Alice machen würde.

Sämtliche Orte in diesem Roman gibt es wirklich, auch den kleinen Laden »Mi Amor«, der inzwischen zu einer Papeterie mit dem Namen »Mélodies Graphiques« geworden ist. Er befindet sich in der Rue Pont Louis-Philippe 10 in Paris. Ich war viele Male dort und verspüre jedes Mal ein Kitzeln im Magen, wenn ich mir Alice Humbert darin vorstelle. Doch nicht nur das. Als ich diesen Roman beendet hatte, habe ich das Gleiche gemacht wie Laurent und Teresa: Ich habe einen Korken mit meinem Namen in die Seine geworfen, damit die Liebe im Fluss bleibt …

BIBLIOGRAFIE

BOUVET, Vincent und Gérard DUROZOI, *Paris Between the Wars. Art Style and Glamour in the Crazy Years*, *Thames & Hudson*, London, 2010.

CHARLES-ROUX, Edmonde, *Coco Chanel: Ein Leben*, Fischer Taschenbuch, Frankfurt am Main, 2005.

DENUELLE, Sabine, *La parisienne dans l'Art*, Citadelles & Mazenod, Paris, 2011.

KLÜVER, Billy und Julie MARTIN, *Kikis Paris. Künstler und Liebhaber, 1900–1930*, DuMont ReiseverlagOstfildern, 1989.

KRASE, Andeas, *Paris. Eugène Atget*, Taschen, Köln, 2013.

VVAA, *Man Ray. Despreocupado pero no indiferente*, *La Fábrica*, Madrid, 2009.

ZOLA, Émile, *Der Bauch von Paris*, Lübbe, Bergisch Gladbach, 2000.

Eine kleine kostbare Geschichte über den Zauber der ersten Liebe.

Nicolas Barreau
Menu d'amour
160 Seiten
Gebunden mit Schutzumschlag
Thiele Verlag
ISBN 978-3-85179-262-1

Die Vorgeschichte des Weltbestsellers »Das Lächeln der Frauen« erzählt vom Glück und Herzweh der ersten Liebe und von den wahrhaft magischen Momenten im Leben. Mit sieben Liebes-Menus aus dem persönlichen Kochbuch des Autors!

Sie kommt immer zu spät. Sie ist das strahlendste Mädchen des Seminars. Und sie ist unerreichbar. Die Liebe des zurückhaltenden Literaturstudenten Henri Bredin scheint aussichtslos. Denn Valérie sieht in Henri nur einen guten Freund, für Henri jedoch ist das Mädchen mit den aquamarinblauen Augen und dem spöttischen Lächeln diejenige, die er lieben könnte wie keine andere.
Als Valérie in den Semesterferien dem Charme eines Italieners erliegt, ist der verliebte Student am Boden zerstört. Gegen diesen Mann hat er keine Chance. Oder doch?
Wenig später macht Henri bei einem Bouquinisten einen schicksalhaften Fund: Ein ochsenblutrotes Giftmischer-Büchlein aus dem sechzehnten Jahrhundert mit dem Rezept für ein *Elixir d'amour*. Wider jede Vernunft beschließt Henri, das Menu seines Lebens zu kochen und seine große Liebe zum Essen einzuladen. Doch ausgerechnet an diesem Abend kommt die unpünktliche Valérie eine halbe Stunde zu früh …

ISBN 978-3-85179-541-7

Ediciones Martínez Roca es un sello editorial de Ediciones Planeta Madrid, S. A. Paseo de Recoletos, 4. 28001 Madrid
Titel der spanischen Originalausgabe: *Una tienda en París*

Umschlaggestaltung: Christina Krutz, Biebesheim am Rhein
Satz: Christine Paxmann • text • konzept • grafik, München
Druck und Bindung: GGP Media GmbH, Pößneck

www.thiele-verlag.com